Don Winslow · Die Auferstehung des Bobby Z

Don Winslow

# *Die Auferstehung des Bobby Z*

Roman

*Aus dem Amerikanischen von Judith Schwaab*

Karl Blessing Verlag

Titel der Originalausgabe: The Death and Life of Bobby Z
Originalverlag: Knopf, New York

*Umwelthinweis:*
Dieses Buch und sein Schutzumschlag wurden
auf chlorfrei gebleichtem Papier gedruckt.
Die Einschrumpffolie (zum Schutz vor Verschmutzung)
ist aus umweltschonender recyclingfähiger PE-Folie.

Der Karl Blessing Verlag ist ein Unternehmen der
Verlagsgruppe Bertelsmann.

1. Auflage

Umschlaggestaltung: S/L-Kommunikation
Titelfoto: Nathan Bilow/Charles Thatcher (Collage aus Tony Stone)
Satz: Uhl + Massopust, Aalen
Druck und Bindung: Wiener Verlag
Printed in Austria
ISBN 3-89667-020-4

*Für Jimmy Vines,*
*den Agenten, der immer hält,*
*was er verspricht.*

# 1

So wird aus Tim Kearney der legendäre Bobby Z.

Tim Kearney wird zu Bobby Z, indem er ein Autonummernschild so zufeilt, daß es scharf wie eine Rasierklinge ist, und damit einem vierschrötigen Hell's Angel namens Stinkdog die Kehle durchschneidet. Stinkdog ist auf der Stelle ein toter Mann, und Tad Gruzsa, ein Agent der Drogenbehörde, ist glücklich.

»Jetzt wird er wesentlich leichter zu überzeugen sein«, sagt Gruzsa, als er davon hört, und damit meint er natürlich Kearney, denn bei Stinkdog gibt es zu diesem Zeitpunkt nicht mehr viel zu überzeugen.

Gruzsa hat recht. Daß sie Tim jetzt wegen Mordes anklagen, weil er einen um die Ecke gebracht hat, ist schon Pech genug – aber daß es ausgerechnet ein Hell's Angel war, ist gleichbedeutend mit seinem Todesurteil, das wahrscheinlich auf jedem x-beliebigen Gefängnishof in Kalifornien mit Freuden vollzogen werden wird. »Lebenslänglich ohne Aussicht auf Straferlaß« heißt für ihn »lebenslänglich ohne Aussicht auf Überleben«, sobald er wieder mit normalen Knastbrüdern zusammenkommt.

Nicht daß Tim Stinkdog unbedingt umbringen wollte. Im Gegenteil. Es war bloß so, daß Stinkdog ihn auf dem Gefängnishof beiseite nahm und aufforderte, Mitglied der Aryan Brotherhood zu werden, »sonst…«, und Tim sagte: »Okay, dann *sonst.*« Und in dem Moment wurde ihm klar, daß er besser gleich damit anfangen würde, aus diesem Autonummernschild ein nettes kleines Skalpell zu machen.

Die Gefängnisbehörde von Kalifornien ist davon weniger begeistert, obwohl einige der Beamten nicht gerade Tränen vergossen haben, als sie von Stinkdogs Abgang erfuhren. Wirklich sauer aber sind sie darüber, daß Tim ausgerechnet ein Mittel zu seiner Rehabilitation – ehrbare Arbeit, sprich, die Herstellung von Autonummernschildern – dazu benutzt hat, in der Strafanstalt von St. Quentin einen vorsätzlichen Mord zu begehen.

»Es war kein Mord«, sagte Tim zu seinem Pflichtverteidiger. »Es war Notwehr.«

»Sie sind auf dem Gefängnishof auf ihn zugegangen, haben ein scharf zugefeiltes Nummernschild aus Ihrem Sweatshirt gezogen und ihm damit die Kehle durchgeschnitten«, erinnert ihn der Anwalt. »Und Sie haben das Ganze geplant.«

»Sogar sorgfältig geplant«, stimmt Tim zu. Stinkdog war ein ganzes Stück größer und hundertfünfzig Pfund schwerer gewesen als er. Mit Betonung auf *war*. Tot auf einer Bahre ist er nämlich um einiges kürzer als Tim. Und wesentlich langsamer.

»Folglich ist es Mord«, sagt der Anwalt.

»Notwehr«, beharrt Tim.

Er erwartet keineswegs, daß der junge Anwalt oder die Justiz einen Sinn für den feinen Unterschied zwischen einem Präventivschlag und vorsätzlichem Mord haben. Aber Stinkdog hat Tim nur eine Wahl gelassen: entweder Stinkdogs bescheuertem Club beizutreten oder zu sterben. Tim wollte keines von beidem, somit war sein einziger Ausweg ein Präventivschlag.

»Die Israelis machen das andauernd«, sagt Tim zu dem Anwalt.

»Israel ist ein Staat«, antwortet der Anwalt. »Während Sie eine Verbrecherlaufbahn eingeschlagen haben.«

Dabei kann von Laufbahn wahrlich nicht die Rede sein. Drei Einbruchdiebstähle als Jugendlicher, ein kurzer Aufenthalt in einer kalifornischen Jugendstrafanstalt, ein vom Gericht abgesegneter Abstecher zu den Marines, der mit einer unehrenhaften Entlassung endet, ein Einbruch, Endstation Chino, und dann das, was Tims vorheriger Pflichtverteidiger immer »das Superding« genannt hat.

»Das ist ein echtes Superding«, hat er gesagt. »Lassen Sie mich das nur noch mal festhalten, damit ich in den nächsten drei Jahren weiß, wovon ich meine Restaurantrechnungen bezahle. Ihr Freund holt sie nach Ihrer Entlassung in Chino ab, und auf dem Heimweg überfallen Sie eine Tankstelle mit Supermarkt.«

Von wegen Freund, denkt Tim. Es war das Arschloch Wayne La-Perriere.

»*Er* hat die Tankstelle ausgeraubt«, sagte Tim. »Meinte, ich solle im Wagen warten, er würde nur schnell ein paar Zigaretten besorgen.«

»Er hat behauptet, *Sie* hätten die Waffe gehabt.«

»*Er* hatte sie.«

»Ja, aber ihn haben sie als ersten laufen lassen«, sagte der Anwalt. »Logischerweise müssen also *Sie* die Waffe gehabt haben.«

Der Prozeß damals war ein Witz gewesen. Besonders an dem Punkt, wo der pakistanische Tankwart seine Aussage machte.

»Und was hat der Angeklagte zu Ihnen gesagt, als er die Waffe zog?« hatte der Staatsanwalt gefragt.

»Was er genau gesagt hat?«

»Ja, was er genau gesagt hat.«

»Seine genauen Worte?«

»Ich bitte darum.«

»Er sagte: ›Ein Furz, du Arsch, und du bist dran.‹«

Die Geschworenen lachten, der Richter lachte, sogar Tim mußte zugeben, daß es ziemlich komisch war. So verdammt komisch, daß es Tim zwei Jahre in St. Quentin, Stinkdogs Bekanntschaft und einen Mordprozeß eingebracht hat.

»Können Sie was rausschlagen?« fragt Tim jetzt seinen Pflichtverteidiger. »Vielleicht fahrlässige Tötung?«

»Tim, ich könnte sogar eine Ordnungsstrafe wegen Pinkelns in einer Telefonzelle rausschlagen, und Sie würden trotzdem Ihres Lebens nicht mehr froh«, sagt der Anwalt. »Wenn die Sie erwischen, sind Sie dran. Sie sitzen bis zum Hals in der Scheiße, Sie Superniete.«

Ende einer vielversprechenden Laufbahn, denkt Tim. Dabei bin ich erst siebenundzwanzig.

An dieser Stelle erscheint Tad Gruzsa auf der Bildfläche.

Tim hockt in Einzelhaft und liest gerade ein Wolverine-Comic, als die Wärter ihn abholen, in einen schwarzen Lieferwagen mit abgedunkelten Scheiben schubsen und irgendwo in einer Tiefgarage absetzen, wo sie ihn dann per Fahrstuhl in ein fensterloses Zimmer bringen und mit Handschellen an einen billigen Plastikstuhl fesseln.

Einen blauen Stuhl.

Da sitzt Tim nun ungefähr eine halbe Stunde, bis ein quadratisches Muskelpaket mit gewehrkugelförmigem Kopf hereinkommt, gefolgt von einem großen, dünnen Hispano mit unreiner Haut.

Zuerst glaubt Tim, der Quadratische hätte eine Glatze, aber dann sieht er, daß die Haare millimeterkurz geschoren sind. Er hat kalte blaue Augen, trägt einen miesen blauen Anzug und ein ewiges Grinsen auf den Lippen. Er mustert Tim eine Weile wie ein Stück Müll, und dann sagte er zu dem anderen Typen: »Ich glaube, das ist er.«

»Ziemliche Ähnlichkeit, das stimmt«, sagt der Bohnenfresser.

Als nächstes setzt sich der Quadratische neben Tim. Er lächelt, dann haut er Tim mit der Rechten eine aufs Ohr, daß es knallt. Es tut irrsinnig weh. Tim sackt vornüber, schafft es aber, seinen Hintern auf dem Stuhl zu behalten. Was nur ein kleiner Sieg ist, aber er weiß, daß ein kleiner Sieg so ziemlich das einzige ist, was er momentan erwarten kann.

»Du bist 'ne Superniete«, sagt Tad Gruzsa, als Tim sich wieder aufrichtet.

»Danke.«

»Und 'ne tote Niete noch dazu, wenn du in den Knast zurückkommst«, sagt Gruzsa. »'ne mausetote Niete, meinst du nicht auch, Jorge?«

»Mausetot«, meint Jorge mit einem Grinsen.

»Ja, mausetot«, erwidert Tim und lächelt.

Gruzsa sagt: »Wir sind uns also alle einig, daß du 'ne mausetote Niete bist. Die Frage ist jetzt, was wir dagegen tun können, wenn überhaupt.«

»Das Ding 'nem anderen anhängen, das mach ich nicht, bloß daß das klar ist«, sagt Tim. »Höchstens, wenn's LaPerriere ist – dann braucht ihr mir bloß zu zeigen, wo ich unterschreiben muß.«

»Du hast einen umgelegt, Kearney«, sagt Gruzsa.

Tim zuckt mit den Achseln. Im Golfkrieg hat er 'ne Menge Typen umgelegt, und niemand schien sich darüber besonders aufzuregen.

»Wir wollen nicht, daß du das Ding jemand anderem in die Schuhe schiebst«, sagt Gruzsa. »Wir wollen nur, daß du jemand anderer wirst.«

»Das will meine Mutter auch immer«, sagt Tim.

Diesmal schlägt Gruzsa ihn mit der linken Hand.

Der Typ zeigt, wie flexibel er ist, denkt Tim.

»Nur für eine bestimmte Zeit«, sagt Jorge. »Danach kannst du einfach abhauen.«

»Und für 'ne Weile wegbleiben«, sagt Gruzsa.

Tim weiß ums Verrecken nicht, wovon die beiden reden. Aber abhauen und wegbleiben klingt vielversprechend. »Wovon zum Henker redet ihr beiden?« fragt er.

Gruzsa wirft einen Umschlag aus dünnem, braunem Papier auf den Tisch.

Tim öffnet ihn und zieht ein Foto heraus. Darauf ist ein gutaussehender Mann mit einem schmalen, tiefgebräunten Gesicht zu sehen; sein langes, schwarzes Haar hat er straff zu einem Pferdeschwanz zusammengebunden.

»Sieht mir ziemlich ähnlich«, bemerkt Tim.

»Sag bloß«, meint Gruzsa.

Gruzsa macht sich über ihn lustig, aber Tim ist das egal. Wenn du bis zum Hals in der Scheiße sitzt, machen sich die Leute ständig über dich lustig. Das ist einfach so.

»Jetzt paß mal ganz genau auf, du Holzkopf«, sagt Gruzsa. »Du mußt bloß so tun, als wärst du jemand anderer, und dann kannst du abhauen. Alle werden denken, die Angels hätten dich auf dem Gefängnishof umgelegt. Du kriegst eine neue Identität, mit allen Finessen.«

»Und wer ist dieser andere?«

Tim findet, Gruzsas Augen funkeln wie bei einer alten Knasthof-Schwuchtel, die einen leckeren Neuzugang auf dem Hof entdeckt hat.

»Bobby Z«, antwortet Gruzsa.

»Wer ist Bobby Z?« fragt Tim.

## 2

»Hast du noch nie von Bobby Z gehört?« fragt Escobar. Die Kinnlade ist ihm runtergefallen, als könne er einfach nicht glauben, was er da hört.

»Siehst du, der ist ein solcher Hornochse, daß er noch nie von Bobby Z gehört hat«, sagt Gruzsa.

Escobar sagt stolz: »Bobby Z ist eine Legende!«

Sie erzählen ihm die Legende von Bobby Z.

Robert James Zacharias wuchs in Laguna Beach auf, und wie die meisten anderen Kids in Laguna Beach war er absolut cool drauf und machte nur coole Sachen. Erst hatte er ein Skateboard, dann ein Wellenbrett für Kinder, dann ein Surfbrett, und im zweiten Jahr auf der High-School, die passenderweise Laguna High hieß, war er bereits ein ausgefuchster Wellenreiter und ein noch ausgefuchsterer Drogendealer.

Bobby Z kannte sich mit Wellen aus wie kein zweiter. Er wußte, wann sie in Dreier- oder Viererformation hereinkamen, er wußte, wann sie ihren höchsten Punkt erreicht hatten, ob sie rechts oder links brechen würden, ob sie zurückschlagen oder einen Tunnel bilden würden. Und es war genau dieser besondere Sinn für künftige Ereignisse, der ihn zu einem vielversprechenden Surfer wie auch zu einem erfolgreichen Kleinunternehmer machte.

Bobby Z hatte noch nicht einmal den Führerschein und war bereits eine Legende. Wobei zur Legende sicher beitrug, daß Z bei seinem ersten großen Marihuana-Deal per Anhalter hin- und auch wieder zurückgefahren war – er stand einfach an dem Pacific Coast Highway und hielt den Daumen raus, zwischen den Füßen zwei Nike-Sporttaschen, vollgestopft mit Maui Wowie.

»Bobby Z ist eiskalt«, psalmodiert One Way, der am öffentlichen Strand von Laguna Beach wohnhafte Spinner und selbsternannte Homer von Bobbys Odyssee. One Way steht für *One Way Trip*, weil er der Legende nach eines Tages mit sechs Einheiten Acid auf Trip ging und nie mehr zurückkehrte. Jetzt wandert er durch die Straßen von

Laguna Beach und nervt die Touristen mit seinen endlosen Monologen über die Legende von Bobby Z.

»Diese mageren russischen Mädels könnten auf Bobby Z Schlittschuh laufen«, palavert One Way vor sich hin. »So kalt ist er. Bobby Z ist wie die Antarktis, bloß daß keine Pinguine auf ihm herumscheißen. Er ist vollkommen. Absolut cool. Nichts bringt Bobby Z aus der Ruhe.«

Die Legende geht so weiter, daß Bobby Z den Gewinn aus diesen zwei Nike-Taschen in vier weitere Nike-Taschen umsetzte, dann sechzehn, dann zweiunddreißig. Und zu dem Zeitpunkt hat er bereits irgendeinem armen Würstchen mit Führerschein ein paar Hunderter in die Hand gedrückt, damit er einen 66er Mustang kauft und ihn in der Gegend herumkutschiert.

Während sich andere Kids in dem Alter den Kopf zerbrechen, auf welches College sie gehen sollen, denkt Bobby Z, scheiß aufs College, weil er jetzt schon mehr verdient als ein Universitäts-Assi im dritten Jahr. Er will gerade richtig loslegen, als Washington den Drogen den Krieg erklärt, was für Bobby Z ein großer Vorteil ist, weil es nicht nur die Preise oben hält, sondern auch die ganzen halbprofessionellen Idioten in den Knast bringt, die ihm als Konkurrenten das Geschäft vermasseln.

Und noch bevor er seine Abschlußfeier an der Uni schwänzt, hat Z schon begriffen, *scheiß auf den Einzelhandel*, das endet bloß damit, daß du dich vor deinem Auto aufstellen und vor der Polizei die Beine breitmachen mußt. Großhandel, nur das bringt's: Beliefere den Lieferanten, der den Lieferanten beliefert. Auf diesen Level mußt du kommen und nur noch aus dem Hintergrund agieren, indem du dafür sorgst, daß Ware und Geld anständig fließen, ohne daß du selber jemals deinen Arsch in die Schußlinie halten mußt. Kaufen-Verkaufen, Kaufen-Verkaufen: Z ist ein Organisationsgenie und hat den Bogen raus.

Bobby Z hat den Bogen raus.

»Im Gegensatz zu dir, du Oberflasche«, sagt Gruzsa zu Tim. »Weißt du, wie Bobby Z die Nacht nach seiner Examensfeier verbracht hat? Er hat im Ritz-Carlton in Laguna Niguel eine Suite – eine *Suite* –

gemietet und das ganze Wochenende mit seinen Freunden dort gefeiert.«

Tim erinnert sich, wie er damals gefeiert hat. Aber nicht sein Examen, weil er es nämlich nicht geschafft hatte. Während die meisten seiner Klassenkameraden auf *ihrer* Abschlußfeier waren, saßen Tim und ein Kumpel mit zwei ziemlich abgefuckten Bräuten, ein paar Sixpacks und einem miesen Joint in einer alten Karre, die sie in der Nähe der Müllhalde von Thousand Palms geparkt hatten. Tim kam noch nicht mal zum Vögeln – sein Mädchen kotzte bloß auf seinen Schoß und pennte weg.

»Dagegen warst du doch schon von Geburt an eine Witzfigur«, fügt Gruzsa hinzu.

Was soll ich dazu sagen? denkt Tim. Er hat ja recht.

Aufgewachsen ist Tim – wenn man das Aufwachsen nennen kann – in einem Scheißkaff namens Desert Hot Springs, California, an der Interstate 10, direkt gegenüber dem Ferienparadies Palm Springs, wo die ganzen reichen Leute wohnen. Die Leute, die in Desert Hot Springs lebten, mußten in Palm Springs Klos putzen und Geschirr spülen und Golftaschen schleppen. Die meisten von ihnen waren Mexikaner bis auf ein paar heruntergekommene weiße Säufer wie Tim Kearney sen., der Tim bei seinen seltenen Besuchen zu Hause mit einem Gürtel grün und blau schlug, dabei auf die Lichter von Palm Springs deutete und lallte: »Siehst du das dort drüben? Dort isses, das große Geld.«

Tim fand, daß sein alter Herr damit verdammt recht hatte, und er war noch nicht einmal vierzehn, als er damit begann, in die Häuser von Palm Springs einzubrechen, Fernsehgeräte, Videorecorder, Kameras, Bargeld und Schmuck mitgehen zu lassen und die Alarmanlagen auszutricksen.

Nach Tims erstem Einbruch fragte ihn dann der Familienrichter, ob er ein Alkoholproblem hätte, und Tim, der zwar ein monumentaler Pechvogel, aber nicht auf den Kopf gefallen war, wußte eine Chance zu nutzen, wenn sie sich ihm bot. Also zerdrückte er ein paar Krokodilstränen und sagte, ja, leider sei er Alkoholiker. Am Ende bekam er Bewährung, ein paar Sitzungen bei den Anonymen Alkoholikern sowie eine saftige Tracht Prügel von seinem alten Herrn – statt einer Jugendstrafe und einer Tracht Prügel von seinem alten Herrn.

Tim ging zu den Treffen, und natürlich saß da der Richter, um zu überprüfen, ob er auch hinging, und lächelte ihn an, als wäre er sein eigener Sohn. Obwohl er dann doch etwas ungehalten wurde, als Tim nach seinem zweiten Einbruch wieder vor ihm stand und es herauskam, daß er neben den üblichen Fernsehern, Videorecordern, Kameras, Bargeld und Schmuck auch den größten Teil der Hausbar hatte mitgehen lassen.

Doch der Richter konnte sich über diese persönliche Enttäuschung hinwegsetzen und schickte den jungen Tim in eine Entziehungsanstalt in der Nähe. Tim verbrachte einen Monat in Gruppentherapie, wo er lernte, wie man sich rücklings in die Arme von jemand anderem fallen läßt und dieser Person fortan vertraut. Außerdem lernte er all seine guten und schlechten Charaktereigenschaften kennen und noch verschiedene andere Dinge »fürs Leben«.

Die Therapeutin in der Klinik fragte Tim, ob er glaube, daß er ein geringes Selbstwertgefühl habe, und Tim gab dies bereitwillig zu.

»Warum glauben Sie denn, daß Sie ein geringes Selbstwertgefühl haben?« fragte sie verständnisvoll.

Tim antwortete: »Weil ich immer noch in Häuser einbreche...«

»Ganz richtig, ja.«

»...und mich dabei immer noch schnappen lasse.«

Danach arbeitete die Therapeutin noch intensiver mit Tim.

Tim hatte schon fast das ganze Programm absolviert, als er einen kleinen Rückfall hatte, die Portokasse der Klinik mitgehen ließ und sich draußen dafür was Ordentliches zu rauchen kaufte. Die Therapeutin fragte Tim: »Wissen Sie, was Ihr eigentliches Problem ist?«

Tim antwortete, er wüßte es nicht.

»Sie haben ein Problem mit Ihrer Impulskontrolle«, sagte sie. »Sie haben nämlich keine.«

Diesmal war der Richter wirklich sauer, murmelte mit zusammengebissenen Zähnen ewas von »harter Brocken« und schickte Tim nach Chino.

Wo Tim brav seine Strafe absaß und noch eine ganze Reihe weiterer Dinge fürs Leben lernte, bis ihm, gut einen Monat nach seiner Entlassung, wieder die glitzernden Lichter von Palm Springs zublinzelten. Diesmal suchte er nach Schmuck und war schon fast mit der Beute aus dem Haus, als er über einen Rasensprenger stolperte und sich den Knöchel verstauchte, worauf ihn die Wachleute von der WestTech Security schnappten.

»Das kann auch bloß dir passieren«, sagte sein Vater, »mitten in dieser verdammten Wüste über eine Wasserpumpe zu stolpern.«

An dieser Stelle holte der Alte seinen Gürtel heraus, aber Tim hatte in Chino tatsächlich eine ganze Menge Dinge fürs Leben gelernt. Ein paar Sekunden später kippte der Alte nach hinten um, und es war niemand da, der ihn daran gehindert hätte, der Länge nach am Boden aufzuschlagen.

Tim machte sich darauf gefaßt, wieder nach Chino zu kommen, aber diesmal hatte er einen anderen Richter.

»Haben Sie eigentlich eine Erklärung für das alles?« fragte der Richter Tim.

»Das Problem ist«, sagte Tim, »meine mangelhafte Impulskontrolle.«

Der Richter war nicht dieser Meinung. »Ihr Problem ist, daß Sie einbrechen und stehlen.«

»Das Einbrechen und das Stehlen ist kein Problem«, sagte Tim. »Das Problem ist, wie man hinterher abhaut.«

Der Richter dachte, wenn Tim ein solcher Klugscheißer war, dann sollte er seine ungezügelten Energien vielleicht besser bei der Armee einsetzen, statt wieder nach Chino zurückzukehren und neue Dinge fürs Leben zu lernen.

»Du schaffst nicht mal die Grundausbildung«, sagte Tims alter Herr. »Dazu bist du ein viel zu großer Schlappschwanz.«

Das dachte Tim auch. Er hatte Probleme damit, Dinge zu Ende zu bringen (die High-School, die Therapie, das Einbrechen), und konnte sich vorstellen, daß das bei den Marines nicht anders sein würde.

Es war aber doch anders.

Tim gefiel es nämlich bei der Armee. Ihm gefiel sogar die Grundausbildung.

»Ist alles ganz easy«, sagte er zu seinen ungläubigen Zimmergenossen. »Du machst einfach deinen Job, und sie lassen dich in Ruhe. Ganz anders als im richtigen Leben.«

Außerdem kam er durch das Militär endlich raus aus Desert Hot Springs. Raus aus dem verdammten Nest und raus aus der verdammten Wüste. In der Grundausbildung bei den Marines wachte Tim jeden Morgen auf und sah als erstes das Meer, und das fand er total cool, weil er sich dann wie einer von diesen coolen Kaliforniern fühlte, die am Meer wohnen. Tim dachte, wenn er bei den Marines bleiben würde, müßte er niemals wieder eine verdammte Wüste sehen, denn die Marines gehörten zur Navy, und die hatte immer mit dem Meer zu tun.

Also hielt Tim durch. Er hielt die ganze Dienstzeit durch und meldete sich sogar noch für eine Ehrenrunde. Er bekam sein Diplom, Korporalsstreifen und eine Berufung in die Desert Warfare School in Twenty-Nine Palms, etwa achtzig Kilometer von seiner guten, alten Heimatstadt Desert Hot Springs entfernt.

Na klar doch, dachte Tim, na verdammt klar doch. Und schon hat sie mich wieder, diese Scheißwüste. Fast hätte er die Fliege gemacht, aber dann dachte er, na, was soll's, die Zeit kriege ich auch rum. Vielleicht geht's ja nächstes Mal nach Hawaii.

Dann marschierte Saddam Hussein in Kuwait ein, um Tim persönlich eins auszuwischen. Tim kam per Schiff nach Saudi-Arabien, und das war sozusagen Wüste hoch drei.

»Ich kann's kaum glauben, daß du bei den Marines warst«, meint Gruzsa.

»Semper fido«, antwortete Tim.

Natürlich weiß Gruzsa das schon – Tim weiß, daß er es weiß, weil seine verdammte Akte da auf dem Tisch liegt. Gruzsa weiß alles über Tims Karriere bei den Marines.

Bloß eins weiß Gruzsa nicht über Tim, und er käme auch gar nicht drauf, weil es nicht ins Bild paßt. Da sitzt er vor dieser hochgradigen Niete, dem ewigen Verlierer und Holzkopf, der nicht mal einen anständigen Einbruchdiebstahl hinkriegt, und dieser Typ hat im Golfkrieg ein Verdienstkreuz der Navy bekommen.

Bei der Schlacht von Khafji, vor dem großen amerikanischen Gegenschlag. Mitten in der Nacht fahren Einheiten irakischer Artillerie über die Grenze, und Kearneys Reserveeinheit ist das einzige, was ihnen den Weg versperrt. Die Einheit hängt mutterseelenallein an der Grenze herum und wird einfach überrollt. Corporal Tim Kearney zieht vier verwundete Marines unter irakischen Panzern hervor. In der Begründung für die Ordensverleihung heißt es, er sei da draußen in der nächtlichen Wüste herumgerannt, als wäre er John Wayne persönlich – er habe herumgeballert, Handgranaten geworfen und seine Kumpel in Sicherheit gebracht.

Um dann zum Gegenangriff überzugehen.

Gegen *Panzer.*

Eine Ein-Mann-Abrißbirne, sagt ein Augenzeuge.

Natürlich kann er nicht gewinnen, aber immerhin zieht er ein paar Panzer aus dem Verkehr, und seine Einheit ist noch intakt, als am nächsten Morgen Verstärkung eintrifft.

Kearney bekommt das Verdienstkreuz, und dann folgt – nach klassischer Kearney-Manier – die unehrenhafte Entlassung. Weil er einen saudischen Offizier zusammengeschlagen hat.

Scheiße, denkt Gruzsa, dafür hätten sie ihm gleich noch einen Orden geben sollen.

»Sie haben dich rausgeschmissen, was? Stell dir vor«, sagt Gruzsa, »ich war nämlich auch bei den Marines.«

»Und was ist passiert?«

»Was passiert ist?« fragt Gruzsa. »Dieses Scheißvietnam, das ist passiert. Mein Bein haben sie kaputtgeschossen. Das war damals ein richtiger Krieg, verstehst du, nicht dieses schlappe CNN-Videospiel, bei dem du dabeiwarst.«

Tim zuckt mit den Achseln. »Ich bin halt ein Schlappschwanz.«

Jorge grinst. »Ein Superschlappschwanz.«

Gruzsa beugt sich nach vorn und hält sein Gesicht ganz nah an das von Tim. Sein Atem riecht nach italienischer Wurst.

»Aber du bist *mein* kleiner Schlappschwanz, oder?« flüstert Gruzsa. »Stimmt's oder hab ich recht?«

»Kommt drauf an.«

»Worauf?«

»Darauf, was Sie von mir wollen.«

»Ich hab's dir doch gesagt«, antwortet Gruzsa. »Ich will, daß du Bobby Z bist.«

»Warum?« fragt Tim.

»Du weißt wahrscheinlich auch noch nicht mal, wer Don Huertero ist«, sagt Gruzsa.

Tim zuckt mit den Achseln.

Escobar schnaubt verächtlich.

»Don Huertero ist der größte Drogenboß in Nordmexiko«, erklärt Gruzsa.

„Ach ja?« sagt Tim.

»Und er hält da unten einen Kumpel von mir gefangen«, fügt Gruzsa hinzu. »Einen verdammt guten Agenten namens Arthur Moreno.«

»*Carnal*«, sagt Jorge. »Das ist Spanisch und heißt: ›Blut von meinem Blut‹.«

»Ich will Art zurückhaben«, sagt Gruzsa.

»Aha.«

»Und Huertero will ihn austauschen gegen…«

»Bobby Z«, ergänzt Tim.

»Sie sind ziemlich dick im Geschäft miteinander, und Huertero will, daß er freikommt und wieder Kohle macht«, erklärt Gruzsa.

»Habt ihr ihn denn?«

»Wir haben ihn.«

Gekriegt haben sie ihn unten in Thailand, im Austausch für eine Schiffsladung Heroin, die sie dem eigentlichen Besitzer zurückgebracht haben. Die Thais hatten Z total auf dem Kieker.

»Ist glatt über die Bühne gegangen, das Ganze«, sagt Gruzsa.

»Wozu braucht ihr dann noch mich?« fragt Tim.

»Er ist abgekratzt«, sagte Gruzsa.

»Wer ist abgekratzt?«

»Bobby Z.«

Escobar sieht fast traurig aus, als er das sagt.

»Herzinfarkt«. sagt Gruzsa. »Ratzfatz, aus die Maus. Da lag er, mit dem Gesicht nach unten im Badezimmer.«

»War noch jung, der Mann«, fügt Escobar hinzu.

Gruzsa sagt: »Don Huertero versteht in diesen Dingen keinen Spaß. Er wird's uns mit gleicher Münze heimzahlen.«

Mit gleicher Münze heimzahlen? denkt Tim. Und ich mittendrin? Kann das sein, daß hier was absolut oberfaul ist?

Er fragt: »Wird Huertero nicht merken, daß ich der Falsche bin?«

»Nein«, sagt Gruzsa.

»Nein?«

»Nein. Und zwar deshalb nicht, weil er Bobby Z nie gesehen hat.«

»Sie haben doch gesagt, die beiden würden Geschäfte miteinander machen.«

»Schon mal was von Telefon, Fax, Computer gehört?« fragt Gruzsa, als rede er mit einem Vollidioten, und dafür scheint er Tim auch zu halten. »Er hat Z nie gesehen.«

»*Niemand* hat ihn gesehen«, sagt Jorge. »Seit der High-School nicht mehr.«

»Bis wir diesen ziemlich abgefuckten Typen da unten im Dschungel aufgelesen haben«, fügt Gruzsa hinzu, »kann eigentlich überhaupt niemand sagen, daß er den echten Bobby Z gesehen hat.«

»Eine Legende«, wiederholt Jorge.

## *3*

Escobar labert und labert, während Tim auf einer Pritsche liegt, ein steriles Tuch über dem Gesicht, und irgendein Doktor seine Kokainstrafe abarbeitet, indem er Tim eine kleine Narbe verpaßt. Sie soll haargenauso aussehen wie die von Z, nachdem er sich beim Brandungssurfen in der Three Arch Bay den Kopf an einem Felsen aufschlug.

»Z hatte aber keine Tattoos, oder?« fragt Tim, weil diese Scheiße trotz örtlicher Betäubung sauweh tut, und er sowieso langsam die Schnauze voll davon hat, hier auf dieser Pritsche zu liegen, mit einem Stück Gaze im Gesicht.

»Nein«, antwortet Gruzsa, und dann kommt ihm ein beunruhigender Gedanke: »Aber du hoffentlich auch nicht, oder?«

»Nein.«

Was auch besser so ist, denkt Tim, denn Gruzsa würde sie ihm wahrscheinlich gleich wegätzen. Aber dann fällt ihm ein, daß die einzige Alternative die Angels auf dem Gefängnishof sind – was macht da schon eine Narbe mehr oder weniger?

Also liegt er da, und Gruzsa begutachtet die Prozedur, während Escobar über Bobby Z labert und labert.

Daß Z, als er von der High-School abgeht, schon ein richtiger reicher Stinker ist und eine Reihe von seinen Freunden beschäftigt, die ganz Südkalifornien mit Drogen beliefern. Und wie dann irgendwann jemand blöderweise auf ihn aufmerksam wird, nicht etwa die Bullen, sondern die Konkurrenz. Das ist in der Zeit, als die mexikanischen Gangs kaum mehr sind als ein schlechter Scherz. Die Vietnamesen sind überhaupt noch nicht organisiert, es gibt vielleicht gerade einen Chinesen in ganz Orange County, und die Italiener haben den Markt noch fest im Griff. Und von denen steckt wahrscheinlich auch einer dahinter, obwohl Z es nie beweisen kann. Jedenfalls gehen zwei von seinen Kurieren in der Nähe von Riverside hoch, was Z für ein ziemlich schlechtes Omen hält.

Da liegen dann zwei ziemlich taffe Kids mit dem Gesicht nach unten in einem Entwässerungskanal, und Bobby weiß, wer in Wirklichkeit gemeint ist. Er denkt an den alten Spruch: »Frage nie, wem die Totenglocke schlägt; sie schlägt dir.«

Aber was soll er bloß tun? Da sitzt Z in seiner Mietwohnung, die ein Erwachsener für ihn angemietet hat, in der Hand seine 66er Stang, die er auf die gleiche Weise erworben hat, und überlegt: Weißt du was? Auf dem Papier existiere ich gar nicht. Nirgendwo.

Also macht er die Fliege. Verschwindet.

»Wie Morgendunst«, beschreibt One Way es mit ehrfürchtiger Stimme, und seine Synapsen knacken wie Rice Krispies. Er verfolgt vier ziemlich nervöse deutsche Touristen wie ein treuer Hund, die ganze Forest Avenue in Laguna hinunter, und schwadroniert: »Es ist so, als würde Z sich einfach über dem Meer in Luft auflösen. Wer weiß, wo er wieder auftaucht? Manche sagen, in China, manche in Japan, manche behaupten sogar, sie hätten ihn in Indonesien am

Strand gesehen, ganz so wie Lord Jim, dieser verdammte Teufelskerl. Vielleicht aber segelt er auch auf einem Boot übers Meer, oder ist es ein U-Boot, Z als Captain Nemo, wie dieser James Mason oder wie er hieß. Aber eigentlich ist er einen Tag am Strand und am nächsten nicht mehr, da ist er einfach weg, Mann. Weg. Paddelt vielleicht einfach auf seinem Brett raus aufs Meer, und dann veschwindet er hinter den Brechern und… *sayonara.*«

Aber das Geschäft läuft und läuft. Z hat ein Verteilersystem aufgebaut mit Zwischenhändlern und Vertretern und Rabatten und Gewinnbeteiligungen. Z schafft das beste Gras an der ganzen Westküste heran. Nur erstklassigen Stoff. Bündelweise. Bringt es einfach auf kleinen Schiffen herein wie die alten Schmuggler früher, und ab und zu, wenn er eins verliert, geht ein Zwischenhändler hoch. Aber an Z kommt die Drogenbehörde nie ran.

»Fünfmal dachten wir schon, wir hätten ihn«, sagt Gruzsa. »Und dann stellte sich raus, es war ein ganz anderer.«

»Nach Z zu greifen ist so, als wollte man nach dem Nebel greifen«, echot Escobar. Zur Untermalung grapscht er in die Luft.

Z wird eine richtig große Nummer. Z beliefert die ganze Westküste, den ganzen Westen. Wenn du fünf Yuppies vor dir hast, die nach ihrem pochierten Lachs eine extradicke Tüte rauchen, kannst du sicher sein, daß sie aus Zs Dope gerollt ist.

»Er ist einfach unheimlich clever«, erklärt Gruzsa. »Kein Koks, kein Smack, kein Speed, kein Acid. Nur erstklassiges Gras. Opium. Thai-Sticks. Und er verkauft nur an Leute, die bar bezahlen. So kriegst du als Zwischenhändler erst gar keinen pickeligen Bubi oder Heavy-Metal-Fan oder Möchtegernrocker, der dich bei jeder Gelegenheit hochgehen lassen kann. Wenn du als Bulle jemanden mit Zs Dope erwischst, kommt er auf Bewährung frei und ist schneller in der Entziehungsanstalt, als du wieder zurück auf deinem Revier bist. Zs Kundenkreis ist nur vom Feinsten.«

»So 'ne Art Edelkaufhaus für Dope«, sagt Escobar.

Z liefert Ware von Alaska bis Costa Rica.

»Wer weiß, wann am Strand ein Boot ankommt?« fragt One Way die Touristen in Laguna, neben denen er immer noch herläuft. »Seht mal, Z schaut auf eine Karte, und er weiß ganz genau, die Küstenwache kann einfach nicht alles sehen, hier ein kleines Boot, dort ein kleines Boot, und die Küste ist so lang. Tausende von Kilometern für Zs Dope, Mann. Schau mal, da draußen, das ist der Pazifik, verdammt noch mal, und das, Kumpels, ist Zs Revier. Z kennt den Rhythmus des Wassers, Mann. Er kennt ihn, und er reitet auf den Wellen. Z ist wie Poseidon. Oder wie Neptun, scheißegal. Pazifik bedeutet friedlich, Mann. Und Z lebt in absolutem Frieden damit.«

»Also, was ist passiert?« fragt Tim. Immerhin ist der Wunderknabe in Polizeigewahrsam gestorben.

»Keinen blassen Schimmer«, sagt Gruzsa. »Läßt sich in Thailand einfach festnehmen. Ist sterbenskrank, hat sich irgendwas geholt. Geht einfach zur Botschaft und fragt, ob er jemanden von der DEA, der amerikanischen Drogenbehörde, sprechen könnte. Sagt, sein Name sei Robert Zacharias. Innerhalb der nächsten Viertelstunde saß ich im Flugzeug.«

»Und dann stirbt er unter der Dusche«, sagt Tim.

»Ja, nicht?« antwortet Gruzsa. Als wollte er sagen: Ist doch ganz schön ätzend, das Leben, oder?

Der Doktor ist endlich fertig und sagt zu Tim, er solle nicht dran herumpopeln. Hält einen Spiegel hoch und zeigt Tim die kleine Wunde auf der linken Stirnhälfte. Sieht aus wie ein kleines Z.

Na klar doch. Na verdammt klar doch, denkt Tim.

»Was soll ich denn nun machen«, fragt Tim, »wenn Huertero mich über die Grenze mitnimmt, weil er denkt, ich bin sein Partner Z?«

Gruzsa sieht genervt aus.

»Was geht *mich* das an?« fragt er.

Tim bleibt hartnäckig. »Und was mache ich, wenn er rauskriegt, daß ich es nicht bin?«

»Das ist dein Problem«. sagt Gruzsa.

Da haben wir den Salat, denkt Tim. Entweder ich gehe zurück in den Knast und werde todsicher umgelegt, oder ich übernehme die Rolle des großartigen Bobby Z und werde höchstwahrscheinlich auch umgelegt.

Ich nehme Tür zwei, beschließt Tim.

# 4

Aber zuerst ein bißchen Training.

»Was für ein Training?« fragt Tim. Niemand hat ihm etwas von irgendeinem Scheißtraining gesagt. Das Tolle am Knast ist nämlich, daß du eigentlich nicht sonderlich viel zu tun hast. Wenn man die Herstellung von Nummernschildern nicht mitzählt.

»Du mußt ein paar Sachen über Bobby Z lernen«, sagt Escobar. »Und ein bißchen Grundwortschatz.«

So wird Escobar für die nächsten zwei Wochen Tims Babysitter und Trainer, um ihm möglichst viel über Bobby Z einzutrichtern. Sie bringen ihn in irgendeinem Camp in der Nähe von San Clemente unter, damit die Wunde verheilen kann und eine schöne Narbe bildet, und Escobar – na ja, Tim hat den Eindruck, daß Escobar in den verstorbenen Bobby Z regelrecht verknallt ist, weil er einfach nicht aufhören kann, über ihn zu quatschen.

Er erzählt Tim alles, was die DEA jemals über Z erfahren hat. Was er gerne ißt, was für Klamotten er anzieht. Alte Freunde, alte Stammkneipen, alte Freundinnen.

Er löchert Tim so lange, bis der das Gefühl hat, er ist wieder auf der High-School und setzt eine Prüfung in den Sand. Escobar ist wie dieser nervige Jiminy Cricket bei Pinocchio: Ständig triezt er Tim mit seinen Fragen, und dabei interessiert sich Tim viel mehr für die tolle Mieze auf MTV.

»Biersorte?« fragt Escobar.

»Budweiser.«

*»Corona«*, stöhnt Escobar und ist ziemlich sauer.

Einmal steht Tim unter der Dusche, und Escobar schiebt die Tür beiseite und fragt: »Footballteam?«

»Gibt es keins«, antwortet Tim. »Er haßt Football.«

»Was für ein Sport dann?« fragt Escobar.

»Surfen«, sagt Tim. Geschenkt. »Und Beachvolleyball.«

Oder Tim macht ein Nickerchen, streckt sich auf der Couch aus, aalt sich in der Nachmittagssonne, und da kommt Escobar, packt ihn am T-Shirt, zerrt ihn von der Couch und ruft: »Schulfarben?«

»Blau und Gold«, brummt Tim.

Escobar brüllt: »Braun und Weiß!« und tritt Tim mitten in den Bauch – fest. Mit einem von diesen spitzen Bohnenfresserstiefeln. Tim liegt zusammengekrümmt wie ein Embryo auf dem Teppich, und Escobar hockt sich neben ihn hin und sagt: »Du reißt dich besser ein bißchen zusammen, *pendejo*. Was glaubst du wohl, was Don Huertero mit dir macht, wenn er rauskriegt, daß du nicht echt bist? Dich in den Bauch treten, hä? Vielleicht kettet er dich an eine Wand und behandelt dich ein bißchen mit dem Lötkolben. Vielleicht fängt er auch damit an, dir die Finger einzeln abzusäbeln. Oder noch was Schlimmeres als die Finger. Don Huertero ist ein ziemliches Schwein, *ese*.«

Also reißt sich Tim zusammen, fängt an, diesen Scheiß wirklich auswendig zu lernen. Lernt all den Mist, den Don Huertero vielleicht oder vielleicht auch nicht über Bobby Z weiß. Er sieht auch immer mehr wie Bobby Z aus. Die Narbe wird immer blasser, und Tim läßt sich die Haare wachsen. Sie wollen allerdings nicht, daß er raus an die Sonne geht. Er soll bleich aussehen, wie einer, der gerade aus dem Knast kommt. Also sieht Tim eine Menge fern und macht seine Hausaufgaben.

Bobby-Z-Hausaufgaben. Was für Klamotten, was für Filme, was für Bücher? Im High-School-Jahrbuch gibt es ein kleines Foto von Bobby Z, mit diesem typischen Grinsen im Gesicht, das heißen soll, ich weiß schon, daß das hier alles Scheiße ist, mir macht keiner was vor. High-School-Freunde, Surferfreunde, Freundinnen. Jede Menge Freundinnen, findet Tim heraus, und das fuchst ihn. Noch nicht mal irgendwelche abgefuckten Bräute, sondern richtig erstklassige, coole Girls aus Südkalifornien. Da steht er, smart, gutaussehend, um ihn herum lauter Beachgirls. Girls mit diesem selbstbewußten Ausdruck im Gesicht, diesem Blick, der sagt, sie wissen, daß ihnen die Welt gehört, einfach, *weil sie da sind*.

»Z mochte seine *chucha*, weißt du, Mann«, hechelt Escobar lüstern, als sie sich die Bilder gemeinsam ansehen und dabei überlegen, welches von den Mädchen Z nun tatsächlich vögelte. Escobar zeigt auf die, von denen er weiß, daß sie Zs Freundinnen waren: eine Ashley, zwei Jennifers, eine Britanny, eine Elizabeth, eine Sky. »Und die *chucha*, sie mochten Z, da kannst du Gift drauf nehmen, Mann.«

Als wäre das 'ne große Offenbarung für Tim. Es ist so 'ne Art wissenschaftliche Erkenntnis, daß Mädels auf Typen stehen, die im Drogenbusineß sind. Sehen gut aus, sind cool, haben Geld und immer was zum Rauchen, denkt Tim. Aber wer hat denn auch je behauptet, daß das Leben fair ist?

Escobar informiert Tim auch über Zs männliche Kumpels. Surferkumpels, Dopekumpels, einige von ihnen – sogar Mädchen – haben irgendwann angefangen, für ihn zu arbeiten, als so 'ne Art Vertreter für Bobbys Stoff. Ein Jason, ein Chad, gleich zwei Shanes und ein Free, und der war – kaum zu glauben – der Bruder von Sky. Typen, die total hip aussehen, coole Typen, das hat Tim gleich begriffen. Typen, die ganz zu Recht davon ausgehen, daß die Welt ihnen gehört, weil ihnen der Strand gehört. Bobbys Freunde.

Es gab auch gute Freunde, sagt ihm Escobar. Bobbys *carnal*. So dermaßen *carnal*, denkt Tim, daß zwei von ihnen, einer der Shanes und Britanny, mit dem Gesicht nach unten in einem Entwässerungskanal enden.

Tim studiert ihre Bilder, ihre Namen. Er liest Bücher über das Surfen, er bekommt Lektionen von Escobar, wie Bobby Zs Imperium funktioniert. Alles was sie darüber erfahren konnten, sagt Escobar traurig, bevor Zs Herz seinen letzten Schlag tat.

»Bobbys rechte Hand in den Staaten ist ein Typ, den sie ›den Mönch‹ nennen«, teilt ihm Escobar mit.

Der Mönch? denkt Tim. Was zum Teufel ist das für einer? Der einzige Mönch, den Tim kennt, ist dieser fette Kerl bei Robin Hood.

Also fragt er: »Wer ist das?«

Escobar schüttelt traurig den Kopf angesichts von Kearneys Blödheit.

»Wenn wir das wüßten, würden wir ihn doch schnappen, oder?« meint er.

»Was weiß ich«, sagt Tim. Bullen haben Bullenhirne, und wer weiß schon, was da drin vorgeht.

Es ist alles zuviel für Tim. Er klappt das Jahrbuch zu und schließt die Augen.

»Du lernst dieses Zeug besser auswendig«, warnt ihn Escobar. »Huerteros Männer werden dir Fragen stellen. Sie werden sich vergewissern, daß du der richtige Mann bist, bevor sie sich auf den Handel einlassen. Und das sollten sie wohl besser, sonst macht dir Gruzsa Feuer unterm Hintern. Da unten an der Grenze kann 'ne ganze Menge passieren bei Nacht, weißt du?«

Das kann sich Tim lebhaft vorstellen. Tim war nämlich an dieser beschissenen Grenze zwischen Kuwait und Irak, als die irakischen Panzer herüberdonnerten. O ja, Jorge, es können ein paar ganz schön unangenehme Dinge passieren an so 'ner Grenze bei Nacht, *pendejo, ese*?

Also büffelt Tim weiter. Nach ein paar Wochen weiß er alles, was es über den legendären Bobby Z zu wissen gibt. Und nicht etwa deshalb, weil Tim so wahnsinnig fasziniert von dem Wunderknaben ist, sondern weil Tim wenigstens eine winzige Chance haben will, bei diesem kleinen Deal an der Grenze mit dem Leben davonzukommen.

Trotzdem sind's langweilige Wochen. Dabei wäre es nicht halb so schlimm, wenn sie ihm etwas Anständiges zwischen die Kiemen geben würden, aber das tun sie auch nicht. Bobby ist nämlich Vegetarier geworden, auch das noch, und Escobar möchte unter allen Umständen vermeiden, daß Huertero irgendwelches Fleisch in Tims Atem riecht.

»Das ist doch bescheuert«, protestiert Tim.

»Ist es nicht«, sagt Escobar. »Huertero hat da unten ein paar Indios, die für ihn arbeiten. Cahuilla. Die riechen so was, da kannst du Gift drauf nehmen, Mann. Die sind wie Kojoten.«

Also keine Cheeseburger, keine Hot Dogs, keine *tacos al carne*, von denen Tim die ganze Zeit geträumt hat. Escobar sagt ihm, er könne ein Fisch-Taco haben, wenn er will, und Tim sagt zu ihm, das könne er sich sonstwohin stecken, dieses Fisch-Taco. Woraufhin Escobar eingeschnappt ist und Tim drei Tage lang nichts anderes kriegt als Pitabrot und Reis und Gemüse, und Tim sagt, *ich weiß den ganzen Scheiß jetzt auswendig, also bringen wir die Sache endlich hinter uns.*

Da taucht Gruzsa auf und macht mit Tim einen kleinen Test. Escobar steht dabei wie ein nervöser Vater, raucht eine Zigarette nach der anderen und drückt seinem Jungen die Daumen, während Gruzsa eine ganze Wagenladung Fragen zu dem verblichenen Bobby Z über Tim auskippt.

Escobar strahlt wie ein Idiot, als Tim den Test mit Bravour besteht.

Gruzsas Reaktion ist nicht ganz so herzlich.

»Ich denke, daß du jetzt soweit bist«, ist alles, was er sagt.

Und so stecken sie ihn eines Abends wieder in den Lieferwagen und karren ihn woandershin.

## *5*

Spätnachts in irgendeinem Canyon an der Grenze.

Tim schätzt, daß sie irgendwo östlich von San Diego sind. Der Mond ist aufgegangen, und der Himmel ist nicht schwarz, sondern silbern, als Escobar Tim den Abhang hinunter in den Canyon führt. Gruzsa bleibt oben in seinem Jeep sitzen und beobachtet durch das Zielfernrohr eines Gewehrs eine kleine Gruppe von DEA-Agenten mit M16s, Gewehren und möglicherweise auch Minenwerfern – soweit Tim das erkennen kann –, die sie decken sollen.

Die Typen von der Immigrationsbehörde, der INS, müssen die Route vorher abgecheckt haben, weil keine Grenzer weit und breit zu sehen sind. Und Huertero hat offenbar die mexikanische Seite geräumt, weil dort nirgendwo illegale Grenzgänger hinter dem Stacheldraht hocken und auf ihre Chance warten, ins Land der Dollars zu fliehen. Das übliche Spiel findet heute nacht nicht statt, bloß ein kurzes Austauschgeschäft unter Freunden, denkt Tim. Und jetzt kann er ein paar Typen erkennen, die von der mexikanischen Seite aus über den Canyon auf sie zukommen.

Tim spürt diese Schmetterlinge im Bauch so, wie früher, kurz bevor er einen Bruch machte. Dasselbe Gefühl wie damals, als diese

Scheiß-Iraker nach Khafji hereinströmten, bevor sie die Truppe zusammentrommeln konnten, bloß eine Handvoll Marines waren da und ein paar Saudis, und dann war die Hölle los. Und jetzt spürt er auch noch Gruzsas Knarre, die sich ihm in den Rücken bohrt.

Mittlerweile kann er zwei Mexikaner erkennen und zwischen ihnen ein Mann, den sie halb tragen und halb zerren müssen. Anscheinend ist das Art Moreno, und Tim hat den Eindruck, als hätte er einen ziemlich harten Weg hinter sich. Offenbar kann er seine Beine nicht mehr richtig gebrauchen. Als sie näher kommen, sieht Tim auch das Gesicht des Agenten, und es wirkt verdammt müde.

Tim freut sich für Moreno, weil der Typ endlich nach Hause darf, und er freut sich auch für sich selber, obwohl er sich eigentlich nicht allzusehr freuen will, bevor das alles vorbei ist. Aber er muß auch zugeben, daß er ganz schön aufgeregt ist bei dem Gedanken, daß er bald endlich frei sein wird.

Er hat zwei Wochen hinter sich, in denen er nur darauf wartete, daß die Wunde heilte, *Consumer's Digest* und andere nützliche Magazine las und sich überlegte, wohin er ziehen will, wenn das alles vorüber ist. Eines der Magazine bewertete Städte nach ihrer sogenannten Lebensqualität, und es waren hauptsächlich Städte im Mittelwesten, die ganz oben rangierten. Momentan tendiert er zu Eugene, Oregon, weil es dort viel regnet.

Er konzentriert sich also hauptsächlich auf diese Frage und überlegt sich, daß er zu Don Huerteros Jungs im Grunde nur *Vaya con Dios* sagen will. Weil es mir in Amerika gefällt, wißt ihr. Was für einen Job er wohl in Eugene bekommen kann? Jetzt sind sie nahe genug, daß er Art Morenos Augen erkennen kann, und die sehen ziemlich übel aus, ziemlich weggetreten, als hätten sie irgendwas Furchtbares gesehen, was sie auf gar keinen Fall noch mal sehen wollen.

Escobar sieht sie auch, diese Augen, weil Tim hört, wie er *pendejos* murmelt, und dann hört er eine Kugel pfeifen, und Escobars Hirnmasse spritzt Tim ins Gesicht, und Tim läßt sich auf den Boden fallen.

Das ist Khafji, alles genauso wie damals, denkt Tim, als er sich flach auf den Wüstenboden preßt und nach Deckung Ausschau hält.

Leuchtspurgeschosse ziehen über den Nachthimmel, der Lärm ist ohrenbetäubend, Typen schreien, Füße stampfen, und die beiden Mexikaner drehen sich um und laufen wieder auf die Grenze zu, Moreno immer noch zwischen sich herschleifend, bloß daß einer von ihnen am Rücken getroffen wird und irgendwie *schmilzt*, so wie die Hexe im *Zauberer von Oz*, vor der Tim bei jeder Osteraufführung so verdammten Schiß hatte. Der andere Typ flippt aus, er stößt Moreno zu Boden und wirft sich direkt hinter ihm in den Sand, als wäre er in einem Western und Moreno sein toter Gaul, und fängt an zu schießen.

Auf Tim.

Jetzt kommt Tims Grundausbildung zum Tragen, und er sucht kriechend Deckung, schafft es bis zu einem Mesquitstrauch. Einen Augenblick lang überlegt er, ob er zurückrobben soll, um Escobar zu helfen, aber er sieht, daß auf Escobars Körper kein Kopf mehr sitzt, also braucht Escobar auch Tims Hilfe nicht mehr. Außerdem sieht Tim in diesem Moment sowieso, wie Gruzsa in seinem Jeep den Abhang hinunterbrettert, mit einer Hand am Lenkrad und mit der anderen Hand ballernd wie Mel Gibson oder so. Und Tim findet, es ist höchste Zeit, abzuhauen.

Er rollt sich rückwärts aus dem Mesquitstrauch heraus und zu einer schmalen *barranca*, die parallel zur Grenze verläuft. Allem Anschein nach eine Art illegaler Highway, weil sie voller Turnschuhabdrücke ist. Und genau das hat Tim auch vor – auf ganz, ganz leisen Sohlen zu verschwinden, denn er weiß genau, wenn es bei dieser Scheiße hier ans Aufräumen geht, wird Gruzsa nach einem Sündenbock suchen, und dieser Sündenbock wird Tim Kearney heißen.

Also legt Tim erst einmal einen Zahn zu.

Nur einen Augenblick später ist an der Grenze die Hölle los. Plötzlich rennen alle möglichen Leute im Mondlicht herum, Grenzgänger tauchen aus dem Nichts auf und nutzen das Chaos, um unbeobachtet über die Grenze zu kommen, die DEA und Huerteros Desperados liefern sich ein kleines Gefecht mit Handfeuerwaffen, und Tim erschreckt sogar einen Kojoten zu Tode, der nicht weiß, in welche Richtung er laufen soll, weil der Lärm von allen Seiten kommt.

Tim steckt inmitten eines ganzen Pulks von illegalen Grenzgängern – Männern, Frauen, Kindern –, wogegen er gar nichts einzuwenden hat, aber dann brettern die INS-Broncos direkt auf sie zu, Agenten springen raus und versuchen, sie auf ein paar Pick-ups hinaufzuscheuchen.

Tim denkt, das kann's wohl nicht gewesen sein, und taucht in einen Perückenbusch unter, um abzuwarten, bis alles vorbei ist.

Sobald die INS fertig ist, denkt Tim, kann ich hier einfach wieder rausstapfen, mich in Richtung Osten auf die Socken machen, und *sayonara.* Schließlich wollten die bloß von mir, daß ich für ein paar Minuten Bobby Z bin, und das war ich auch, und was da jetzt alles in die Hose gegangen ist, ist ihr Problem und nicht meins.

Ich bin weg.

Dann hört er hinter seinem Ohr einen Abzug klicken, und eine mexikanische Stimme fragt: »Mr. Z?«

Na klar doch. Na verdammt klar doch.

»Das bin ich«, seufzt Tim.

## *6*

Als Tim aufwacht, liegt er in einem Gästezimmer, das größer ist als das Haus, in dem er aufgewachsen ist, in einem Bett mit gestärkten purpurroten Leintüchern. Er zieht die dicken, weißen Vorhänge zurück – der ganze Raum ist weiß wie Gebein – und sieht aus dem Fenster hinaus auf die fahle morgendliche Wüste, während die gerade aufgehende Sonne die umliegenden Berge in lavendelblaues Licht taucht.

Die Festung – nichts anderes kann es sein, beschließt Tim jetzt, da er es zum erstenmal bei Tageslicht sieht – ist von einer knapp drei Meter hohen Mauer aus Adobeziegeln umgeben, mit Wachtürmen an den Ecken und einer umlaufenden Brüstung. Das erinnert ihn an einen Film, den er einmal an einem Samstagnachmittag gesehen hat, über drei Brüder, die abhauen und zur Fremdenlegion gehen. An den Titel kann er sich nicht mehr erinnern.

Aber er erinnert sich daran, wie er hierhergekommen ist.

Die Mexikaner, der die Waffe auf ihn gerichtet hatte, steckte sie wieder ein, als Tim bestätigte, Bobby Z zu sein, geleitete Tim mit größtem Respekt zu einem dieser Humvee-Geländewagen und kutschierte ihn eine Weile über irgendwelche halsbrecherischen Gebirgstrampelpfade, bis sie einen Ort erreichten, der Tim wie eine Oase inmitten der Wüste vorkam. Sie fuhren durch ein elektrisch und mit Stacheldraht gesichertes Tor, an ein paar bewaffneten Wächtern vorbei und dann eine Straße hinunter in die Festung. Der Mann zeigte Tim sein Zimmer und sagte, Brian, wer auch immer das sein sollte, werde Tim am nächsten Morgen aufsuchen.

Tim, der zum erstenmal in seinem beschissenen Leben so etwas wie Luxus erlebte, ließ sich erst mal etwa eine Stunde lang in der kreisrunden Badewanne einweichen und trocknete sich anschließend mit einem Handtuch von der Größe einer Fahne ab. Dann hüpfte er ins Bett und zappte eine Weile durch die Programme, bis er einschlief. Morgen war auch noch ein Tag.

»Da bin ich nun also«, denkt er jetzt, während er den schneeweißen Frotteebademantel anzieht und auf den kleinen Patio vor seinem Zimmer hinaustritt. Er setzt sich auf einen der Rohrliegestühle, legt die Füße auf einen kleinen schmiedeeisernen Tisch und versucht sich an etwas von dem Orientierungsscheiß zu erinnern, den sie ihnen bei den Marines beigebracht haben. Allerdings gibt er sich nicht besonders große Mühe damit, weil die Sonne schon ganz schön herunterbrennt und sich das verdammt gut anfühlt. Und es ist auch ein verdammt gutes Gefühl, allein zu sein und an der frischen Luft.

Wenigstens halbwegs allein. Zu seiner Linken hört er jemanden einen Tennisball schlagen, und irgendwoher dringt das Geräusch von jemandem, der in weichen, gleichmäßigen Zügen schwimmt. Eine mexikanische Frau schlurft vorbei, einen Packen frisch gewaschenes Leinen auf dem Arm, entdeckt ihn und kommt mit schuldbewußtem Blick auf ihn zu.

*»La siento«*, sagt sie. »Ich wußte nicht, daß Sie wach sind.«

»Ist schon okay«, antwortet Tim. »Ich bin mir da selber nicht so sicher.«

*»Café?«* fragt sie.

»Klingt großartig.«

*»Solo o con leche?«*

*»Con leche, por favor«,* antwortet Tim.

Mit Milch, denkt er. Mit viel Milch.

*»Y azúcar?«* fügt er hinzu. Er möchte ihn richtig dick und süß.

Sie lächelt über sein Spanisch. *»Desayuno?«* fragt sie ihn. Ihre Zähne zwischen den vollen Lippen heben sich schneeweiß von der braunen Haut ab, und da begreift Tim endlich, daß er draußen ist. Vielleicht noch nicht aus dem Schneider, aber aus dem Knast. Mittenrein in eine Welt aus Milch, Zucker und Frauen.

*»Desayuno?«* fragt er verständnislos.

»Frühstück.« übersetzt sie.

Da er nicht weiß, ob es bescheuerter wirkt, wenn er auf spanisch antwortet oder auf englisch, nickt er einfach nur und lächelt.

»Was möchten Sie?« fragt sie.

Jetzt ist er erst recht verwirrt. Ist ziemlich lange her, daß ihm jemand diese Frage gestellt hat, ganz egal, worum es ging.

»Irgendwas.«

»*Huevos*, Toast...« Sie ringt mit dem nächsten Wort. »Speck?«

»Ja, bitte«, antwortet er. »Klingt großartig.«

»Ich sage dem Koch Bescheid«, meint sie und fügt entschuldigend hinzu: »Es dauert ein paar Minuten, aber ich bringe Ihnen gleich schon mal den Kaffee.«

»He?« ruft er ihr hinterher.

*»Sí?«*

»Wo bin ich hier?«

Sie denkt einen Augenblick lang nach, bevor sie antwortet. »An einem schönen Ort.«

Womit sie nicht unrecht hat, denkt Tim. Und dann denkt er noch: Wenn ich gewußt hätte, daß das Leben von Bobby Z so aussieht, hätte ich schon vor Jahren damit angefangen.

Er schaut auf ihre Beine und ihren Busen, als sie mit dem Tablett zurückkommt, sieht aber weg, als sie sich bückt, um es auf den Tisch zu stellen.

»*Gracias*«, murmelt er und kommt sich ziemlich dämlich vor.

»*De nada*«, antwortet sie, und weg ist sie. Sie läßt ihn allein mit sich selbst und den Geräuschen von Geld – dem dumpfen Ploppen eines Rackets, das auf einen Ball trifft, und dem leisen Plätschern, mit dem ein Körper durchs Wasser gleitet. Ein Kind lacht.

Nicht schlecht, denkt er, für 'ne mausetote Superniete. Nachdem er Kaffee und Frühstück verdrückt hat, ohne daß sich ein Brian bei ihm gemeldet hätte, schlendert er in sein Zimmer zurück und öffnet die Schränke und Schubladen. Alles voller Klamotten, die ihm passen.

Todschicke Nikes, todschicke Gucci-Slipper, todschicke Calvin-Klein-Poloshirts in Pastellfarben. Zwei Armani-Anzüge, sandfarben. Ein weißer Adolfo-Blazer. Stapelweise zusammengelegte T-Shirts, die meisten davon schwarz, eins pflaumenfarben, eins gelb, ein paar weiße. Und alle ohne irgendwelche Reklame oder blöden Sprüche darauf, einfach nur Farbe.

Er duscht und rasiert sich – mit Schaum, der nicht aus der Spraydose kommt, sondern aus einer eleganten grauen Tube mit Rasiercreme, von jemandem, der einfach nur »M« heißt. Dann zieht er sich an. Seine Wahl fällt auf ein Paar Ocean-Pacific-Hosen, einen mexikanischen Bauernpullover aus Baumwolle, die Armani-Sonnenbrille und eine khakifarbene Baseballkappe. Schließlich geht er los, immer dem Geräusch des Wassers nach.

Es ist ein richtiger Wasserfall, mitten in der Wüste. Stürzt in Kaskaden über Felsen hinab in einen Pool, der die Form eines arabischen Fensters hat – ein längliches Oval mit Kreisen oben, unten und an zwei Seiten. Fliesen am Grund. In der Mitte die Buchstaben BC in arabischer Schrift. Der Pool allein wäre schon groß genug für ein komplettes Mormonenfamilientreffen, und daneben gibt es auch noch einen Whirlpool, in dem man schwimmen könnte. Rings herum riesengroße Dattelpalmen für den Fall, daß man irgendwann keinen Bock mehr hat, in der Sonne zu liegen.

Von hier aus hat man auch eine gute Aussicht auf das Haus. Sieht haargenau aus wie eine arabische Festung. Ein Hauptgebäude mit zwei Seitenflügeln. Rundbögen über den Türen, den Fenstern, über die ganze Front verteilt. Fast erwartet er, gleich den Imam zu hören, der die Gläubigen zum Gebet ruft. Tennisplätze – nicht einer, mehrere –, noch ein Swimmingpool, ein smaragdgrünes Rechteck von sauber gestutztem Rasen mit haufenweise Krocketzeug darauf. Eine Reihe von Außengebäuden aus Adobeziegeln. Alles umgeben von der Adobemauer, in der Tim Bewegungs- und Geräuschmelder entdeckt.

Dieser Brian C muß ein paar Feinde haben, denkt Tim.

Und auch ein paar ganz nette Freunde, denn jetzt hat er *sie* entdeckt. Sie liegt auf dem Bauch auf einer Sonnenliege, das Bikinioberteil mit geöffnetem Verschluß, ihr Rücken ist gleichmäßig gebräunt, das rostrote Haar hat sie hochgesteckt. Lange Beine und ein kleiner Hintern.

Sie spürt offenbar seinen Blick, denn jetzt dreht sie den Hals ein winziges bißchen zur Seite, um nach ihm zu sehen. Sie lächelt ihn hinter ihrer blickdichten Sonnenbrille hervor an.

Ein verschwörerisches Lächeln, denkt Tim.

Er lächelt zurück.

Sie legt den Kopf wieder hin.

Er zieht den Bauernpullover aus. Er ist gut in Form, zumindest für einen Knacki, weil er haufenweise Liegestütze und Sit-ups gemacht hat. Blaß ist er allerdings schon.

Sie bemerkt es. Sie sagt: »Gott, bist du weiß!«

Leise Stimme. Sehr sexy.

Ohne aufzuschauen, langt sie unter ihre Liege und reicht ihm eine Tube mit Sunblocker, Lichtschutzfaktor 30.

Er murmelt: »Danke« und fängt an, sich damit einzuschmieren. Gerade ist er bei den Füßen angelangt, als ein mexikanischer Junge aus dem Haus kommt und sagt: »Mr. Z? Brian würde Sie jetzt gerne sehen, wenn es Ihnen recht ist.«

Na klar doch. Na verdammt klar doch.

Er zieht sich seinen Pullover wieder über und folgt dem Jungen ins Haus.

# 7

Es stellt sich heraus, daß Brian Brian Cervier heißt, und das C am Anfang spricht man wie das harte K bei »Kurve«, nicht wie das weiche S bei »Servus«. Aber Tim findet, daß der Anfangslaut seines Namens so ziemlich das einzig Harte an ihm sein dürfte.

Brian ist dick, das heißt rund. Wie ein richtig fettiger, zuckriger Donut. Tim schätzt ihn auf etwa Ende Zwanzig, er wird schon kahl – an seinen Schläfen glitzert ein Klümpchen rote Brillantine –, und wenn Tim blaß ist, dann ist Brian ein Albino. Kein richtiger zwar – Brian hat keine roten Augen oder so –, aber der Kerl ist trotzdem so weiß und knuddelig wie Casper, der freundliche Geist.

Er trägt einen bodenlangen weißen Kaftan, in dem man eine ganze Hochzeitsparty veranstalten könnte, und sieht trotzdem noch fett aus. Unten schauen diese knubbeligen Zehen aus den Sandalen heraus, oben hängen speckige Backen bis aufs Doppelkinn herunter, und Tim kann sich vorstellen, wenn dieser Brian mit seinem Kurven-K auch nur einen Donut zuviel ißt, wird er platzen und durch die Luft sausen wie ein angepiekster Luftballon.

Im Moment sitzt Brian in einem großen Holzsessel, trinkt irgendwelches Fruchtzeug mit ein bißchen Wodka drin und scheint sich fast in die Hose zu machen vor Freude darüber, endlich den legendären Bobby Z kennenzulernen.

»Ist mir eine Ehre«, zwitschert Brian. »Möchten Sie einen Drink?«

Tim möchte. Er bestellt sich ein Bier, und schon eine Sekunde später taucht ein mexikanischer Junge damit auf – gerade so, als würde das Zimmer abgehört. Der Junge ist vielleicht siebzehn, vielleicht auch dreiundzwanzig. Er und Brian wechseln einen Blick, den Tim schon vom Knast her kennt. Der Junge reicht Tim ein eiskaltes Corona.

Tim setzt sich in den anderen Holzsessel. Er und Brian blicken sich ein paar Sekunden tief in die Augen, als könnten sie nicht genug voneinander kriegen. Schließlich sagt Brian: »Don Huertero läßt sich entschuldigen, daß er nicht persönlich kommen konnte. Aber er bat mich, Ihnen als meinem Gast jede nur erdenkliche Aufmerksamkeit zukommen zu lassen. Er wird dann übers Wochenende bei uns sein. Also *mi casa, su casa.*«

»Das ist aber auch eine *casa*«, sagt Tim.

«Sehr freundlich.«

»Erinnert mich an einen Film...«

Brian ist geschmeichelt. Er lächelt und sagt: »*Beau Geste.* Mein Lieblingsfilm. Ich sehe ihn mir immer wieder an. Ich habe das Haus exakt dem Fort nachbauen lassen, ohne die Leichen, natürlich.«

»Toll«, sagt Tim. Was er denkt, ist, daß Brian Cervier zu viel Geld hat und zu wenig zu tun.

»Nun«, sagt Brian. »Ich wollte es gerne im Wüstenstil haben, und an dem mexikanischen Zeug sieht man sich so schnell satt, wissen Sie. Und der Santa-Fé-Stil ist so abgelutscht...«

»Total abgelutscht.«

Worüber zum Teufel reden wir eigentlich? fragt sich Tim.

»...ebenso der West-Coast-Stil«, fährt Brian fort. »Der ist ja soooo...«

»Und hier sind wir nun also«, sagt Tim. Er hat Angst, zu fragen, wo genau sie nun sind, weil Z das vielleicht wissen müßte.

»Was um alles in der Welt ist denn gestern abend passiert?« kreischt Brian plötzlich los. Wenn er grinst, verschwinden seine Schweinsäuglein fast völlig in den Speckmassen. Tim zuckt mit den Achseln.

»'ne große Schießerei, das ist alles, was ich weiß.«

Brian zuckt mit den Achseln. »Kann ziemlich brenzlig werden an der Grenze.«

»Waren Sie dort?«

»Nein. Ich schicke meine Vertreter«, sagt Brian. »Nennen wir es übergroße Vorsicht.«

Tim hebt das Glas und prostet ihm zu.

Brian fährt fort: »Don Huertero ist *wütend* auf seine Leute, weil sie den Austausch vermasselt haben.«

»Eine Menge seiner Leute sind draufgegangen.«

»Ist besser für sie«, sagt Brian. Dann fügt er hinzu. «Mit mir ist Don Huertero natürlich hochzufrieden. Was gut fürs Geschäft ist.«

Tim hebt seine Flasche: »Aufs Geschäft!«

»Wissen Sie, welches die einzige Ware ist, bei deren Produktion die Mexikaner richtig gut sind?« fragt Brian.

»Was denn?«

»Mexikaner.«

»Mexikaner, aha.«

Brian sagt: »Mexiko hat sich das Ölgeschäft versaut, die Goldminen sind leer, es kann nicht mal seine lächerlichen *frijoles* vermarkten, aber Mexikaner produziert es am Fließband wie die Japaner Autos. Die Mexikaner sind Mexikos einziges Exportgut.«

»Und Sie, Brian, importieren«, sagt Tim.

»Klar, wir sind die Importeure«, schnurrt Brian. »Alles, was die Regierung für illegal erklärt, machen wir zu Geld. Drogen, Leute, Sex. Hoffentlich verbieten sie bald auch noch den Sauerstoff.«

Tim bringt ein Lächeln zustande – so wie er sich ein typisches, wissendes Z-Lächeln vorstellt. Ist wohl auch das beste, was man tun kann, wenn man *nichts* weiß. Immerhin besteht die Chance, daß die Leute denken, du weißt über alles so genau Bescheid, daß du es nicht zu sagen brauchst.

Tim bleibt also ganz cool und läßt den Rest des Bieres seine Kehle hinunterrinnen.

Um Brians Mundwinkel spielt ein Lächeln. Einen kurzen Moment lang, dann kann Brian sich einfach nicht mehr zurückhalten.

»Ich sollte Ihnen das eigentlich nicht verraten«, sagt er, »aber... Don Huertero möchte Ihnen ein großes Geschäft vorschlagen. Ein wirklich großes.«

»Und was wäre das?«

»Meth«, sagt Brian. »Der neue große Stoff.«

»Meth?«

Brian nickt. »Das beste Speed, das es je gegeben hat. Don Huertero ist dabei, übeall im Süden Meth-Labors aufzubauen. Er besorgt die Chemikalien, ich beliefere die Labors, und wir hoffen, daß Sie...«

Brian ist völlig außer Atem. »...daß Sie den Vertrieb übernehmen.«

»Ich handle nicht mit Speed«, sagt Tim. »Nur mit Dope.«

»Ich weiß, ich weiß«, sagt Brian. »Aber lassen Sie doch mal Ihre Phantasie spielen, Bobby. Don Hueteros Organisation – erstklassiger

Stoff aus meinen Labors –, und das alles kommt durch Ihre Kanäle direkt zum Endverbraucher. Wir werden unsere eigene Währung drucken können.«

Darum geht's also, denkt Tim. Dafür haben sie den armen Art Moreno wieder rausgerückt. Um Bobbys harmloses Gras-Network für den kristallklaren Speedmarkt zu erschließen.

Die ganze Westküste wird voll mit abgefahrenen Yuppies sein, die sich gegenseitig die Schädel einschlagen, weil sie von dem Zeug früher oder später alle die Paranoia kriegen. Bloß, um noch länger und mehr für ihre Bosse schuften zu können. Hauptsache, der Rubel rollt.

»Darüber muß ich erst mal nachdenken«, sagt Tim.

»Natürlich«, gurrt Brian. »Lehnen Sie sich zurück, entspannen Sie sich, legen Sie die Füße hoch. *Mi casa, su casa.* Alles, was Sie wünschen, Bobby, Sie brauchen nur zu nicken oder mit dem Finger zu schnippen. Äußern Sie einfach Ihre Wünsche, und sie werden erfüllt.«

»Okay.«

»Dies hier ist eine Oase. Ein duftender Garten. Ein Haus des Genusses.«

Tim sagt: »Vielleicht sucht die DEA nach mir.«

»Sie werden Sie nicht finden«, antwortet Brian. »Nicht hier.«

Tim nutzt die Gelegenheit. »Wo genau… ist *hier*?«

»Anza-Borrego State Park«, antwortet Brian.

»Ein staatlicher Park?«

So ein Ding mit Rangers und diesem ganzen Scheiß? Land, das dem Staat gehört? Mensch, Brian, ich habe gerade mehr Zeit auf staatlichen Anwesen verbracht, als mir lieb war.

»Das hier ist mein eigner Grund und Boden«, antwortet Brian. »Zweitausend Morgen Wüstenland, das mir meine Großeltern vererbt haben. Ringsum das große Nichts. Nur Wüste und Gebirge, menschenleer. Hier käme nicht mal ein Eselhase rein, ohne daß ich es wüßte.«

»Und raus auch nicht?«

Brian lächelt, und Tim läuft ein Schauder über den Rücken. »Raus auch nicht, nein.«

»Und angenehm nahe an der mexikanischen Grenze«, sagt Tim.

»Eine Grenze«, erwidert Brian, »ist nur ein Geisteszustand.«

Er läßt Z darüber einen Moment lang nachdenken, dann sagt er: »Also dann, willkommen im Hotel California.«

## *8*

Sie treten nach draußen, wo die Sonne die Welt weiß gebleicht hat.

Sonnenlicht, so grell, daß es in den Augen brennt. Tim zieht seine Sonnenbrille auf und sieht wie durch einen blauen Filter, daß am Pool eine Party im Gange ist. Gegenüber den mittäglich verwaschenen Pastelltönen der Wüste wirken die Gäste wie knallbunte Tupfer, blaue, rote und gelbe Rechtecke, die um das leuchtende Türkis des Pools herumstehen.

Schöne Menschen in völlig relaxter Haltung.

Selbst die, die stehen, sehen relaxt aus, findet Tim. Die Arme zu dem lässigen Winkel gekrümmt, mit dem man einen Drink an die Lippen führt, die Hüften leicht gedreht, die Knie gebeugt, jederzeit bereit, zum nächsten Gesprächspartner weiterzuschlendern, während die Augen träge über die Menge wandern, ständig auf der Suche nach einem interessanteren oder angenehmeren Anblick.

Tim haßt sie vom ersten Moment an.

Sie sehen reich aus – und sind es vermutlich auch. Die Männer sind meistens groß und schlank und kräftig von all dem vielen Gewichtestemmen in klimatisierten Fitneßstudios. Alle sind sie kokosbutterbraun – nicht etwa braun wie Farmer oder Arbeiter, deren Bräune immer beim T-Shirt aufhört, nein, diese Typen sind braun, weil sie den ganzen Tag an Pools und auf Bootsdecks herumliegen. Sie haben modische Haarschnitte: entweder lang mit Pferdeschwanz oder rasierte Schläfen, auch mit Pferdeschwanz, oder rasierte Schläfen ohne Pferdeschwanz. Ein paar Ziegenbärtchen. Ein paar tragen auch sorgfältig gepflegte Zweitagebärte.

Die Frauen sehen alle aus, als wären sie den feuchten Träumen eines Knackis entsprungen. Viele sind blond und tragen große Strohhüte auf den Zweihundert-Dollar-Haarschnitten von José Ebert.

Riesengroße Klunker – Ketten, Ohrringe, Armbänder – baumeln über teurer Badekleidung, meistens schwarzen Bikinis. Oder man trägt oben ohne über Wickeltüchern, Schweiß perlt zwischen braunen Brüsten.

Männer wie Frauen, alle drehen sich um und schauen in Richtung Tim, als er mit Brian an den Pool kommt. Zuerst zuckt er zusammen, Scheiße, es jagt ihm einen *verdammten* Schrecken ein, aber dann fällt ihm wieder ein, daß er nicht mehr die Superniete Tim Kearney aus Desert Hot Springs ist, sondern der ultimativ coole Bobby Z aus Laguna, und daß er ihnen nicht mehr die Drecksarbeit machen muß. Genauer gesagt, muß er überhaupt nichts mehr machen.

Das ist kalifornisch-cool, denkt Tim – nichts tun, aber gut aussehen.

Die Legende macht den Rest.

Also bleibt er einfach stehen, damit sie sich die Legende in aller Ruhe anschauen können. Hinter seiner Sonnenbrille begegnet er ihren Blicken: einem reichen, faulen Nichtstuerblick nach dem anderen.

Und zum erstenmal in seinem Leben sieht er – was?

Nicht Angst, das ist es nicht. Nicht einmal Respekt. Was ist es? fragt sich Tim und schaut in diese verweichlichten Gesichter, die ihn mustern. Ein Gefühl der Unterlegenheit, das ist es, denkt er. Sie glauben, er ist besser als sie.

Alle außer ihr. Sie steht am anderen Ende des Pools, eine Hand in die Hüfte gestützt. Sie begegnet seinem Blick und schenkt ihm wieder dieses wissende, spöttische Lächeln. Er läßt sich Zeit beim Zurückschauen. Sieht sie sich genauer an. Jetzt schmiegt sich ein Rock aus durchsichtigem Stoff um ihre langen Beine, über dem schwarzen Bikinitop trägt sie eine aufgeknöpfte Bluse. Es gefällt ihm, daß sie ein bißchen mehr anhat, daß ihre Brüste nicht jedermann sehen kann wie auf einem *Playboy*-Hochglanzfoto. Ihr Haar trägt sie immer noch aufgesteckt, ihr Hals ist lang und wunderschön.

Er spürt, wie sich jetzt auch seine Lippen zu einem Lächeln verziehen.

Sie lacht und wendet sich ab.

Bewegung kommt in das Tableau. Die meisten der Gäste wechseln ihre Gesprächspartner oder holen sich einen neuen Drink bei dem mexikanischen Bartender. Durch die sich neu gruppierende Menge hindurch blickt Tim unverwandt auf *sie*, während sie sich zu einem kleinen Jungen hinunterbeugt, der gerade ein Spielzeugboot zu Wasser läßt.

Der Junge wirkt völlig fehl am Platz, denkt Tim. Er *ist* völlig fehl am Platz. Was zum Teufel denken sich seine Eltern eigentlich? fragt er sich. Der stechend herbe Geruch von Marihuana erfüllt die Luft. Dope und halbnackte Frauen – und da lassen die mittendrin ein kleines Kind herumrennen. Er hofft bloß, daß *sie* nicht seine Mutter ist.

Das Kind ähnelt ihr überhaupt nicht. Erstens ist der Junge blond. Seine Haare sind lang und unten schnurgerade abgeschnitten, eine Art modischer Topfschnitt, wie man ihn oft bei Surferkindern sieht. Blaue Augen – was anderes läßt sich kaum sagen, wenn man eine blaugetönte Sonnenbrille aufhat. Und ihre sind – wie, grün?

Es ist nicht ihr Kind, denkt Tim. Wenn es ihr Kind wäre, dann würde sie ihn da wegholen und nach Hause bringen, soviel Klasse hat sie. Tim schaut sich um, ob er die Eltern entdecken kann, aber keines von den erwachsenen Paaren schenkt dem Jungen besondere Beachtung. Da ist höchstens noch eine andere junge Frau, südamerikanischer Typ, die den Jungen beobachtet. Sie blättert in einem Magazin, während sie den Jungen beobachtet, und Tim würde am liebsten zu ihr rübergehen und sie fragen, was zum Teufel sie sich eigentlich denkt.

Swimmingpools sind saugefährlich für Kids, denkt Tim. Für ihn übrigens auch, denn selbst bei den Marines hat er nie schwimmen gelernt. Hat bei der Prüfung mit einem anderen Typen die Ergebnisbögen vertauscht. Jedenfalls muß man ein Kind an einem Swimmingpool immer im Auge behalten, anstatt in einem Magazin irgendwelche blöden Artikel darüber lesen, wie man in zehn Minuten ein erfüllteres Sexleben bekommt.

Aber er ist ja nicht mein Junge, denkt er, und geht mich einen Dreck an.

Der Junge schubst das Boot ins Wasser, dann macht er einen Schritt zurück und hält ein schwarzes Kästchen mit Antenne in Richtung Boot.

Aha, denkt Tim, der Junge hat ein ferngesteuertes Boot, also hat er auch Geld. Ein Kindermädchen und ein ferngesteuertes Boot, denkt er, und einen Kumpel – *sie*, denn es ist ziemlich eindeutig, daß der Kleine das alles tut, um *ihr* zu imponieren.

Kann's dir nicht verübeln, Kleiner, denkt Tim. Würd ich an deiner Stelle auch.

Brian bittet die Gäste in ein großes offenes Zelt, wo Mexikaner in weißen Jacketts hinter riesigen Platten mit *carne asada* und Töpfen mit *chili verde* schwitzen. Tim riecht den feuchten Duft von frischen Tortillas und kriegt schon wieder Hunger.

Und scharf werd ich auch, denkt er. Die Essensdüfte, die Sonne, all das nackte Fleisch. Und sie.

»Nur ein kleiner Sonntags-Brunch«, sagte Brian zu ihm. »Wenn Don Huertero hier ist, werden wir eine richtig große Party für Sie geben. Ein Barbecue.«

»Wer sind all die Leute?« fragt Tim.

»Meine Freunde«, antwortet Brian. »Die meisten sind Europäer. Viele aus dem Export-Import-Geschäft. Ein paar Deutsche, die in Borrego Springs leben. Ein paar Wochenendgäste. Und ein paar Dauerhausgäste.«

»Wer ist der Junge?«

»Junge?« fragt Brian. Er dreht sich um und sucht nach dem Kind. »Das ist Olivias Junge«, antwortet er.

»Welche ist Olivia?«

»Olivia ist nicht hier.« Brian kichert. »Olivia ist wieder mal in der Betty-Ford-Klinik. Zum hundertfünfundachtzigsten Mal. Sie hat Elizabeth gebeten, sich um den Jungen zu kümmern, und Elizabeth fragte, ob sie ihn und das Kindermädchen hierher mitbringen könnte. Und da sind wir nun alle, eine einzige, große, glückliche, zerrüttete Familie, *chez* Cervier.«

*Elizabeth*, denkt Tim.

»Süßes Kerlchen«, sagt er.

»Ja, nicht wahr?«

Brian sagt das so, als würde er sich schon seine fetten Lippen dabei lecken, denkt Tim.

»Hat das Kind auch einen Vater?«

Brian zuckt die Achseln. »Theoretisch schon.«

Offenbar warten alle darauf, daß Tim anfängt. Also holt er sich eine große Schüssel vegetarisches Chili und ein paar Tortillas und setzt sich hin. Ein Kellner bringt ihm eine Margherita.

Er ißt und trinkt und sieht zu, wie die Sklavenhändler und Drogendealer Schlange stehen, um ihr Essen zu bekommen. Noch etwas passiert: Ein großer Mann betritt das Gelände um den Pool. Tim beobachtet ihn. Der Mann trägt einen alten Cowboyhut, ein dickes, grünes Arbeitshemd, Khakijeans und Cowboystiefel. Die heraufgerollten Ärmel lassen eine ansehnliche Cowboybräune erkennen. Der Mann setzt seine verspiegelte Sonnenbrille ab und schaut grinsend in die Menge der Partygäste. Er kneift die Augen zusammen, bis er Brian gefunden hat, dann geht er zu ihm unter das Zeltdach, nimmt den Hut ab und redet mit ihm. Den Hut in der Hand, denkt Tim, wie ein Angestellter mit seinem Boß.

Brian nickt, nickt, nickt noch einmal. Er lädt den Mann mit einer Geste ein, sich etwas zu essen zu holen, aber der Mann grinst nur, schüttelt den Kopf und deutet mit dem Hut nach draußen, in Richtung Wüste.

Er hat noch zu tun, denkt Tim.

Dann schaut der Mann über Brians Schulter hinweg zu Tim. Und er lächelt. Der hält sich nicht für schlechter als er.

Er ist mittleren Alters, sieht Tim jetzt. Großes, sonnenverbranntes Gesicht, man sieht, daß er sein Leben lang gearbeitet hat. Da draußen. Er blickt Tim an, als wäre Tim eins von seinen Rindern und er müßte seinen Wert schätzen.

Der Mann setzt den Hut erst wieder auf, als er aus dem Zelt heraustritt.

Tim denkt dasselbe, was er denken würde, wenn er dem Typen auf dem Gefängnishof begegnet wäre.

Der Mann steckt in Schwierigkeiten, denkt Tim.

Dann wendet er sich wieder seinem Essen zu. Es gibt eine eiserne Regel, die überall gilt, ob im Knast oder beim Militär: Wenn's was zu essen gibt, iß. Wenn's eine Party gibt, dann feiere.

## *9*

Tim beobachtet den Sonnenuntergang von der Brüstung auf der Mauer aus.

Hinter und unter ihm geht der Poolparty langsam die Luft aus. Jenseits der Mauer färben sich die Berge von einem satten Rotbraun langsam in dunkles Schokoladenbraun, während das Licht abnimmt.

Der Sonnenuntergang interessiert ihn deshalb so brennend, weil er feststellen will, wo Westen liegt. Die Sonne sinkt genau über den Bergen, die dem Fort am nächsten liegen, woraus er den Schluß zieht, daß er sich irgendwo im südlichsten Zipfel von Borrego befindet, nahe der mexikanischen Grenze. Zwischen diesen Bergen und Cerviers Ranch liegt ein breiter Streifen Wüste.

Außerdem kann er jetzt erkennen, daß das *Beau-Geste*-Fort eine Art Scheinfort innerhalb der Mauern einer richtigen Festung ist, ein nur kleines Gelände, das von einem viel größeren eingeschlossen wird. Das größere Gelände wird durch mehrere dichte Reihen von Tamarisken gesäumt. Er erkennt deutlich den hohen Stacheldrahtzaun, der sich zwischen den Bäumen durchwindet. Getränkedosen, vermutlich gefüllt mit Kieselsteinen, baumeln von den unteren Drahtsträngen. Oben ist der Zaun mit doppeltem Stacheldraht sowie einem unter Strom stehenden Draht bespannt. An einer Stelle, wo die Tamarisken besonders dicht stehen, erkennt man eine Stacheldrahttür, die auf eine unbefestigte Straße führt.

Jenseits des Baumgürtels, draußen im Gestrüpp der Wüste, liegen Spiralen von Stacheldraht wie Schlangen auf dem Boden.

Vermutlich mit Bewegungs- und Geräuschmeldern präpariert, denkt Tim.

Brian bleibt gern für sich.

Nicht daß da überhaupt sonderlich viele Leute wären. Auf dem großen äußeren Gelände kann Tim ein paar bewaffnete Wachposten erkennen, außerdem mindestens fünf Nebengebäude, die aussehen wie Arbeiterunterkünfte, Garagen und Werkstätten. Er sieht mehrere dreirädrige Geländefahrzeuge und einen kleinen Fuhrpark mit Off-Road-Motorrädern. Der Humvee, und vielleicht gibt es noch mehr davon, steht in einer Garage, wo ein Arbeiter gerade das Öl überprüft. Da ist sogar eins von diesen Ultraleichtflugzeugen, mit dem einer von Brians deutschen Gästen von Borrego hergeflogen ist.

Außerdem gibt es einen Stall mit Pferden und dem ganzen Kram, der dazugehört.

Und ganz hinten am südlichen Ende des größeren Geländes – Tim muß seine Augen schon ganz schön anstrengen, um es zu erkennen – befinden sich fünf Rechtecke aus verdorrtem Gestrüpp, die aussehen wie überwucherte Tennisplätze. Ziemlich unwahrscheinlich, daß es welche sind, aber er kann sich ums Verrecken nicht vorstellen, was es tatsächlich ist.

Er klettert die Stiege wieder hinunter und geht zur Party zurück, die sich mittlerweile zum Whirlpool verlagert hat. Brian hat es sich mit einem hübschen Kerlchen aus Mailand bequem gemacht. Zwei schlaksige Deutsche aalen sich bis zu den Schultern in dem heißen, sprudelnden Wasser. Ein weiterer, Typ Luftwaffe, ein großer, strammer Blonder, sitzt auf einem Stuhl neben dem Whirlpool und gibt sich redliche Mühe, eine kleine, dunkelhaarige Frau herumzukriegen, deren spitze Brüste sich im Wasser unter einem hauchdünnen Poncho abzeichnen. Die übrigen Frauen sind wenigstens richtig angezogen, stellt Tim fest, wohl weil es hier in der Wüste langsam ziemlich kalt wird. Und *sie* ruht lässig auf einem Liegestuhl und nippt an einem Glas Rotwein.

Der Junge – wie er wohl heißt, fragt sich Tim – ist wieder mit dem Boot zugange, läßt es wie bei einem Rennen kreuz und quer durch den Pool jagen. Ein Rennen ohne Gegner. Ein einsames Kind ohne einen einzigen Spielkameraden oder einen Erwachsenen, der sich um es kümmert.

Das Kindermädchen zieht gerade an einem Joint.

Tim holt sich einen Stuhl und setzt sich.

Brian nimmt einen dicken Joint aus dem Mund und sagt: »Ihr Dope, Z.«

Tim tut so, als würde er die Anwesenden segnen und sagt: »Wo immer zwei oder mehrere in meinem Namen versammelt sind...«

Sie lachen, und Brian bietet Tim den Joint an. Tim lehnt ab, und Brian schiebt ihn seinem hübschen Spielgefährten zwischen die Lippen, der einen tiefen, gierigen Zug nimmt. Und all diesen Scheiß *sieht* der Junge, denkt Tim.

Der große Deutsche – Tim hat ihn Hans getauft, obwohl er noch gar nicht weiß, wie er heißt – sagt zu dem kleinen, dunkelhaarigen Biest: »Weißt du, was ich jetzt gerne mit dir machen würde?«

Er sagt es absichtlich ganz laut, merkt Tim, damit auch jeder zuhört. Und jeder *hört* zu. Sie ist vom Wasser mittlerweile so durchgeknetet, daß ihre Haut knallrosa ist. Ihre Augen leuchten auf, und sie fragt: »Was würdest du denn gerne mit mir machen?«

Tim sieht, daß das Kind sich umgedreht hat und zusieht.

Hans sagt: »Erst mal würde ich dir gern deinen kleinen Hintern versohlen, und dann würde ich's dir...«

»Warum behältst du's nicht für dich, Mann?« unterbricht Tim ihn.

Hans hat offenbar schon soviel getrunken, daß er vergißt, mit wem er spricht. Er schenkt Tim ein höhnisches Upper-Class-Lächeln, wendet sich wieder an die Dame und sagt in seinem besten B-Movie-Akzent: »... besorgen, bis du schreist...«

»Halt die Luft an, Willy«, sagt Elizabeth.

»Und dann würd ich dich ordentlich durchficken und über deinen Titten abspritzen.«

Alle lachen, alle außer dem Jungen, Elizabeth und Tim.

Tim lacht nicht.

Statt dessen springt er auf und schlägt Willy voll ins Gesicht. Der Schlag haut Willy vom Stuhl. Er liegt auf den Knien und schaut Tim erschrocken an, als Tim ihn am Hemdkragen packt, ihn zum Pool zerrt und seinen Kopf unter Wasser drückt.

Und er hält ihn dort fest.

Selbst dann noch, als ihm der Gedanke kommt, daß er seinen Rausschmiß bei der Armee genau diesem verfluchten Jähzorn und seinem Mangel an Impulskontrolle verdankt. Und obwohl er weiß, daß genau das sein großer Fehler ist, spürt er nichts anderes als weißglühende Wut und hält Willy weiter unter die Oberfläche des klaren blauen Wassers.

Nicht daß sich *irgend jemand* bewegt hätte. Weder Brian noch sein Lustknabe noch die Frau, die Willy gerade eben noch so toll gefunden hat. Sie alle sitzen einfach da und schauen zu, wie er ihren Freund *ersäuft*.

Tolle Freunde, wirklich super, denkt Tim.

Dann endlich windet sich Elizabeth aus ihrem Liegestuhl, kommt herüber und tippt Tim auf die Schulter.

»Bobby«, sagt sie leise, und dann lächelt sie wieder. »Er sieht schon ziemlich verfärbt aus.«

Tim zieht Willy hoch. Willy liegt japsend wie eine Forelle auf dem Rücken, und Tim sagt zu ihm: »Du solltest nicht so reden in Gegenwart eines Kindes.«

Und dann, um ein bißchen mehr wie Bobby Z zu klingen: »Das ist nicht cool, weißt du, Mann?«

Gerade will er auch noch dem Kindermädchen Bescheid geben, daß sie sich mehr um ihren Job kümmern soll, als plötzlich der Cowboy vor ihm steht. Jetzt trägt er ein Revolverhalfter um die Hüfte.

Er spricht auch wie ein Cowboy, denkt Tim, als der Mann sagt: »Alles klar für die Tour, Mr. C.«

Und Tim hört sich selber sagen: »Ich komme mit.«

Brian stottert: »Ich glaube nicht...«

»Ich komme mit«, sagt Tim. Eiskalt, wie Z, nach dem Motto: Mir könnt ihr nichts vormachen.

Der Cowboy hört das auch, denn er fragt: »Haben Sie auch was *Richtiges* zum Anziehen?«

»In meinem Zimmer«, antwortet Tim.

»Ich warte einen Augenblick.«

Tim spürt, daß der Junge hinter ihm hersieht, als er weggeht. Sie auch, aber sie versucht es zu verbergen.

Als er ein paar Minuten später zurückkommt, hat sich die Party aufgelöst. Nur der Junge spielt noch mit seinem Boot, und Elizabeth hat ein Auge auf ihn. Sie steht auf, als sie Tim sieht, und kommt zu ihm herüber.

Sie sagt: »Ich fand es toll, was du getan hast.«

»Ein Arschloch, das war ich«, antwortet er. »Hab mich gehenlassen.«

»Es hat ihm gutgetan, daß sich jemand für ihn eingesetzt hat«, sagt sie. »Endlich.«

»Scheint ein lieber kleiner Kerl zu sein«, sagt Tim. Er weiß nicht, was er sonst sagen könnte.

»Findest du?« fragt sie und schaut ihn komisch an.

»Ja, warum nicht?« erwidert er und fügt hinzu: »Ich meine, wenn man Kinder mag.«

»Magst du denn Kinder?«

»Ich nicht, nein.«

»Das ist aber schade«, sagt sie.

»Wieso ist das schade?« fragt er und vermutet, daß sie gerade einen kleinen Flirtversuch startet. Was ihm ziemlich gefällt.

Sie sieht ihn mit diesen klugen, wissenden Augen an.

»Weil er dein Kind ist«, sagt sie.

Damit dreht sie sich um und geht davon.

## *10*

Der Cowboy heißt Bill Johnson. Er ist der Vormann der Ranch. Brian hat sogar ein paar Stück Vieh da draußen stehen, aber Vieh ist nicht der Haupterwerbszweig der Ranch. All das erfährt Tim, während er mit Johnson im Führerhaus eines Bedford-Trucks sitzt, der auf einem Gebirgspfad in Richtung Grenze rumpelt.

Die Fahrt beginnt bei den Garagen innerhalb der äußeren Mauer. Vier große, mit Leinwandplanen abgedeckte Bedford-Trucks stehen aufgetankt bereit. Davor ein Humvee. Und nur in dem Humvee brennt Licht, als sie sich auf einer Art Trampelpfad für Schafe vorwärtskämpfen. Gegen zehn Uhr erreichen sie die Rückseite des Berggrats, von dem aus man die Grenze überblicken kann.

Johnson stoppt die Trucks und gibt dem Humvee vor ihnen ein Zeichen. Der Geländewagen rumpelt den Grat hoch. Der Fahrer des Truck setzt Kopfhörer auf und sucht im Radio nach einer Frequenz. Er blickt Johnson an, schüttelt den Kopf und hält den Daumen hoch. Johnson schnappt sich ein Funkgerät und eine Infrarotbrille, die er sich an einer Schnur um den Hals hängt.

»Möchten Sie ein paar Schritte gehen?« fragt er Tim.

»Klar.«

Johnson geht zur Ladefläche des Truck hinüber, schlägt die Plane beiseite und sagt etwas in schnellem Spanisch. Tim sieht, wie vier Cahuilla-Indios herausspringen, alle mit Gewehren und Macheten bewaffnet. Sie traben den Pfad hinunter in Richtung Canyon.

»Kommen Sie!« sagt Johnson zu Tim.

Sie klettern den Grat hinauf, wo schon dick und breit der Humvee thront, wie einer von diesen Wachhunden, die Tim bei seinen Einbrüchen immer so genervt haben. Motor und Lichter sind jetzt aus. Tim legt sich hinter ein paar Felsbrocken flach auf den Boden, neben Johnson, der das Gelände mit dem Nachtfernglas absucht. Er reicht Tim das Glas und sagt: »Schauen Sie mal durch.«

Zu seiner Rechten erkennt Tim die Interstate 8 und die Lichter des Grenzdorfes Jucumba. Direkt vor ihnen in der Wüste erblickt er vier Gruppen von Menschen, die sich in lockerem Laufschritt von der Grenze entfernen. Er beobachtet, wie die Cahuillas ihnen entgegenlaufen und ihnen den Weg in den Canyon zeigen.

Illegale Grenzgänger. Kommen nach El Norte, um Arbeit zu suchen.

Johnson steht auf und geht in geduckter Haltung zum Humvee hinüber. Ein Fenster wird geöffnet, und Tim sieht, daß auch dort ein Fahrer mit Kopfhörern sitzt.

»Was Neues?« fragt Johnson.

Der Fahrer schüttelt den Kopf.

Tim vermutet, daß sie den Grenzschutzfunk abhören, daß es aber an diesem Abend wohl keine Probleme geben wird.

»Fahr jetzt da runter«, sagt Johnson zu dem Typen im Humvee. »Mach denen ein bißchen Beine.«

Tim sieht zu, wie der Humvee ins Tal hinunterbrettert und den Indios dabei hilft, die illegalen Immigranten in die Mündung einer schmalen Schlucht hineinzutreiben. Johnson raunzt einen Befehl in sein Funkgerät, und Tim hört, wie die Motoren der Lastwagen hinter ihm anspringen.

»Los geht's«, sagt Johnson.

Sie marschieren zu der Straße zurück. Die Cahuillas und der Humvee-Fahrer versuchen die Mexikaner auf den Ladeflächen der Trucks zusammenzupferchen. Dutzende von Illegalen stehen zitternd in Grüppchen herum, alle sehen verdammt verstört aus. Tim glaubt ganze Familien auszumachen – Männer, Frauen, Kinder und Enkelkinder. Die Familien versuchen zusammenzubleiben und in dieselben Trucks zu kommen, was das Ganze verzögert.

Johnson geht hinüber und hilft mit, schiebend, fluchend. Die Cahuillas lassen sich von seiner Wut anstecken und fangen an, mit Gewehrkolben um sich zu schlagen, nicht auf Köpfe, aber auf Rücken und Hinterteile. Es dauert etwa zehn Minuten, bis alle Illegalen verstaut sind und die Klappen der Planen geschlossen werden können.

»Und sorgt dafür, daß sie *hacer caller*«, sagt Johnson zu den Lastwagenfahrern. Sorgt dafür, daß sie die Klappe halten. Er klettert hinten auf einen der Trucks.

»Früher hab ich Vieh zusammengetrieben«, sagt Johnson. »Jetzt treibe ich Menschen zusammen.«

Der Konvoi macht sich auf den Rückweg. Johnson läßt den Humvee vorausfahren, die Cahuillas fahren auf dem Trittbrett mit. Alles geht wie in Zeitlupe – die Trucks kleben an den Gebirgshängen, wieder und wieder müssen die Fahrer zurückschalten. Wenn Tim sich in den Kurven aus dem Fenster lehnt, kann er mehrere hundert Meter tief in den Abgrund schauen und möchte am liebsten kotzen. Besonders wenn es bergab geht und er den Schotter unter den Rädern wegrutschen hört.

Johnson raucht eine Zigarette; ihm scheint die Fahrt nicht das Geringste auszumachen. Er bietet Tim eine Zigarette an, und der ist auch versucht, sie anzunehmen, aber schließlich hat er das Rauchen in der Einzelhaft aufgegeben und will dabei bleiben.

Das einzige, was Johnson nervös zu machen scheint, ist seine Armbanduhr. Immer wieder schaut er darauf, runzelt die Stirn. Nach etwa einer Stunde sagt er zu Tim: »Wir müssen es schaffen, bevor die Sonne aufgeht.«

Das klingt so typisch nach Cowboy, daß Tim lächeln muß.

Johnson sagt: »Vor 'ner Weile ist mal ein Truck hier durch die Wüste gefahren mit 'ner Fuhre Illegaler. 'n umgebauter Möbelwagen, der auf den Straßen nicht zurechtkam. Bei Sonnenaufgang blieb er auf halber Strecke liegen, und die INS kam mit Hubschraubern. Wissen Sie, was diese Schieberschweine mit ihnen gemacht haben?«

»Nein.«

»Haben einfach die Türen abgeschlossen und sind abgehauen«, sagt Johnson. »Die Illegalen können nicht raus, die Sonne knallt den ganzen Tag aufs Dach. Die sind regelrecht gebraten worden da drin.«

Brian hat gesagt, daß Mexiko von einem Produkt immer Nachschub liefert, fällt Tim wieder ein. Und das sind Mexikaner.

»Deshalb wäre ich auch ganz gern schon vor Sonnenaufgang wieder zurück«, sagt Johnson.

Er funkt den Lastwagenfahrer vor ihm an, daß er einen Zahn zulegen soll, und den anderen sagt er, sie sollen aufschließen. Jetzt rasen sie in halsbrecherischem Tempo um diese verfluchten Kurven, daß die Räder auf dem Schotter schlittern. Auf einmal wird Johnson gesprächig.

»Das hier ist eines der gottverlassensten Fleckchen Erde«, sagt er. »Anza-Borrego. Und von hier aus geht's direkt runter an die Grenze. Ein Traum für jeden Viehdieb. Seit die Regierungsfuzzis in San Diego härter durchgreifen, hat sich die Action einfach ein bißchen nach Osten verlagert, das ist alles. Könnte nicht besser sein für uns. Die Kojoten von drüben bringen die Illegalen rüber und lassen sie in der Wüste laufen. Die machen sich natürlich in die Hose vor Angst, und wir brauchen sie nur noch aufzulesen und die Ernte einzubringen. Ist noch leichter als mit Vieh, wirklich, weil Rinder einfach nicht immer kommen wollen.«

Der Konvoi fährt jetzt den Grat herunter und verläßt die Straße; statt dessen kurvt er über den schrundigen Wüstenboden zu einem

Flußbett, in dem noch vom letzten Frühjahrsregen ein kleines Rinnsal fließt. Etwa eine Stunde fahren sie das Bachbett entlang und biegen erst ab, als eine Felsplatte ihnen den Weg versperrt und sie zurück auf den Wüstenboden müssen. Ein paar Minuten später treffen sie auf eine alte Bergwerksstraße und schaffen es noch in der schützenden Finsternis durch das Tor.

Brian watschelt in seinem weißen Kaftan auf sie zu.

Um sein Eigentum zu begutachten, denkt Tim.

Die Fahrer öffnen die Klappen und treiben die Illegalen zu den überwucherten Rechtecken am Ende der Einzäunung. Johnson springt heraus und gibt Tim ein Zeichen, ihm zu folgen.

Es sind keine Tennisplätze, das sieht Tim jetzt, sondern die Dächer von unterirdischen Unterkünften. Er betritt eine davon und sieht die engen Reihen von Pritschen auf Betonboden. In einem Raum weiter hinten gibt es ein paar Plumpsklos und einige Brauseköpfe in der Decke. Aus einem lecken Hahn an einer Seite der Betonwand tropft Wasser, das stark nach Schwefel riecht.

Der ganze Raum stinkt nach altem Schweiß und Lysol, aber das Desinfektionsmittel hilft nicht mehr viel. Hier waren einfach schon viel zu viele Leute eingepfercht, in einem unterirdischen Bunker mit der Belüftung eines U-Boots.

Und jetzt quetschen sie eine neue Ladung rein.

Pack sie einfach hier rein und versteck sie unter der Erde. Man kann das Elend dieser Leute riechen, und Tim erkennt diesen Geruch sofort. Er sieht in die Gesichter von einigen dieser armen Schweine und denkt, wenn man Angst in den Augen eines Menschen lesen kann, dann hier.

Willkommen im Hotel California.

»Das Problem ist nicht, wie man sie reinkriegt«, sagt Brian zu Tim, während sie zu dem Fort aus *Beau Geste* zurückschlendern. »Das Problem ist, sie zu verstecken, bis sie an Ort und Stelle verfrachtet werden können. Wir haben hier Platz für rund fünfhundert Illegale, und ich kann sie von hier aus weiterverteilen, ohne Kontrollen fürchten zu müssen. Ein paar Kilometer nördlich von hier in Indio pflücken sie Datteln, noch ein paar Kilometer weiter in Palm Springs putzen sie Klos. Ich kann sie zu Fabriken nach San Diego bringen, LA, Downey, Riverside...«

»Sie sind ja ein richtiger Menschenfreund, Brian.«

»Also.« Brian wechselt das Thema. »Glauben Sie, Sie können uns ein paar Thais besorgen?«

»Gehen Ihnen etwa die Mexikaner aus?«

»Es ist diese verfluchte NAFTA-Sache«, sagt Brian. »Als nächstes werden sie auch noch Drogen legalisieren.«

»Sind Sie high, Brian?«

»Nur bis zur Halskrause.«

Na klar doch, denkt Tim.

Na verdammt klar doch.

## *11*

Als er in sein Zimmer zurückkommt, wartet sie schon auf ihn. Sie sitzt auf seinem Bett, in der Hand ein Glas Rotwein, und trägt ein schwarzes seidenes Nachthemd mit Jäckchen. Ihr rostrotes Haar hängt ihr offen über die Schultern, und sie sieht aus wie eins von den Mädchen aus den Katalogen, die sie im Knast für drei Päckchen Zigaretten eingetauscht haben, bloß besser und viel realer.

Obwohl das nicht alles ist, was ihm momentan im Kopf herumgeht. »Der Junge ist von mir?« fragt er.

Bobby Z soll tatsächlich ein Kind haben? Und warum stand das nicht in Escobars schlauem Buch, so wie die Lieblingssportarten und die bevorzugte Biermarke?

»Er heißt Kit«, sagt sie. »Olivia dachte, das würde dir gefallen.«

Er beschließt, es darauf ankommen zu lassen.

»Sie hat es mir nie gesagt«, erwidert er.

»Na ja, dazu muß man auch da sein«, sagt sie nicht ohne Schärfe. »Weißt du, ich mach dir gar keinen Vorwurf. Wenn ich auf Frauen stehen würde, würde ich auch versuchen, Olivia flachzulegen. Sie ist schön.«

»Und ziemlich am Arsch«, sagt er.

»Ja, und ziemlich am Arsch.«

»Weiß es eigentlich jeder hier?« fragt er.

»Nur Olivia und ich«, antwortet sie. »Und jetzt du.«

Was eigentlich eine richtig gute Nachricht ist, findet Tim.

»Wie kommt's, daß du's mir sagst?«

»Ich fand, du müßtest es wissen.«

Darüber denkt er gerade noch ein bißchen nach – verflucht, in seinem Kopf dreht sich alles –, als sie sagt: »Ich hab ganz schön lange auf dich gewartet.«

»Brian mußte mir 'ne Menge zeigen.«

Ein Lächeln, ein Grinsen, und dann: »Das habe ich nicht gemeint.«

»Was hast du denn gemeint?«

Er hat einen Ständer, der ihm die Jeans zu sprengen droht, und hofft, daß sie es nicht merkt.

Aber sie schaut genau zwischen seine Beine und antwortet: »Du weißt, was ich meine.«

Sie steht vom Bett auf, mit langsamen, geschmeidigen Bewegungen wie vorhin aus dem Liegestuhl, und zieht ihm die Jeans herunter. Sie legt die rechte Hand um seine Eier, und mit der linken packt sie seinen Schwanz und schiebt ihn sich in den Mund. Sie streichelt und leckt ihn und saugt daran, und dabei massiert sie seine Eier, und er schaut auf ihr rostrotes Haar hinab und auf ihr schönes Gesicht und läßt seine Hand in den Ausschnitt ihres Nachthemdes gleiten. Sie nimmt die Hand von seinen Eiern und gibt ihm einen Klaps auf die Finger, dann sieht sie zu ihm auf, während sie langsam mit der Zunge seinen Schwanz hochfährt und die Spitze leckt.

»Es ist so lange her«, sagt Tim heiser.

»Möchtest du in meinem Mund kommen, Liebling?«

»Nein.«

Aber sie macht weiter mit dem Lecken, bis es in seinen Eiern zu pulsieren anfängt und er glaubt, daß er sich nicht mehr lange zurückhalten kann. Sie scheint es zu spüren, steht auf und zieht sich das Nachthemd aus.

Ihm bleibt fast das Herz stehen, als er sie betrachtet. Ihre Brüste sind größer, als er dachte, ihr Bauch ist flach, und die Haut an ihren Beinen schimmert. Sie drückt ihn aufs Bett und sagt: »Ich will es so machen, wie wir es früher immer gemacht haben.«

*Wie wir es früher immer gemacht haben?* denkt Tim. *Früher?* Sie kennt mich? Oder Bobby jedenfalls. Mir haben sie erzählt, niemand hätte diesen Kerl hier gesehen seit 1983 oder so, und dann soll diese heiße Braut hier mit ihm geschlafen haben? Ich soll also gehen wie er, reden wie er und vögeln wie er?

Und dann kommt ihm der Gedanke, daß er sie am besten auf der Stelle rausschmeißt, wenn er noch halbwegs bei Verstand ist, oder sich irgendeine blöde Erklärung ausdenkt, er hätte eine Geschlechtskrankheit oder so was. Aber momentan ist bei Tim das Hirn weitgehend abgeschaltet.

Er legt sich also hin. Sie dreht ihm den Rücken zu, setzt sich auf ihn, dann schaut sie über ihre Schulter, lächelt ihn an und läßt ihn langsam in sich hineingleiten. Sie lacht und zeigt auf den Spiegel, und er merkt erst jetzt, daß er dort alles sehen kann. Ihren Hals und ihr Haar und ihren Rücken und ihren schönen kleinen Hintern, der sich über ihm auf und ab bewegt, und in dem Spiegel ihr Gesicht und ihre Brüste und ihre Möse, in die sein Schwanz hineingleitet und wieder heraus.

Sie sieht, wie er sie beobachtet, lacht wieder, und spreizt die Beine noch weiter für ihn. Und dann nimmt sie ihre langen Finger und beginnt sich zu streicheln, während sie sich über ihm auf und ab bewegt. Er packt ihre Schultern, um das Tempo anzugeben und sie fester auf sich herabzudrücken, und sie ficken weiter, bis er sagt: »Ich halt es nicht mehr lange aus.«

Sie stöhnt, als sie seine Geilheit spürt, und keucht: »Sag's mir vorher, wenn du kommst.«

Er glaubt, sie will es wissen, damit sie ihn rausziehen kann, aber als er sagt, daß er gleich kommen wird, bewegt sie sich noch wilder auf ihm und fragt: »Ist es gut? Ist es gut?«

Er antwortet: »Es ist *so verdammt gut*!«, und das scheint sie erst recht anzumachen, und sie drückt ihren muskulösen Rücken durch und fragt ihn wieder, und er antwortet, und sie stöhnt: »Ah, ah, ah, ah!« und geht ein winziges bißchen hoch, bis nur noch seine Schwanzspitze in ihr drin ist und sie beide zusehen können, wie sein Schwanz pulsiert, als er kommt.

Später liegen sie einfach nur da und reden über alte Zeiten, über die Suite im Ritz und ihre faulen Tage am Strand und die heißen Nächte in seinem Wohnwagen am Strand von El Morro, wo sie sich, wie sie sagt, in ihn verliebt hat. Vor ein paar Monaten sei sie einmal dorthin gefahren, und es sehe noch genauso aus wie vorher, ob ihm der Wohnwagen immer noch gehöre? Und er gräbt ein paar Geschichten aus, die Escobar ihm beigebracht hat, und dann reden sie über ihr Leben und sie erzählt ihm, was alles passiert ist, seit er abgetaucht ist und sie ganz allein in Laguna zurückgelassen hat.

Daß sie ein Semester am College in Los Angeles studiert habe, aber zu faul gewesen sei, ein Studium durchzuziehen, und es einfacher gefunden habe, sich irgendwelche reichen Macker zu suchen. Und die reichen Macker, die sie fand, seien reich gewesen, weil sie mit Dope handelten, und so habe sich der Kreis wieder geschlossen. Und es sei verdammt schwer, aus dem Teufelskreis wieder herauszukommen, besonders wenn man faul sei und Ficken das einzige, was man richtig gut kann. Und daß sie lieber eine Kurtisane sei als eine Nutte. Jedenfalls sei es dann so gekommen, daß sie auf der Cervier-Ranch landete, zusammen mit diesen ganzen abgefuckten neureichen Typen aus Europa, die ihren Zaster mit Drogen- und Menschenhandel machten.

»Und von Zeit zu Zeit hilft mir der Mönch aus«, sagt sie.

Plötzlich ist Tim auf dem Quivive.

Wenn der Mönch Bobbys großer Mann im Hintergrund ist, dann kann er ihm vielleicht auch dabei helfen, aus diesem Scheißland herauszukommen, bevor Gruzsa ihn in die Finger kriegt. Daher ist Tim ziemlich scharf darauf, noch mehr über den Mönch zu erfahren.

»Hast du Kontakt zu dem Mönch?« fragt er.

»Ab und zu mal«, sagt sie. »Wenn ich ein bißchen Unterstützung brauche, rufe ich ihn an. Manchmal ruft er auch mich an, wenn er jemanden für einen kleinen Kurierdienst braucht.«

»Welche Nummer verwendest du?« fragt Tim.

»Die Hintertürnummer«, sagt sie, als verstünde sich das von selbst.

Er lacht. »Was für 'ne Hintertürnummer?«

Sie nennt ihm ganz beiläufig die 555-6665 und erzählt ihm dann noch alles mögliche, was ihr in der Zwischenzeit passiert ist. Daß sie gerade einem Typen den Laufpaß gegeben hat und daß der Typ ihr ständig hinterherspioniert. Weshalb sie jetzt eine Weile bei Brian wohnt, was äußerst praktisch ist, weil sie sich so auch ein bißchen um Kit kümmern kann.

»Mein Leben war also insgesamt ziemlich beschissen, seit du mich versetzt hast«, sagt sie beiläufig. »Aber ich bin selber schuld dran. Ich sehe einfach keine Möglichkeit, daß sich was ändern könnte.«

Tim schon. Er denkt sich, alles hat bisher so gut geklappt, daß er es sich eigentlich leisten könnte, das Spiel noch ein bißchen weiter zu treiben. Er könnte sie mitnehmen. Sich ein bißchen was von Zs Geld unter den Nagel reißen, verkünden, daß er sich aus dem Geschäft zurückzieht und nach Eugene, Oregon, gehen will.

Also sagt er ganz ritterlich: »Warum kommst du nicht einfach mit mir mit?«

Sie lacht. »Du gehst nirgendwohin.«

»Ach nein?«

Jetzt grinst sie wieder, und er denkt, sie nimmt ihn auf den Arm.

»Nein«, sagt sie.

»Nein?«

Er streckt die Hand nach ihrer Möse aus und fängt an, sie zu streicheln. Spürt, wie sie feucht wird. Er kann gar nicht genug davon kriegen, in ihre grünen Augen zu schauen und zu spüren, wie sie ganz naß wird.

»Weil nämlich, wenn Don Huertero zurückkommt...«, sagt sie in diesem typischen California-Girl-Tonfall. Sie schließt die Augen, um das zu genießen, was er da mit seinen Fingern macht.

»Ja?«

»Wird er dich umbringen«, sagt sie.

Na klar doch. Na verdammt klar doch.

»Was richtig schade wäre«, murmelt Elizabeth.

»Find ich auch.«

Sie packt seinen Schwanz und sagt noch einmal: »Richtig schade.«

Bevor er weiß, wie ihm geschieht, bewegt sie sich unter ihm – als wäre das überhaupt nichts und als habe sein Schwanz eine Fernbedienung oder so etwas, macht sie etwas damit, das wie Wellen daran hinauf- und hinunterläuft, und es ist ihm egal, ob Don Huertero ihn umbringen will.

Er will nichts anderes als vögeln.

Vermutlich ist es genau das, was die Sozialhelfer im Knast immer »mangelnde Impulskontrolle« genannt haben, und »Unfähigkeit, Befriedigung hinauszuzögern.«

»Man sagt, ich sei unfähig, Befriedigung hinauszuzögern«, teilt er ihr mit.

»Meinen sie damit, daß du nichts fertig machst, was du angefangen hast?«

»Das haben sie nicht gemeint.«

»Gut.«

Was die hinausgezögerte Befriedigung angeht, macht er seine Sache gut.

Als das erledigt ist, fragt er: »Huertero will mich *umbringen*?«

Tolle Arbeit, Agent Gruzsa. Gut gemacht. Wie kommt's, daß du alles über Bobby weißt, außer dieser winzigen Kleinigkeit? Nenn du mich noch mal einen Holzkopf!

Elizabeth sagt: »Brian hält dich nur hier fest, bis Don Huertero herkommt.«

»Ich dachte, sie planen ein Barbecue«, sagt Tim.

»Tun sie ja auch.«

Na verdammt klar doch.

»Woher weißt du das alles?«

»Du kennst doch Brian«, sagt sie beiläufig. »Er kann sein süßes Mündchen nicht halten. Und da höre ich eben so manches.«

Die Situation ist also nicht gerade supergut. Sie haben ihn in dieses bescheuerte Phantasie-Fort gelockt und was sie mit ihm vorhaben, ist viel schlimmer als das, was die Angels mit ihm gemacht hätten. Ganz plötzlich kommt ihm Pelican Bay richtig idyllisch vor.

»Warum?« fragt er.

»Warum was?«

Warum was wohl?

»Warum will mich Don Huertero umbringen?« fragt er.

Sie hebt ihre schönen Schultern. »Du nimmst mich wohl auf den Arm, oder?«

Ja, ich mache nichts anderes als Witze, denkt er. Aber er will nicht weiterbohren, weil Bobby Z wahrscheinlich ganz genau wüßte, warum Don Huertero ihm an die Eier will. Also denkt Tim, wenn er die Karten auf den Tisch legt und ihnen sagt, daß er nicht Bobby Z ist, würde alles nur noch schlimmer werden. Entweder sie glauben ihm nicht und töten ihn. Oder sie glauben ihm und töten ihn auch.

Also ist es vermutlich besser, Bobby Z zu bleiben und auf sein Glück zu hoffen – und möglicherweise auf ein bißchen Verhandlungsspielraum –, als Tim Kearney zu sein, seines Zeichens Superniete und verhinderter Stareinbrecher. Der kein Glück hat und erst recht kein Verhandlungsgeschick.

Er denkt gerade über all das nach, als sie sagt: »Findest du nicht also auch, daß du besser abhauen solltest?«

»Doch, ja.«

Der Gedanke ist ihm gerade jetzt gekommen, wo er sich richtig müdegevögelt hat und wieder ans Überleben denken kann. Und weil er stocksauer ist und Angst hat und weil seine Lage auch nicht viel anders ist als im Knast, bloß daß er diesmal die Wahl hat zwischen Sterben und Abkratzen.

Also denkt er, ihr könnt mich alle mal. Weil er jetzt erst recht sauer wird.

So sauer, daß er wieder mal spürt, wie ihm die gute alte Impulskontrolle flöten geht.

Und das fühlt sich verdammt gut an.

## *12*

Tad Gruzsa ist nicht gerade der glücklichste Urlauber an der Südküste von Kalifornien.

Gruzsa sitzt in einer versifften Bar in Downey und kippt gerade seinen zweiten Bourbon mit Leitungswasser. Er will sich Mut antrinken für seinen Besuch im Barrio, wo er eine letzte Verabredung mit Escobar hat.

Auch die Bohnenfresser lieben nämlich diese offenen Särge, denkt Gruzsa, und es war so wenig von Jorges Gesicht übrig, daß Gruzsa drei Dimes in den Bestattungsunternehmer investieren mußte. Damit Escobar wenigstens einigermaßen wie ein menschliches Wesen aussieht, wenn er die Leute aus seinem Sarg anlächelt.

Es hat Gruzsa nichts ausgemacht, den Maskenbildnerjob zu bezahlen, er will bloß einfach nicht mit dem Ergebnis konfrontiert werden. Besonders, nachdem der Sargfritze ihn extra noch mal angerufen hat, um stolz zu verkünden, er habe sogar Escobars Akne kosmetisch rekonstruieren können.

Außerdem haßt Gruzsa Begräbnisse bei den Bohnenfressern. Zum Kotzen gefühlsduselig sind die, mit den ganzen jammernden Weibern, der Mutter, den Schwestern und den Tanten und all den Männern, die herumstehen – die Hälfte von Escobars männlichen Verwandten gehören sowieso der mexikanischen Mafia an und werden schreckliche Rache schwören. Dann halten sie auch noch eine komplette Messe ab, und anschließend fahren sie zum Friedhof und... Gruzsa ist schon auf einer ganzen Reihe von mexikanischen Beerdigungen gewesen; das gehört einfach zum Job, wenn man in diesem Teil des Landes arbeitet.

Also versucht Gruzsa, den Gedanken an die Totenwache und das Begräbnis hinunterzuspülen. Und außerdem ist er stocksauer auf einen gewissen Tim Kearney, Berufsverbrecher und Superniete, der sich einfach verpißt und Art Moreno im Stich läßt. Kearney ist schuld daran, daß Tad Gruzsa jetzt bis zum Hals in der Scheiße sitzt.

Wird nicht leicht sein, den geschniegelten Typen in Washington dieses ganze Kuddelmuddel zu erklären, weil die einfach überhaupt nicht kapieren, wie verdammt schwierig das Geschäft an der Westküste sein kann. Früher oder später, grübelt Gruzsa, werden sie mich fragen, warum eigentlich ausgerechnet bei mir immer die Bohnenfresser dran glauben müssen. Zuerst wird Art Moreno gekidnappt, und dann werden Jorge Escobars Einzelteile über den gesamten *arroyo* verstreut.

Aber was kann ich groß dazu sagen, denkt Gruzsa. Das Leben ist einfach ein hartes Geschäft für einen Bohnenfresser an der Grenze.

Das mit Tim Kearney steht auf einem anderen Blatt. Es ist eine Sache, eine Superniete aus dem Knast rauszuhauen, wenn man damit etwas erreicht, und eine ganz andere, einen Berufsverbrecher auf die Gesellschaft loszulassen, wenn dabei am Ende nur Scheiße herauskommt.

Solange Tim Kearney frei herumläuft, kann er allen möglichen Mist bauen, denkt Gruzsa. Mir bleibt nichts anderes übrig, als diese Flasche ausfindig zu machen und ihn dazu zu bringen, seinen Teil der Vereinbarung einzuhalten. Nicht mehr und nicht weniger.

Er muß einfach dringend verhindern, daß Tim Kearney in der Weltgeschichte herumläuft und jedem, der es hören will, seine Story erzählt. Das einzig Sinnvoll, was Tim Kearney in seinem Leben noch tun kann, ist, zu sterben.

Gruzsa schüttet seinen Drink herunter und klopft auf die Theke, um noch einen zu bestellen. Das Gesöff kommt genau in dem Moment, als ein Riese in Leder sich direkt neben ihm auf den Barhocker fallen läßt.

»Hallo, du Scheißer«, sagt Gruzsa. »Wie läuft das Speed-Geschäft?«

»Ich will nicht mal mit dir *gesehen* werden, du Arsch«, sagt der Motorradfahrer. »Geschweige denn irgendwelche Höflichkeiten austauschen.«

»Was? Ach, glaubst du, *ich* bin begeistert davon, dich zu sehen?«

»Also, was willst du, Gruzsa?«

Gruzsa bestellt dem Typen ein Bier und sagt: »Erinnerst du dich noch an den Kerl, der deinen Bruder auf dem Gewissen hat?«

Gruzsa merkt sofort, daß Boom-Booms Interesse geweckt ist. Boom-Boom ist über einsfünfundneunzig groß, wiegt weit über drei Zentner und hat mausbraunes Haar, das ihm bis über den Hintern wächst. Es ist allgemein bekannt, daß Boom-Boom tätliche Auseinandersetzungen meidet. Ob mit der Faust, mit Messern oder Feuerwaffen, dem allen geht Boom-Boom lieber aus dem Weg.

Boom-Boom jagt viel lieber Leute in die Luft. Bummbumm.

Daher der Name.

Jetzt blitzt es in Boom-Booms Augen auf.

»Kearney?« fragt er.

»Ist das der Kerl, der deinen Bruder umgelegt hat?«

»Das weißt du doch.«

»Dann ist es genau der, von dem ich rede«, sagt Gruzsa.

»Was ist mit ihm?«

»Ihr sucht ihn doch, oder?«

Boom-Boom gibt keine Antwort. Sinnlos, auch nur einen Atemzug für etwas zu verschwenden, das auf der Hand liegt.

Gruzsa sagt: »Ihr habt die ganze Gegend nach ihm abgesucht, ihn aber nicht gefunden. Sieht so aus, als wäre er vom Erdboden verschluckt, stimmt's?«

»Offenbar hat er sich aus Kalifornien abgesetzt«, antwortet Boom-Boom. »Aber wir werden ihn finden.«

Gruzsa schüttelt den Kopf. »Ich hab ihn laufen lassen.«

Gruzsa genießt die Überraschung auf Boom-Booms fettem, blödem Gesicht. Der Rocker fragt: »Warum zum Henker hast du das getan?«

Und Gruzsa kann es sich nicht verkneifen zu antworten: »Weil wir so davon begeistert waren, daß er deinen bescheuerten Bruder zu Schnittwurst zerlegt hat.«

Als er sieht, wie sich Boom-Booms Hand um den Flaschenhals schließt, fügt er hinzu: »Du traust dich doch nicht, Boom-Boom. Du legst höchstens ein Päckchen unter mein Auto und verpißt dich, aber bevor du mir hier eine auf die Nuß gibst, machst du dir eher in die Hose.«

Boom-Booms Hand löst sich von dem Flaschenhals, und er hebt die Flasche an die Lippen. Als er das Bier ausgetrunken hat, fragt er: »Warum erzählst du mir das alles?«

»Ist so wie im Film«, sagt Gruzsa. »Frag niemals warum.«

»Könnte ja schließlich sein, daß du mir 'ne Falle stellst.«

Gruzsa lacht. »Wenn ich dir 'ne Falle stellen wollte, müßte ich mich nicht in 'ne abgefuckte Bar mit dir setzen. Übrigens hast du schon mal was von 'ner Dusche gehört? Du stinkst.«

»Halt die Klappe, Gruzsa.«

»Das hättest du wohl gern«, sagt Gruzsa. »Übrigens heißt es, du hast dir's in Chino gern von hinten besorgen lassen.«

Boom-Boom sieht Gruzsa mit einem Blick an, der voller Haß ist, und das ist absolut okay, weil Gruzsa genau das erreichen will – Boom-Boom zur Weißglut bringen. Boom-Boom ist stocksauer, weshalb Gruzsa annimmt, daß die Sache stimmt, die ihm da zu Ohren gekommen ist. Die Vorstellung ist so komisch, daß er lachen muß.

»Ich kann dir 'ne Autobombe bauen, die dir bloß die Beine wegpustet«, sagt Boom-Boom jetzt und schaut auf Gruzsas Schoß hinunter.

Gruzsa nickt und verpaßt ihm eine saubere Rechte ins Gesicht. Er hört, wie der Knorpel in Boom-Booms Nase splittert, als seine Faust auftrifft.

»Daß wir Geschäfte miteinander machen, heißt noch lange nicht, daß du frech werden kannst, Freundchen«, erklärt Gruzsa.

Boom-Boom sitzt mit tränenden Augen auf seinem Hocker, und das Blut läuft ihm aus der Nase. Aber er steht nicht auf, und er geht nicht zu Boden. Das muß Gruzsa ihm zugute halten. Boom-Boom ist ein brunzdummes Riesenbaby, aber er ist hart im Nehmen.

Der Barkeeper ist plötzlich sehr auffallend damit beschäftigt, sein Kleingeld zu zählen und sich in einer Art selektivem Gedächtnisschwund zu üben. In der Bar wird sowieso mehr Crack verkauft als Schnaps, es gibt also auch keinen Überwachungsmonitor, auf dem später zu sehen sein wird, wie ein Bulle einen Rocker zusammenschlägt. Ist 'ne ganz normale Sache zwischen Erwachsenen.

»Sagen wir mal, jemand liefert mir Kearney in 'nem Leichensack«, sagt Gruzsa. »Dann werde ich einfach denken, es war der Nikolaus, und die Sache auf sich beruhen lassen.«

Boom-Boom nickt und wischt sich mit dem Ärmel das Blut ab.

Gruzsa fügt hinzu: »Und das alles ein bißchen plötzlich.«

»Uns liegt noch viel mehr an seinem Arsch als euch.«

»Wenn ich du wäre, würde ich mal im Grenzgebiet anfangen«, sagt Gruzsa. Er läßt sich vom Stuhl gleiten und legt einen Zwanziger auf den Tresen. »Mach dir nicht die Mühe, mir zu danken. Meine Arbeit ist mir Lohn genug.«

»Halt die Klappe, du Arsch.«

Aber diesmal spricht Boom-Boom ziemlich durch die Nase.

Als Gruzsa die Bar verläßt, fühlt er sich zum erstenmal an diesem Tag richtig gut.

## *13*

Tim findet den Weg zu Brians Zimmer, öffnet die Tür einen Spaltbreit und sieht, wie Brian sich gerade einen Speedball auf Spritze zieht. Brians italienischer Spielgefährte liegt nackt auf dem Boden, auf einen Ellbogen gestützt, und sieht ihm zu.

Im Zimmer riecht es nach Haschisch und Weihrauch.

Tim tritt ein.

»Z!« quiekt Brian. »Welch unerwartetes Vergnügen!«

Tim sieht den italienischen Jungen an und sagt: »Ist es okay, wenn Brian und ich einen Moment unter vier Augen miteinander sprechen?«

Der Junge zögert, aber Brian sagt: »Lauf nur, Schätzchen!«

Als sie unter sich sind, sagt Brian: »Hat Elizabeth Sie gefunden? Sie riechen, als hätten Sie gevögelt.«

Tim nickt in Richtung Spritze und fragt: »Kann ich Ihnen helfen?«

»Ist mir eine Ehre.«

Tim macht sich mit der Spritze zu schaffen, während Brian seinen Oberarm mit einem Gummiband abbindet und mit den Zähnen festzurrt. Als er eine Vene gefunden hat, die sich richtig dick unter der Haut abzeichnet, drückt Tim die gesamte Flüssigkeit aus der Spritze und jagt die Nadel in Brians Arm.

Brian treten vor Angst die Augen aus den Höhlen.

»Was zum Teufel –« sagt er, die Zähne immer noch am Gummiband.

»Ist schon in Ordnung, Bri«, sagt Tim. »Eine nette kleine Spritze voll mit Luft. Sobald ich auf den Kolben hier drücke, geht ein kleines Luftbläschen direkt bis zu deinem Herzen und – plopp! Herzversagen, Exitus.«

»Warum –?«

»Schau mir in die Augen, du Scheißer«, sagt Tim mit einer Bestimmtheit, die er gar nicht empfindet. »Ich bin Bobby Z und merke sofort, wenn du lügst. Das weißt du, oder?«

Brian nickt. Sein Gesicht ist rot, und Tim kriegt langsam Angst, daß er auch ohne Spritze einen Herzinfarkt bekommt.

»Also, was geht hier vor, Brian?« fragt Tim.

»Was hier vorgeht?« quiekt Brian.

»Ja, Mann. Was geht hier vor zwischen dir und Don Huertero?« fragt Tim. »Was hat der große *hidalgo* mit mir vor? Und erzähl mir keinen Scheiß mehr von wegen einem Meth-Deal, Brian, weil ich weiß, daß das nur der Köder war, mit dem du mich anlocken und ruhigstellen solltest, damit ich euch in die Falle gehe.« Schweißperlen treten aus jeder einzelnen Pore in Brians Gesicht.

»Also, stimmt's?« fragt Tim. Er drückt die Nadel ein bißchen tiefer in die Haut.

Brian sagt: »Wir können einen Deal machen, Z.«

»Der Deal sieht so aus, daß du mir auf der Stelle eine Antwort gibst, oder dein Herz wird explodieren wie ein M-80 in einer Mülltonne.«

Tim erinnert sich, daß das im Knast eine ganz übliche Art war, einen ins Jenseits zu befördern. Es ging ruckzuck, ein Schuß, und die Wärter konnten einfach behaupten, da sei wieder ein Junkie hopps gegangen.

»Der Tod ist auch nichts anderes als eine Reise.« Brian versucht zu bluffen.

»Na gut, dann *adios*, mein Freund«, sagt Tim.

Er drückt den Kolben langsam durch.

Brians Arm zuckt, seine Augen springen fast aus den Fettwülsten, und er sagt: »Don Huertero will Sie höchstpersönlich töten.«

»Hat er deshalb Art Moreno für mich ausgetauscht?«

»Vermutlich ja.«

»Weiter.«

»Er kommt dieses Wochenende«, sprudelt es aus Brian heraus. »Sagte, er würde Sie aufspießen und über einem Feuer braten.«

Lecker, denkt Tim.

»Warum?«

»Warum?« fragt Brian. Er kichert. »Don Huertero sagt nie, warum. Er sagt einfach, was.«

»Du weißt nicht, was er gegen mich hat?« fragt Tim.

»Nur, daß Sie ihm was weggenommen haben sollen.«

»Und was bitte, verflucht noch mal?!«

»Ich weiß es nicht, Z.« Brian fängt an zu heulen. »Ich weiß es einfach nicht. Er hat nur gesagt, Sie hätten ihm seinen Schatz gestohlen.«

»Seinen Schatz?« fragt Tim. »Wer zum Henker ist er denn? Long John Silver?«

»Kommen Sie, Bobby«, winselt Brian. »Wir sind doch Freunde.«

»Aber du hättest mich ihm mit Freuden übergeben, oder?«

»Was hätte ich denn tun sollen?«

Ja, denkt Tim. Einen Moment lang will er den Kolben endlich ganz durchdrücken, aber aus irgendeinem Grund tut er es doch nicht. Er fragt: »Hast du eine Waffe hier, Brian?«

»Nein.«

»Lüg mich nicht an. Das mag ich gar nicht.«

»Schreibtisch«, sagt Brian. »Obere Schublade.«

Tim zieht die Nadel aus der Vene. Brian plumpst zu Boden und bleibt winselnd liegen, während Tim die Pistole aus der Schublade holt. Es ist eine 9-mm-Automatik. Tim wäre eine 45er Armeepistole lieber gewesen, aber die hier wird's auch tun. Außerdem findet er einen Geldclip mit Scheinen. Er steckt beides in die Tasche.

Bargeld macht sich nämlich immer gut, und man weiß nie, wann man mal etwas braucht.

»Sag Don Huertero *gracias*, aber *no gracias*, Brian«, sagt Tim. »Ich werde jetzt aus diesem schönen Hotel auschecken.«

Dabei weiß Tim ganz genau, daß er bescheuert ist – er müßte Brian eins über die Rübe geben oder ihn wenigstens als Geisel nehmen, aber er hat einfach die Schnauze voll von all dem, von all diesen Leuten hier, und das einzige, was er will, ist abhauen, weg von hier, und zwar ganz allein.

Ich meine, scheiß drauf, denkt er. Ein Kind, eine alte Freundin, irgendein völlig durchgeknallter Mexikaner, der glaubt, er ist Gott und mich über dem Feuer braten will. Scheiße, sage ich, scheiß auf das alles hier. Scheiß auf Bobby Z.

Somit weiß er also, daß er einen Riesenmist baut – wär ja auch was ganz Neues, wenn er's nicht täte –, aber er nimmt einfach die Kanone, geht in sein Zimmer zurück und fängt an, ein paar Klamotten einzupacken. Das Khaki-LL-Bean-Hemd, Jeans, Jeansjacke, Doc Martens. Er grabscht sich noch ein paar Fläschchen Evian aus seinem kleinen Kühlschrank und steckt sie sich in die Taschen.

Dann zieht er die Waffe und geht hinaus auf das Festungsgelände. Bis jetzt hat noch niemand die Hunde gerufen – Brian wechselt vermutlich noch die Unterwäsche –, es läuft also alles glatt.

Die Nacht ist wüstenwarm. Weich und tintenschwarz. Die Sterne wirken so nah, als könnte man sie küssen.

Tim hätte Lust drauf. Er ist richtig euphorisch. Er ist frei. Vielleicht zum erstenmal in seinem Leben. Am Beau-Geste-Tor steht ein Wachposten.

»Lassen Sie mich durch«, sagt Tim.

Der Wachposten geht mit seiner Waffe in Anschlag, aber Tim lacht wie ein *loco*, und der Wachposten denkt wohl, das sei es nicht wert, um dafür zu sterben. Er läßt die Knarre sinken, drückt auf einen Knopf, und das Tor öffnet sich.

Tim tritt hinaus auf das äußere Gelände, und jetzt hört er, wie es hinter ihm unruhig wird. Die Scheißalarmanlage geht los, er schärft sich noch einmal ein, nicht über irgendwelche Rasensprenger zu stolpern, und dann kommen sie alle gleichzeitig.

Er hört, wie Brian die Mauerbrüstung entlangrennt und kreischt: »Haltet ihn! Haltet ihn!« Aber Brian ist ein ziemlicher Schwachkopf, weil er zwischendrin immer wieder ruft: »Nicht töten! Nicht töten!«, so daß die Wachposten überhaupt nicht mehr wissen, was sie tun sollen.

»Keine Bewegung da oben!« schreit Tim. »Das ist eine Falle!«

Er lacht wie ein Geistesgestörter und schaut zu der Brüstung hinauf, wo Brian wie ein aufgescheuchtes Huhn hin- und herrennt. Elizabeth steht auch da oben und schaut hinunter. Das ist wirklich cool, aber Tim weiß ums Verrecken nicht, wie er es jetzt noch durch das Haupttor schaffen soll. Aber plötzlich wird ihm klar, daß sie ihn nicht erschießen sollen, sondern nur verhindern, daß er das Gelände verläßt.

In genau diesem Moment entdeckt er den Truck, und einige interessante Ideen schießen ihm durch den Kopf.

Er geht zu dem Fahrzeug hinüber und feuert drei Magazine leer, worauf alle in Deckung gehen und er die fünf Sekunden Zeit gewinnt, die er braucht, um den Truck mittels Kurzschluß anzulassen. Er fährt auf das Tor zu, und da steht Johnson in Boxershorts. Er sieht ziemlich schläfrig aus und hält eine Winchester in der Hand.

»Wohin soll's denn gehen, mein Sohn?« fragt er in seinem schleppenden Cowboyakzent.

»Da raus«, antwortet Tim.

»Da draußen ist nichts«, sagt Johnson.

»Genau das gefällt mir ja so dran.«

Johnson schüttelt einfach nur den Kopf und sagt: »Na ja, aber ich kann Sie nicht rauslassen.«

»Sie werden mich nicht erschießen.«

»Das muß ich auch nicht.«

Johnson hebt seine Knarre ein Stück höher, um die Reifen plattzuschießen, als Tim seine 9mm auf ihn richtet.

Johnson lächelt. »Sie sind nicht der Typ dafür.«

Also läßt Tim eine Kugel haarscharf an seinem rechten Ohr vorbeipfeifen. Johnson geht in Deckung, was Tim genügend Zeit gibt, um den Rückwärtsgang einzulegen und den Truck in die richtige Position zu bringen. Dann drückt er das Gaspedal bis zum Anschlag durch und brettert mit vollem Karacho auf das Tor zu.

Johnson versucht aus der guten alten Bauchlage einen Treffer zu plazieren, aber plötzlich hat er genug damit zu tun, aus dem Weg zu rollen. Die Wachposten springen vom Tor weg, Brian kreischt, und Tim spürt deutlich Elizabeths Lächeln, als er durch das Tor bricht. Und dann ist er draußen, frei, außer Gefahr.

Bloß daß er dann den Jungen sieht.

Er sieht den Jungen im Rückspiegel. Da steht er hinter ihm auf dem äußeren Gelände und schaut dem Truck hinterher. Und er sieht verdammt traurig aus.

Und Tim denkt, scheiß drauf, ist doch nicht mein Kind.

Aber sein Fuß tritt trotzdem voll auf die Bremse, und er sagt sich: Mensch, du bist draußen, sie kriegen dich nicht mehr. Das ist deine Chance, hau ab. Mit 'nem Kind im Schlepptau schaffst du's nie. Auf gar keinen Fall schaffst du das.

»Scheiß drauf«, sagt er zu sich selbst und tritt aufs Gas.

Und er denkt immer noch, scheiß drauf, als er den Rückwärtsgang einlegt und der Junge auf ihn zutrabt. Erst läuft er und dann rennt er, als er sieht, daß der Truck zurückkommt. Kleine Beinchen, die jetzt noch einen Zahn zulegen, Mann, und Tim sieht, wie Brians Typen auf ihre Motorräder klettern, und Johnson steht nur da, aber selbst er wird nicht versuchen, über das Kind hinwegzuschießen.

Tim hält den Truck an und macht die Tür auf.

Der Junge hört auf zu rennen. Er steht bloß da und schaut ihn an.

Na klar doch, denkt Tim. Na verdammt klar doch.

»Kommst du mit?« fragt er den Jungen.

»Ja.«

»Na los dann, steig ein.«

Er streckt den Arm aus und hievt den Jungen neben sich auf den Beifahrersitz. Er legt den ersten Gang ein, während der Junge nach dem Sicherheitsgurt greift und ihn einrasten läßt. Tim schaltet gerade in den dritten, als der Junge sagt: »Du bist nicht angeschnallt.«

»Halt die Klappe«, sagt Tim.

Aber er schnallt sich an. Dann brettert er in die Wüstennacht hinaus.

## *14*

Es ist ein Rennen, das er nicht gewinnen kann, und das weiß er.

Erstens weiß er nicht, wo er ist. Zweitens weiß er nicht, wohin er fährt. Drittens ist der Truck langsam und die Straße schlecht. Viertens hat er ein Kind am Hals. Fünftens haben seine Verfolger eine ganze Armada von Geländefahrzeugen zur Verfügung. Sechstens ist er eine Superniete, nicht mehr und nicht weniger. Und schätzungsweise gibt's auch noch Punkt sieben und Punkt acht, aber er ist zu blöd, um sich auszudenken, was das sein könnte.

Okay, sagt er sich, eins nach dem anderen. Erstens: Du weißt nicht, wo du bist. Schert dich einen Scheißdreck. Zweitens: Du weißt nicht, wohin du fährst. Na ja, so ganz stimmt das nicht. Du weißt, daß du von der Cervier-Ranch wegfährst. Die Straße führt grob nach Norden und müßte irgendwann auf die andere stoßen, die in westöstlicher Richtung aus dem Nationalpark führt. Drittens: Dein Truck ist langsam und die Straße mies… Okay, weiter. Viertens: Du hast ein Kind am Hals. Okay, weiter. Fünftens: Deine Verfolger verfügen über eine ganze Armada von Geländefahrzeugen…

Er steigt auf die Bremse und macht den Motor aus.

»Was…«, fängt das Kind an.

»Sei still, ich will was hören. Motorengeräusche.«

»Warum denn?«

»Halt die Klappe«, schnauzt Tim ihn an. Dann fügt er hinzu: »Ich brauche deine Hilfe. Sei mucksmäuschenstill und achte mal drauf, wie viele verschiedene Geräusche zu hören sind. Kannst du schon zählen?«

»Ich bin sechs«, sagt der Junge leicht genervt.

Aber er hält den Mund und lauscht.

Tim lauscht auch. Und was er hört, ist ziemlich interessant. Er hört einen ganzen Haufen von Geräuschen links von ihm, in östlicher Richtung, die sich parallel zu ihnen vorwärtsbewegen. Genauer gesagt, sie bewegen sich an ihnen vorbei. Das schrille Jaulen von Strandbuggies. Vielleicht ein paar Enduros. Insgesamt vielleicht sechs oder sieben Fahrzeuge. Genug jedenfalls.

Sie fahren in Richtung Straßenkreuzung, denkt Tim. Wollen ihm dort den Weg abschneiden.

Na gut, und was ist hinter mir?

Zwei, vielleicht drei Enduros, ziemlich nah. Die aber nicht unbedingt versuchen, mich einzuholen. Treiben mich bloß in Richtung Straßenkreuzung. Und hinter den Motorrädern?

Vielleicht der Scheiß-Humvee.

Na klar doch. Na verdammt klar doch.

»Und?« fragt er das Kind.

»Klingt nach siebenundachtzig Motoren«, sagt der Junge ernst.

»Ich hab sechsundachtzig gezählt«, sagt Tim, »aber kann sein, daß du recht hast.«

Tim macht wieder den Motor an und tritt aufs Gas.

»Sitzt dein Gurt straff?« fragt er den Jungen.

»Ja.«

»Halt dich fest.«

Tim reißt das Steuer nach rechts herum, und der Truck gleitet von der Straße herunter. Er jagt den Motor hoch, bis die Reifen im Sand durchdrehen.

Sie warten an der Kreuzung auf mich? denkt Tim. Da können sie lang warten, die Ärsche.

Was glauben die denn, mit wem sie es zu tun haben? Mit einem Vollidioten?

Er steigt aus dem Lastwagen aus, geht um das Fahrzeug herum und holt das Kind heraus. Flüstert: »Wir haben eine kleine Überraschung für diese Typen.«

Der Junge grinst von einem Ohr zum anderen. Wenn man zu einem Kind das Wort »Überraschung« sagt, ist es so, als würde man zu einem Matrosen »Bier« sagen. Jedenfalls ist der Kleine Feuer und Flamme.

Der Junge nickt und flüstert: »Sei einfach ganz cool.«

Sie klettern auf die Ladefläche des Trucks.

Tim muß jetzt seinen ganzen Verstand zusammennehmen, und zwar *presto*, weil sie nicht mehr allzuviel Zeit haben, bis die Jungs sie eingeholt haben. Irgend jemand, der weiß, was er tut, hat diese kleinen Ausflüge mit Geländewagen offenbar gut vorausgeplant, weil alles Notwendige vorhanden ist. Tim nimmt eine Decke, zwei Flaschen abgekochtes Wasser und eine Taschenlampe und packt alles in das Fach hinter dem Motorradsitz. Dann entdeckt er eine zerlegte Schaufel und schiebt sie unter das Gummiseil, das alles zusammenhält.

»Bist du schon mal auf einem von diesen Monsterchen hier gefahren?« fragt Tim.

Der Junge ist so fasziniert, daß er nur den Kopf schüttelt.

»Na ja, jetzt fährst du gleich auf einem.«

»Super.«

»Und wie super.«

Wenn wir ein bißchen Glück haben, denkt Tim. Wenn die Motorradfahrer hinter uns Mist bauen und versuchen, sich als Helden aufzuspielen.

»Du mußt dich ganz, ganz ruhig halten«, flüstert Tim, als er den Jungen auf den Sitz verfrachtet.

»Ist doch klar«, sagt der Junge, was ihm nicht ganz leicht fällt, weil er so kichern muß.

»Nein, richtig ruhig, kapiert?«

»Okay.«

Tim hat nämlich gehört, wie die anderen Motorräder eins nach dem anderen angehalten haben. Er nimmt an, daß die Jungs den Truck entdeckt haben, der von der Fahrbahn abgekommen ist, und sich überlegen, was zum Henker sie jetzt machen sollen.

Na los, Jungs, denkt Tim. Na los, seid Helden.

Er hört, wie ihre Stiefel auf dem Schotter knirschen.

Langsam.

Na los, denkt Tim. Noch näher.

So nah sind sie jetzt, daß er hört, wie sie ihre Kanonen entsichern und laden.

»Festhalten!« murmelt Tim.

Er spürt, wie sich das Kind fest an ihn klammert.

Er gibt Vollgas und sie fliegen regelrecht von der Ladefläche des Trucks. Sie landen, machen einen Satz, und fast läßt der Junge los, kann sich aber doch halten. Tim lenkt das Motorrad von der Straße weg in den *arroyo*, gibt Vollgas, und los geht's. Die Jungs klettern auf ihre Öfen, und es ist wie eine Verfolgungsjagd irgendwo in der Großstadt, bloß daß sie mitten in der Wüste sind.

Diese Jungs sind klasse, denkt Tim. Weil es nicht lange dauert, bis sie ihm im *arroyo* auf den Fersen sind und immer näher kommen. Sie verfolgen ihn wie *vaqueros* ein Rind, wahrscheinlich haben sie einen Mordsspaß dabei, stellen sich vor, wie sie ihn gleich in die Mitte nehmen und ein nettes kleines Rodeo veranstalten. Und tatsächlich schließt einer jetzt neben ihm auf, springt dann aus dem *arroyo* heraus, so daß er hoch über Tim neben ihm herfährt, während ein zweiter ihn von hinten bedrängt und der Humvee sich in beträchtlichem Tempo auf der anderen Seite nähert.

Tim reißt den Lenker herum, dreht sich um hundertachtzig Grad, gibt wieder Gas und fährt in entgegengesetzter Richtung, direkt auf den Typen hinter ihm zu, der zur Seite ausweichen muß und voll in die Böschung des *arroyo* kracht.

Aber nur ein paar Sekunden später noch einmal dasselbe Spiel, nur in umgekehrter Richtung, und jetzt fährt der erste Typ links neben Tim her, während der andere ihn von hinten bedrängt.

Scheiße, denkt Tim und setzt das Motorrad mit einem Sprung nach rechts aus dem *arroyo* und zurück auf den Wüstenboden. Der Typ hinter ihm folgt ihm, also dreht sich Tim noch einmal und hält auf den *arroyo* zu, diesmal direkt, brüllt: »Festhalten!«, und dann springt er mit dem Bike über das gesamte Flußbett hinüber, genau in dem Moment, als der andere Fahrer in die entgegengesetzte Richtung springt.

Tim denkt, daß der Junge jetzt bestimmt genug hat, daß er gleich durchdrehen wird, aber dann hört er, daß er kichert wie verrückt, er *kichert*, also gibt Tim einfach noch mehr Gas und brettert jetzt geradeaus, weicht Steinen, Kakteen und Mesquitsträuchern aus, und seine Verfolger brettern direkt hinter ihm her.

Plötzlich sieht Tim links von ihnen eine riesige Sanddüne, und er denkt, *was soll's, wir sind sowieso im Arsch*, und fährt direkt darauf zu. Am Fuß der Düne hält er einen Moment an und fragt: »Alles in Ordnung?«, als würde das noch irgendeinen Unterschied machen.

»Alles paletti!« ruft der Junge.

»Wir fahren jetzt dieses Ding hoch«, sagt Tim und zeigt auf die Düne.

»Super!«

Ja, super, denkt Tim, bis wir den Schwung verlieren und nach hinten rüberfallen oder zur Seite kippen und runterrutschen, oder wir schaffen's einfach nicht bis nach oben und werden von unseren Spielkameraden eingeholt. Aber dann gibt er einfach Gas, und los geht's.

Steiler und steiler geht es empor, und immer wieder will das Hinterrad zur Seite ausbrechen, aber Tim läßt es einfach nicht. Der Motor heult, und jetzt sind die Jungs wieder dicht hinter ihnen, aber es klingt so, als hätten sie selber Probleme. Vier- oder fünfmal haut es Tim fast hin, aber er schafft es doch bis nach oben, hält an und sieht zu, wie die Jungs hinter ihm näher kommen.

Richtig süß, denkt er, weil sie in verschiedene Richtungen ausgeschwärmt sind, um ihm auf dem Gipfel der Düne den Weg abzuschneiden. Tim denkt, ällabätsch, und fährt einfach wieder denselben Weg zurück, nicht auf der flacheren Seite, sondern direkt die Düne hinunter, wo sie am steilsten ist, und es ist fast wie Fallschirmspringen auf einem Motorrad, und wenn die Jungs ihn nicht verlieren wollen, müssen sie dasselbe machen wie er.

Hinter ihm kichert Kit wie ein Geisteskranker, und das Motorrad schießt in den Nachthimmel hinein, als ob der Erdboden plötzlich wegkippt, und sie landen auf einem großen Sandhaufen, und jetzt jubeln die Jungs nicht mehr, sondern machen sich nur noch in die Hose, weil es so verdammt steil ist, und gleich das erste Motorrad, das runterfährt, schafft es nicht. Der arme Kerl überschlägt sich in hohem Bogen und fliegt durch die Luft, und er muß ziemlich übel aufgekommen sein, weil er keinen Mucks mehr macht.

Tim ist unten angelangt und brettert einfach los, mit nur einem einzigen Motorrad hinter sich und dem Humvee, der irgendwo da draußen noch lauert. Und jetzt merkt Tim, daß er diesen einen Biker nicht schlagen kann, er ist einfach zu gut. Und er hat ein Gewehr, eine bildschöne M16, die er sich auf den Rücken gehängt hat. Sieht aus wie so ein Deutscher aus einem alten Film, aber vor allem ist der Typ ein verdammt guter Biker, gegen den Tim einfach nichts ausrichten kann.

Ich muß mir also irgendwas anderes ausdenken, schießt es Tim durch den Kopf, und vielleicht habe ich ja durch die Nummer auf der Düne genügend Vorsprung. Er fährt also auf einen Streifen aus dickem Gestrüpp, Mesquit- und Perückensträuchern und diesem ganzen Zeug zu, findet einen schmalen Spalt darin und steigt voll aufs Gas. Er hört, wie der andere auch Gas gibt, und weiß, der Typ hat Schiß, ihn im Unterholz zu verlieren.

Tim hält an und legt das Motorrad ins Gestrüpp. Packt den Jungen, setzt ihn unter einen Mesquitstrauch und sagt: »Bleib da sitzen und sei still.«

Tim läßt sich auf keine Diskussionen ein, sondern nimmt die Schaufel, schraubt sie zusammen, klappt das Schaufelblatt auf und geht hinter dem Busch in Stellung. Wartet den richtigen Zeitpunkt ab, holt aus, schwingt die Schaufel und haut das kleine Ding dem Biker voll ins Gesicht. Der Typ ist schon im Jenseits, bevor er hinterrücks vom Motorrad fällt.

Tim nimmt die M16, hängt sie sich um, holt den Jungen und steigt wieder aufs Motorrad. Lenkt es zurück in die offene Wüste, um ein bißchen Zeit rauszuschinden. Und er schindet verdammt viel Zeit raus, plötzlich scheinen die Chancen ziemlich gut für sie zu stehen. Aber dann sieht er den Humvee, der von hinten immer näher kommt.

Er weiß, daß er bei dem mit einer Schaufel nichts ausrichten kann. Vielleicht, *vielleicht* könnte er das Motorrad umlegen, sich dahinter verschanzen und dem Humvee die Reifen plattschießen. Aber möglicherweise drehen die in dem Wagen durch, fangen auch an zu schießen, und er muß doch an das Kind denken.

Also versucht er einfach schneller zu sein, aber er weiß, das Rennen ist schon von vorneherein verloren, weil der Humvee ihn gar nicht einholen muß, er muß ihm nur auf den Fersen bleiben, bis es hell wird, bis Verstärkung kommt. Also kann er nur versuchen ihm zu entkommen.

Er fährt kreuz und quer, rast durch die Nacht, und der Humvee rast hinter ihm her, und er kommt näher, jetzt ist er schon ganz nah, aber Tim drückt noch mal auf die Tube, und dann ist die Welt plötzlich weg.

Tim schreit: »Scheiiiiiiiße!«, weil er im selben Moment aus der Wüste raus ist. Die ganze Welt endet hier einfach an der Felskante dieses riesigen Scheißcanyons, vor ihnen gähnt ein Abgrund von vielleicht hundert Metern, und Tim zerrt fast den Lenker aus seiner Verankerung, so heftig reißt er ihn herum, gleichzeitig steigt er voll auf die Bremse, das Motorrad kommt übel ins Schleudern, kippt zur Seite und kracht auf den Boden. Tim glaubt, daß sie tot sind, das Vorderrad dreht sich noch ein paar Sekunden über dem Rand der Welt, und er hat Angst, sich zu bewegen, aber der Humvee fährt einfach weiter, fliegt in hohem Bogen über die Kante. Ein paar Sekunden ist es still, dann *Bumm!*, und der Himmel erglüht in hellem Orange.

Der Junge kichert nicht mehr.

Er weint.

»Alles in Ordnung?«

»Mein Bein tut weh.«

Tim kriecht unter dem Motorrad hervor, hebt den Kleinen vorsichtig auf und legt ihn auf den Boden. Er holt die Taschenlampe aus dem Sitz, rollt das Hosenbein des Jungen auf und sieht Blut. Hauptsächlich Abschürfungen, anscheinend ist nichts gebrochen, und jetzt schnieft der Junge nur noch.

»Ist schon in Ordnung«, sagt der Kleine.

»Bist ein tapferer Junge.«

Der Kleine lächelt.

Tim holt die Sachen aus dem Sitz. Er steckt sich die Landkarte in die Tasche, rollt die Decke auf und bindet sie sich um den Bauch. Dann holt er die Evian-Fläschchen heraus, reicht eine davon dem Jungen.

»Ich wette, daß ich die hier schneller getrunken habe als du«, sagt Tim.

Der Junge nimmt die Herausforderung an und setzt die Flasche an den Mund. Tim richtet es so ein, daß der Kleine gewinnt. Dann füllt Tim die Wasserflaschen wieder auf.

»Hast du Lust auf ein Spiel?«, fragt Tim.

»Klar. Was denn für eins?«

»Weißt du, was ein Marine ist?«

»So 'ne Art Soldat, oder?«

»Sag so was bloß nie wieder«, sagt Tim entrüstet. »Ein Marine ist kein Soldat. Soldaten sind die Kotzbrocken, die bei der Armee sind. Ein Marine dagegen ist die zäheste, härteste, raffinierteste Kampfmaschine der Welt. Hast du Lust, Marine zu spielen?«

»Ja.«

»Gut. Wir werden in den nächsten Tagen Marine spielen. Wir sind auf geheimer Mission. Die anderen Jungs dürfen uns auf gar keinen Fall finden. Kapiert?«

»Kapiert.«

»Bist du dabei?«

»Bin dabei.«

»Werden 'ne Menge laufen müssen.«

»Okay.«

Tim schiebt das Motorrad über die Felskante, und es fällt, dorthin, wo das orangefarbene Leuchten zu einem schwachen Blutrot verglommen ist.

»Also, los geht's.«

Er kann jetzt die Umrisse der Berge im Westen ausmachen. Und er vermutet, wenn sie es über diese Berge schaffen, sind sie in Sicherheit und können nach Hause gehen. Also laufen sie los.

Nach ein paar Minuten sieht der Junge schon ziemlich erschöpft aus, und Tim beschließt, daß sie wohl schneller vorankommen, wenn er ihn trägt. Er hebt ihn hoch und setzt ihn sich auf die Schultern. Der Junge ist nicht schwerer als ein vollbeladener Feldrucksack.

»Wie heißt du noch mal?« fragt Tim.

»Kit«, antwortet der Junge. »Und du?«

»Nenn mich einfach Bobby«, sagt Tim.

Er legt ein anständiges Tempo vor. Bevor die Sonne aufgeht, will er diesen Bergen da vorne so nah sein wie nur irgend möglich.

## *15*

Brian Cervier ist stocksauer.

Und er macht sich Sorgen – nein, er macht sich fast in die Hosen vor Angst, weil er Bobby Z schon *hatte*, und er ihm doch noch entwischt ist.

»Finden Sie ihn!« sagt er zu Johnson.

Johnson steht vor ihm im Salon, den Hut in der Hand, aber weniger aus Respekt als aus alter Gewohnheit. Das Hutband hinterläßt einen roten Striemen an der Stelle, wo sein sowieso schon spärliches Haar langsam grau wird. Er sieht Brian an. Johnson sagt es nicht, aber sein Blick spricht Bände. Der Blick sagt: Hör mal, du fette Schwuchtel, das da draußen ist eine verdammt große Wüste.

Brian interpretiert den Blick richtig – auch den Teil mit der Schwuchtel – und antwortet auf die unausgesprochenen Worte.

»Bobby ist ein kleiner Surfer, der mit Drogen dealt«, sagt Brian. »Ein Weichei. Er kennt die Wüste nicht. Ist nicht gerade ein Zuckerschlecken da draußen.«

»Gestern nacht hat er sich ziemlich wacker geschlagen«, sagt Johnson. Johnson hat die Leichen bereits gesehen. Und den Schaden an den Fahrzeugen. Wenn dieser Bobby Z ein Weichei sein soll, dann möchte er ihn hart lieber nicht erleben.

»Nachts scheint die Sonne nicht!« antwortet Brian barsch.

Johnson grinst bloß. Das mit der Sonne hat er schon mal gehört. »Ist sowieso nicht so heiß in dieser Jahreszeit«, sagt er.

»Trotzdem ist das da draußen immer noch eine gottverdammte Wüste!« kreischt Brian.

Der Fettsack wüßte nicht mal den Unterschied zwischen der Wüste und den Würsten, die morgens gegrillt vor ihm auf dem Teller liegen, denkt Johnson. Der Fettsack lebt in der Wüste und haßt die Sonne. Ständig trägt er diese Riesenhüte und weite Oma-Gewänder und versteckt sich vor der Sonne. Bleibt fast den ganzen Tag im Haus und schaut sich diese Filme an.

Schwarzweiß-Wüstenfilme. Was er über die Wüste weiß, weiß er aus diesen Filmen.

»Ich kriege ihn schon«, sagt Johnson. Nicht weil es die Wüste ist und nicht weil der Mann ein Weichei ist, sondern weil er ein Kind dabeihat. Und mit einem Kind *kann* er es einfach nicht schaffen.

»Die Frau muß es ihm gesagt haben«, sagt Johnson.

»Ach, wirklich?« äfft Brian.

Johnson hat jetzt langsam genug von dem sarkastischen Scheiß, den dieser Fettsack von sich gibt, und sagt: »Don Huertero wird ein ziemlich unglücklicher *hidalgo* sein.«

Und er sieht, wie Brian eine Gänsehaut bekommt. Sieht ganz

deutlich einen Schauder über sein wabbeliges, weißes Fleisch huschen. Wie ein Schatten, der über eine große sandige Fläche jagt.

Brian hat die Hosen gestrichen voll, wenn er an Don Huertero denkt.

»Finden Sie ihn«, jammert er.

»Ich hab zwei von meinen Jungs losgeschickt, die ihn aufspüren sollen«, sagt Johnson. »Und ich reite in die Stadt, um Rojas zu holen.«

»Rojas ist wahrscheinlich betrunken.«

»Wahrscheinlich«, sagt Johnson.

Ob betrunken oder nüchtern, denkt Johnson – Rojas findet noch in achtzig Morgen Scheiße die Fährte einer Fliege.

»Was wird mit der Frau?« fragt Johnson.

»Um die Frau kümmere ich mich«, sagt Brian.

Johnsons Lächeln sagt: Wär ja mal was ganz Neues. Aber er hält die Klappe und setzt seinen Hut wieder auf.

»Ich brauche ihn lebend«, sagt Brian.

Das hat Johnson schon gewußt, aber er findet das nicht so gut. Ist verdammt schwer, einen Mann auf diese Weise zu fangen, zumal, wenn er weiß, daß man einen gezielten Schuß nicht riskieren wird. Dabei kann man gerade in der Wüste jemanden sogar aus ziemlich großer Entfernung zur Strecke bringen. Weites flaches Land, praktisch kein Wind. Ihn dagegen bloß zu fangen, ihm lieb den Arm um die Schulter zu legen und ihn wie ein bockiges Märzenkalb nach Hause zu zerren, das ist eine ganz andere Oper.

»Was ist mit dem Jungen?« fragt Johnson.

»Was soll mit dem Jungen sein?«

»Wollen Sie den auch lebend?«

»Ich will ihn überhaupt nicht«, sagt Brian.

Johson weiß es besser, aber er sagt nichts. Seit diesem Brunch hat sich einiges verändert.

»Ein Kind bringe ich nicht um«, sagt Johnson.

Brian zuckt mit den Achseln. »Dann macht es Rojas.«

Rojas ja, denkt Johnson. Rojas tötet alles und jeden.

Brian sieht Johnson hinterher, wie er sich mit seinem schlaksigen Körper unter dem arabischen Türstock ducken muß, und er weiß, daß er diesen großen Cowboy haßt. Er findet sie schlicht und ergreifend zum Kotzen, diese Gary-Cooper-Nummer, und wenn er Johnson nicht so dringend brauchen würde, damit der ihm den Laden hier schmeißt, hätte er ihn längst hochkant gefeuert. Aber er braucht ihn, und da es demnächst ziemlichen Ärger geben wird, ist jetzt auch nicht die Zeit für größere personelle Veränderungen.

Aber die Zeit wird kommen, in der Brian diesen Johnson mit dem allergrößten Vergnügen von der Ranch jagen wird. Er malt es sich genüßlich aus, wie Johnson seine Tage als heruntergekommener Säufer im Kneipenviertel von San Diego beschließen wird. Wie der alte Cowboy in einem alten Stundenhotel hocken und seine warmgemachten Bohnen essen wird, in einem Zimmer, wo man den Gestank nach frischer Pisse und nahem Tod nicht mehr von den Wänden kriegt.

Scheiß-Cowboy.

Alles zu seiner Zeit.

Das gilt auch für den jungen Mailänder, der in diesem Moment vorsichtig ins Zimmer lugt und mit seinen Mandelaugen zu ergründen sucht, ob sich Brians Zorn gelegt hat.

»Jetzt nicht«, schnappt Brian, und der Junge verschwindet von der Tür. Brian hört, wie sich seine Schritte rasch auf dem Gang entfernen.

Später, jetzt nicht, denkt Brian.

Jetzt hat er nämlich mit seiner guten alten Freundin Elizabeth ein Hühnchen zu rupfen, die ihm schließlich die ganze Scheiße eingebrockt hat.

Diese blöde Schnalle.

## *16*

Brian tritt in Elizabeths Zimmer, nimmt in dem großen Korbstuhl Platz und sieht sie an.

Sie sitzt aufrecht in ihrem Bett, ihr rechtes Handgelenk und ihr linker Knöchel sind mit Handschellen ans Bett gefesselt. Sie legt züchtig das rechte Bein über das linke, als könnte Brian ihre Nacktheit irgend etwas bedeuten, aber sie macht sich keine Mühe, ihre Brüste zu bedecken.

Auf einer rein intellektuellen Ebene nimmt Brian durchaus die Schönheit ihres Körpers wahr. Er ist straff und wohlgeformt, und Brian kann sich vorstellen, wieviel harte Arbeit dahinter steckt, wie viele Stunden im Fitneßstudio – Zeit, die er selbst nie investieren würde, während er bei seinen jungen Bettgefährten darauf besteht. Einen Moment lang gibt er sich dem Gedanken hin, wie es wohl wäre, sie auf den Bauch zu drehen und...

»Du hast mir das ganze Wochenende versaut«, sagt er.

»Kann ich bitte etwas zum Anziehen haben, Bri?«

Er schüttelt den Kopf. »Ich habe schon immer gefunden, daß man mit nackten Menschen viel besser reden kann. Hat wohl was mit Verletzlichkeit zu tun, denke ich.«

»Ich fühle mich ziemlich verletzlich.«

»Nun, altes Mädchen, das solltest du auch.«

Sie schauen sich ein paar Sekunden lang an, dann seufzt Brian: »Die Liebe ist eine ziemlich beschissene Angelegenheit, findest du nicht?«

»Da hast du wohl recht, Brian.«

»Du hast es ihm gesagt.«

»Ihm was gesagt?«

»Na hör mal.«

»Ich weiß nicht, wovon du redest, Bri.«

»Vielleicht hat es was mit Bobby zu tun, hm?«

»Na ja, ich dachte mir schon so was.«

»Ich habe dich immer gern gehabt, Elizabeth«, sagt Brian. »Sogar bewundert habe ich dich.«

»Beruht ganz auf Gegenseitigkeit, Brian.«

»Habe ich dich nicht immer gut behandelt?« fragt er.

»Sehr gut.«

»Dir Unterschlupf gewährt?« fragt er.

Sie nickt.

»Und dann tust du mir so was an?« flüstert er. »Du verrätst mich? Setzt mein Geschäft aufs Spiel? Bringst sogar mein Leben in Gefahr?«

Fast hätte sie ihm wieder mit einer Lüge geantwortet, aber dann kapiert sie, daß er ihr nicht glauben wird, und schlägt eine andere Taktik ein. »Die Liebe ist eine ziemlich beschissene Angelegenheit, nicht wahr, Bri?«

»Wer wüßte das besser als ich, Mädchen?« fragt er. »Wer wohl, ach wer?«

Das bleibt so im Raum stehen, bis er fragt: »Wo will er hin?«

»Ich weiß es nicht«, antwortet Elizabeth. »Ehrlich nicht.«

»Ich glaube dir«, sagt Brian. »Das Problem ist nur, Don Huertero wird dir nicht glauben.«

»Nein?«

»Nein. Obwohl es immerhin etwas überzeugender wäre, wenn ich wenigstens den Versuch machen würde, es aus dir rauszukriegen.«

»Ich verstehe.«

»Na, dann ist's ja gut«, sagt er und quält sich aus dem Stuhl hoch. Er zieht seinen Gürtel aus den Schlaufen und wickelt sich das schmale Ende um die Hand. Die Schnalle hängt locker und zum Schlagen bereit herunter.

»Nicht ins Gesicht, Bri, bitte«, fleht sie, und ihre Stimme bricht. »Bitte nicht ins Gesicht.«

Er zuckt mit den Achseln und legt los. Sein rhythmisches: *»Wo will er hin?«* klingt eher lethargisch. Auf die Idee, zu fragen, warum Bobby Z den Jungen mitgenommen hat, kommt er nicht.

## 17

Der Junge ist auf Tims Rücken eingeschlafen. Tim hat ihn huckepack genommen und spürt das Gewicht des kleinen, schlafenden Kopfes auf seiner Schulter. Aber der Junge ist auf diese Weise einfacher zu tragen, immerhin ist er fast so schwer wie ein gefüllter Rucksack. Und Tim hat schwerer getragen, damals, im Krieg, in dieser anderen Wüste.

Aber in dieser anderen Wüste hat man ihnen auch Cheeseburger und heiße Maiskolben serviert, rosa Limonade und Schokoladeneis.

Eiscreme in dieser verdammten Wüste, denkt Tim. Ab diesem Zeitpunkt glaubte er, daß sie wirklich gewinnen würden – wo doch der alte Uncle Sam sich sogar die Mühe machte, ihnen Schokoeis in die Wüste zu bringen.

Hier nicht. Hier weiß er, daß er vom alten Uncle Sam keine Hilfe zu erwarten hat. Ganz im Gegenteil, wenn er recht darüber nachdenkt. Also hält er lieber das Tempo durch und bewegt sich auf die Berge zu, die gerade eben im Westen in sein Blickfeld kommen.

Immer auf die Berge zu, denkt Tim. Klingt das nicht wie irgendeine Bierreklame? Geh immer auf die Berge zu, dann kriegst du ein Bier. Aber er darf jetzt einfach nicht an Bier denken, so verlockend der Spruch auch klingt, denn jetzt gibt's einfach kein Bier. Und auch kein Schokoladeneis. Jedenfalls nicht, ehe sie aus dieser gottverdammten Wüste heraus sind.

Wenn sie überhaupt jemals aus dieser Wüste herauskommen. Wenn er das Kind nicht auf dem Buckel hätte, denkt Tim, würde er jetzt joggen, eins, zwei, eins, zwei, wie damals in der High-School und bei der Grundausbildung, und er würde ordentlich vorwärtskommen. Würde seine Verfolger meilenweit abhängen und ihnen ein saftiges AIA zurufen – »Adios, Ihr Ärsche!« *Vaya con Dios.*

Aber das Joggen hat absolut keinen Sinn, wenn man eine solche Last auf dem Rücken hat. Man schwitzt zuviel, denkt Tim. Der Körper verliert zuviel Wasser, und die Sonne geht auch bald auf. Genau wie in diesen alten Wüstenfilmen, wo sie zuerst die gleißende Sonne zeigen, und dann zeigen sie den Typ, der im Sand vor sich hin torkelt, und dann wieder die Sonne, und dann trinkt der Typ sein letztes Wasser, und wieder die Sonne, und der Typ bricht zusammen. Und dann sieht man die Sonne und die Geier, die am Himmel ihre Kreise ziehen.

Ach, vergiß es, denkt Tim, und scheiß auf *Beau Geste.* Schau lieber, daß du es bis Sonnenaufgang zu dem nächsten Höhenzug da drüben schaffst und einen Platz zum Ausruhen findest. Wo ihr eine Weile aus dem Weg und im Schatten seid. Er weiß genau, wonach er suchen wird: nach einem kleinen Loch unter einem Felsbrocken mit ein wenig Schatten und einer guten Aussicht.

Damit er sehen kann, wer ihnen noch auf den Fersen ist.

Aber dafür braucht er eine Anhöhe, und da er sich sowieso langsam beeilen muß, um den Wettlauf gegen die Sonne zu gewinnen, beschließt er, doch ein bißchen zu joggen. Der Junge wacht kurz auf, gewöhnt sich aber schnell an den neuen Rhythmus und schläft wieder ein.

Tim läuft auf die Hügel zu, die im Dämmerlicht langsam schokoladenbraun werden.

## *18*

Johnson fährt in seinem Truck etwa fünfzehn Kilometer in Richtung Ocotillo Wells, biegt dann auf eine alte unbefestigte Straße ab und folgt ihr zweieinhalb Kilometer durchs Unterholz. An einem zerfallenen Schuppen aus Adobeziegeln mit einem halb abgerissenen Wellblechdach hält er an.

Er parkt den Lastwagen und geht hinein.

In dem Schuppen ist es dunkel. Es gibt keine Fenster; das einzige Licht spendet eine stinkende und spritzende Kerosinlampe auf einer umgedrehten Kabelspule, die offenbar als Tisch dient. Die ganze Bar ist mit irgendwelchem Sperrmüllplunder eingerichtet. Die Stühle stammen wohl direkt von der Müllhalde, die Kabelspulen kommen noch aus der Zeit, als sie Telefonkabel nach Borrego verlegten, und zum Sitzen gibt's ein paar Getränkekisten von damals, als sie die Getränke noch in Flaschen abfüllten.

Der Tresen selbst ist einfach ein Brett aus Sperrholz, das sie auf ein paar Sägeböcke genagelt haben, aber das macht keinen großen Unterschied, weil die Indios sowieso einfach hereinkommen und sich den Mescal holen, mit dem sie sich dann zuschütten.

Momentan liegen gerade drei oder vier von ihnen herum und schlafen den Rausch der letzten Nacht aus.

Der ganze Laden stinkt, denkt Johnson. Es riecht nach Scheiße, und er fragt sich, wann wohl das letzte Mal jemand draußen im Scheißhaus klar Schiff gemacht hat, indem er einen Kanister Benzin und ein Streichholz ins Loch hinuntergeworfen hat.

Johnson stellt einen Stiefel auf einen der schlafenden Indios am Boden.

»Wo ist Rojas?« fragt er.

Der schmächtige Indio blickt zu ihm hoch und blinzelt.

Auf der Menschenskala der Gegend sind diese Jungs hier wohl das allerletzte, denkt Johnson. Wenn die Weißen an der Spitze sind, und das sind sie hundertpro, und die Mexikaner weit abgeschlagen an zweiter Stelle und die Cahuillas an dritter, dann läßt sich schwer sagen, wo diese kleinen braunen Brüder hier rangieren.

Es sind nämlich noch nicht mal Cahuillas. Sie gehören einem Stamm an, der so klein ist, daß sie seinen Namen vergessen haben oder es vorziehen, ihn nicht zu nennen. Ein so jämmerliches, armseliges Menschenhäuflein, daß sie selbst das bißchen, was sie einmal hatten, auch noch verloren haben. Und da liegen sie jetzt, benebelt vom Mescal, vom Klebstoffschnüffeln und Inhalieren von Lackdämpfen, und sind zu absolut nichts anderem zu gebrauchen als zum Fährtensuchen.

Im Fährtensuchen sind sie besser als Kojoten, und genau deshalb hat Johnson den langen Weg hierher auf sich genommen, um Rojas zu finden.

Rojas richtiger Name ist Lobo Rojas – Roter Wolf, nach dieser kleinen mexikanischen Wolfsart, die man hierzulande erst vor kurzem ausgerottet hat. Die kleinen Scheißer rissen nämlich mit Vorliebe Kälber im Frühjahr, weshalb die hiesigen Rancher es gerade rechtzeitig geschafft haben, mit ihnen kurzen Prozeß zu machen, bevor diese Ärsche von Tierschützern auftauchten, um die kleinen Killer zu retten.

Jedenfalls findet Johnson, daß Rojas sich einen passenden Spitznamen ausgesucht hat, denn er ist der beste kleine Killer, der jemals auf zwei Beinen durch die Weltgeschichte gelaufen ist.

»Also, wo ist Rojas?« fragt Johnson.

»Hinteres Zimmer«, krächzt der Mann. Er schielt fürchterlich, und um den Mund hat er einen kleinen Ring aus Goldlack. Gold ist beim Schnüffeln aus irgendeinem Grund ihre Lieblingsfarbe.

Hinteres Zimmer.

Johnson läßt seine Pistole aus dem Halfter in seine Hand gleiten und tritt die Tür zu dem kleinen Hinterzimmer auf. Rojas rollt von der Frau herunter, auf der er liegt, und landet auf beiden Füßen. Sein gottverdammtes Messer hält er dicht an der Brust, damit es ihm keiner aus der Hand treten kann.

Seine Augen sind blutunterlaufen und verquollen, aber trotzdem immer schwarz wie Kohlen, und ihr Blick ist brennend heiß.

Stimmt schon, was man sagt, denkt Johnson, während er den nackten, schmächtigen Mann anblickt, der mit dem Messer auf ihn zielt. Rojas ist sauer, wenn man ihn weckt.

Johnson spannt mit dem Daumen den Hahn seiner Pistole und zielt auf Rojas' Stirn.

»Spuck mich nur an, du kleines Arschloch«, warnt Johnson, »und ich blas dir das Hirn aus dem Schädel.«

Rojas spuckt nämlich auch gern, wenn man ihn weckt.

»Ich schneid dir die Eier ab und geb sie dieser Nutte da zum Fressen.«

»Sie sieht nicht so aus, als hätte sie in der Beziehung viel entbehrt«, sagt Johnson. »Bist du sicher, daß sie Hunger hat?«

Die Frau schläft noch.

»Ich hab Arbeit für dich«, sagt Johnson.

Rojas schüttelt den Kopf. »Ich trinke und ich ficke.«

»Ich brauch dich, um jemand aufzuspüren.«

Rojas zuckt mit den Achseln.

Dafür brauchen sie ihn immer. Irgendein illegaler Einwanderer setzt sich in die Wüste ab, sie können ihn nicht finden – dann rufen sie Rojas. Oder einer der Schieber hält sich für besonders schlau, legt sich drüben bei denen in der Wüste auf die Lauer und schnappt ihnen die Illegalen weg – Rojas wird's schon richten.

Rojas findet den Schieber und pflanzt seinen Kopf auf einen Mesquitpfahl.

Wirkt ziemlich einschüchternd auf alle, die auch so was vorhatten.

»Willst du sie ficken, Johnson?« fragt Rojas. »Bitte, nur zu.«

»Glaub nicht, daß ich das könnte«, antwortet Jonson. »Komm lieber und zieh dir was über, bevor die Spur kalt wird.«

»Die Spur wird vielleicht für *dich* kalt, Johnson. Für mich nicht.«

»Ja, ja, ist ja gut. Komm jetzt.«

»Ich ficke lieber.«

»Ich auch«, sagt Johnson. »Aber da draußen läuft ein Typ frei herum, der schon drei von meinen Cahuillas auf dem Gewissen hat.«

Er weiß genau, daß er damit Rojas geködert hat. Nicht etwa, weil Rojas sie rächen will, sondern weil er zeigen will, daß er das schafft, was sie nicht fertiggebracht haben.

Rojas hat nämlich auch seinen Stolz.

»Ist mir egal«, sagt Rojas. »Ich bin betrunken.«

»Du bist doch schon betrunken geboren.«

»Meine Mutter, die war betrunken.«

»Sonst hätte sie dich abgetrieben.«

Und Rojas ist wahrlich ein häßlicher Mann. Klein, gedrungen, mit einer platten Nase und Augen, die viel zu weit auseinanderstehen. Hände und Füße wie Pranken.

Aber, zum Teufel, eine Nase, die verdammt gut schnüffeln kann.

»Muß ich dich etwa erschießen?« fragt Johnson.

»Du bist viel zu langsam, um mich zu erschießen«, sagt Rojas, und Johnson sieht, wie er das Messer ein kleines bißchen zurückzieht, als wolle er es auf ihn werfen.

Damit könnte er recht haben, denkt Johnson. Er könnte mich mit dem Ding nageln, bevor ich ihn wegpuste.

»Okay«, sagt Johnson. Er läßt die Waffe sinken. »Ich hole mir jemand anderen. Du leg dich ruhig wieder auf dieses fette Weib da.«

Johnson sieht zu, wie Rojas nach seiner Mescalflasche greift und trotzig einen tiefen Schluck nimmt. Er klettert auf die schmuddelige Matratze zurück, legt das Messer neben seine Hand und weckt die Frau mit ein paar Schlägen ins Gesicht. Er sagt etwas auf spanisch zu ihr, was Johnson zwar nicht wortwörtlich versteht, aber die Bedeutung ist ihm klar. Johnson wartet, bis Rojas in Fahrt kommt, sein häßliches Gesicht sich verzieht und die Augen geschlossen sind, dann versetzt er ihm mit dem Pistolengriff einen Schlag hinters Ohr. Einen, knirsch, zwei, knirsch, dann wird Rojas' Körper langsam schlaff.

Johnson steckt seine Waffe ins Halfter, wuchtet sich Rojas über die

Schulter und greift mit der anderen Hand nach seinen Kleidern. Grüßt die Frau, indem er sich lässig an den Hut tippt, trägt Rojas nach draußen und läßt ihn auf die Ladefläche des Lastwagens plumpsen.

Drei von Rojas' Kumpels sitzen schon wie brave Hunde im Truck und warten. Wittern ein bißchen Arbeit, mit der sich ein paar Dollars verdienen lassen, und damit kann man wieder Mescal kaufen oder ein paar Dosen Farbe.

Johnson klettert hinters Lenkrad und fährt zurück auf die Ranch. Er seufzt.

## *19*

Escobars Begräbnis ist genauso, wie Gruzsa erwartet hat. Nur noch viel schlimmer.

Die Frauen heulen, als hätte ihnen jemand den Sozialhilfescheck geklaut, und die Männer stehen in ihren billigen Anzügen da und machen hinter ihren Vollverdeck-Sonnenbrillen grimmige Gesichter. Und damit der Nachmittag für Gruzsa so richtig schön wird, haben sich Escobars jüngere männliche Verwandte auch noch in ihr allerbestes Montags-Begräbnis-Outfit geschmissen – saubere weiße T-Shirts, gebügelte Jeans, zwei Nummern zu groß, und Fliegerjacken. Ausgerechnet Fliegerjacken, denkt Gruzsa, als ob einer von diesen Pattex-Schnüfflern jemals woandershin fliegen würde als hochkant aus der Kneipe. Und sie haben alle rasierte Köpfe, machen auf gefährliche Gangster und werfen Gruzsa – dem einzigen Angloamerikaner in der Trauergemeinde – die pubertärsten Mörderblicke zu.

Wenn es nicht Jorges Beerdigung wäre, würde sich Gruzsa am liebsten einen oder zwei von ihnen schnappen, sie raus auf die Straße zerren und ihnen mit dem Lauf seiner 9-mm-Glock so gründlich den Mund ausräumen, daß ihre Zähne hinterher wie Kaugummidragees auf dem Boden herumliegen. Und dann würde er pfeifend davongehen. Aber das ist nun mal ein Begräbnis, und daher herrscht eine Art Waffenstillstand.

Was auch sein Gutes hat, denkt Gruzsa, während der Priester auf spanisch vor sich hinbrabbelt. Denn es ist nicht nur so, daß Escobars komplette jüngere männliche Verwandtschaft zu einer Gang gehört, sondern es sind auch noch mindestens zwei verschiedene Gangs hier vertreten, soweit Gruzsa das erkennen kann. Dort stehen ein paar von den Quatro Flats, auch die TMC sind vertreten, und vielleicht sogar die East Coast Crips. Also bräuchte bloß einer von diesen geistig Minderbemittelten die andern zu provozieren, und sie würden sich gegenseitig ins Jenseits befördern.

Was Gruzsa im Normalfall nicht nur als willkommene Unterhaltung, sondern auch als Wohltat für die Gesellschaft empfinden würde. Heute jedoch würde es ihm überhaupt nicht in den Kram passen, weil er geschäftlich noch etwas vorhat.

Also sitzt er lieber da, ignoriert die bösen Blicke und konzentriert sich auf das große Foto von Escobar, das ihn von einer Staffelei neben dem Sarg anstarrt. Er fragt sich, was die Bohnenfresser wohl vor der Zeit von Kodak und Agfa gemacht haben – ob sie ein Gemälde des Verblichenen aufgestellt haben? Nach dem schier endlosen Geseire des mexikanischen Priesters schließt sich Gruzsa der langen Reihe der Trauernden an, die an dem Sarg vorbeidefilieren und dem Toten die letzte Ehre erweisen.

Nachdem er Jorges weinender Mutter, einer Reihe von schniefenden Tanten sowie zwei oder drei Cousinen sein Beileid ausgesprochen hat, möchte ihn Jorges Bruder kurz draußen sprechen, und genau damit hat Gruzsa auch gerechnet.

Jorges Bruder ist ein ernster Mensch. Einer von den guten alten *Cholo*-Gangstern aus der Zeit, als die mexikanischen Gangs noch gegen den gemeinsamen Feind zusammenhielten, anstatt sich gegenseitig umzubringen. Louis Escobar hat auch nicht geweint. Seine Augen sind trocken, als wäre er aus Stein, aber sie sind schwarz vor Zorn. Luis hat mehrere lange, harte Knastaufenthalte hinter sich: einen wegen Totschlags, den anderen wegen schwerer Körperverletzung, und Gruzsa weiß, daß er die Organisation vom Knast aus weiter geleitet hat. Diese schwarzen Augen haben die Panthers und die Aryan Brotherhood und den Mob das Fürchten gelehrt, und jetzt ist er draußen und hält das alte Netzwerk am Leben. Und der Mann trägt einen

Anzug, bemerkt Gruzsa. Einen richtigen Anzug, nicht irgend so ein Baby-Clownskostüm für Möchtegern-Gangster. Er trägt einen richtig guten Anzug und erweist damit seinem Bruder als einziger wirklich die letzte Ehre.

Luis Escobar ist ein Mann, dem man Respekt zollen muß, und Gruzsa hat nicht vor, mit ihm irgendwelche Spielchen zu spielen.

»Wie ist das passiert?« fragt Luis.

Gruzsa zuckt mit den Achseln. »Jorge ist in die Pfanne gehauen worden, Luis.«

»Von wem?«

»Von einem Informanten, mit dem er zusammengearbeitet hat.«

»Und der heißt?«

Gruzsa blickt auf und schüttelt traurig den Kopf. »Bobby Z, Luis.«

»Bobby Z hat meinen Bruder getötet?« fragt Luis. »Bobby Z ist kein Killer.«

»Ich weiß nicht, ob er den Finger am Abzug hatte«, erwidert Gruzsa. »Vielleicht hat er dafür einen von Don Huerteros Leuten angeheuert.«

»Und wieso?«

»Ich nehme an, sie hatten eine kleine Meinungsverschiedenheit«, sagt Gruzsa. »Sie kennen doch Jorge, er konnte manchmal etwas grob sein. Konnte die Leute ganz schön wütend machen. Wie auch immer, machen Sie sich keine Sorgen – wir werden ihn finden. Die Behörde wird jeden Stein einzeln umdrehen, bis wir Bobby Z gefunden haben und ihn zu...«

»Sie werden ihn nicht finden«, unterbricht ihn Luis ruhig. Er sagt es nicht vorwurfsvoll, sondern ganz beiläufig. »*Wir* werden ihn finden.«

Das kann sich Gruzsa lebhaft vorstellen. Die meisten Leute glauben, Kalifornien sei mehr oder weniger ein Teil der Vereinigten Staaten, aber wenn man so erlebt, was Tad Gruzsa erlebt, weiß man, daß es eigentlich zu Mexiko gehört. Diese verfluchten Bohnenfresser sind überall und nirgends; selber sind sie unsichtbar, aber nichts entgeht ihnen. Sie sehen alles, sie hören alles, aber sie sagen nichts, außer zu ihresgleichen.

Luis Escobar kann da draußen auf eine ganze Armee zurückgreifen – ein paar Soldaten, die aktiv suchen, aber ein ganzes Heer von Kundschaftern, die ihm alles berichten, was sie sehen.

Nein, du siehst sie nicht, diese Mexikaner in Kalifornien, denkt Gruzsa, während er in das steinerne Gesicht von Luis Escobar blickt. Aber sie sehen dich.

Hals- und Beinbruch, Tim Kearney.

»Nun denn, Luis«, sagt Gruzsa, »ich muß Sie eindringlich davor warnen, das Gesetz selbst in die Hand zu nehmen, denn…«

»Würden Sie mich dafür belangen?«

Gruzsa stellt sich, als müßte er darüber ein paar Sekunden nachdenken, bevor er antwortet: »Nein, Luis. Tun Sie, was Sie für richtig halten. Jorge war mein Freund.«

*»Carnal.«*

»Blut von meinem Blut, Luis.«

Von wegen Blut von meinem Blut. Scheiß drauf.

Ihr könnt mich mal.

Kreuzweise.

## *20*

One Way liegt unter der Parkbank. Jetzt rührt er sich und linst unter seiner Poncho-Kapuze hervor. Die Wolken über dem Meer sind pinkrosa, und der Strand ist noch menschenleer. Er schnuppert, blickt sich um, schnuppert noch einmal. Dann kriecht er unter der Bank hervor, drückt seine kalten, steifen Knie durch und blickt auf den Ozean hinaus.

Etwas ist anders.

Wieder schnuppert er, kratzt sich den struppigen Bart und fährt sich mit den Fingern durch das schmutzige, lange Haar. Er wendet dem Meer den Rücken zu und blickt nach Osten, wo die Sonne gerade über den Hügeln von Laguna aufsteigt. Er prüft, wie die Luft im Osten riecht.

Schaut wieder zum Meer.

Dann hüpft er in die Luft und ruft: »Er ist wieder da! Er ist wieder da!«

Er rennt hinunter zum Meer, springt bis zu den Knöcheln in die flache Brandung und fängt an, sich mit dem eisigen Wasser zu bespritzen. Er schreit: »Er ist zurückgekommen! Er ist wieder da! Bobby Z ist wieder da!«

Das geht so lange weiter, bis er die Aufmerksamkeit der Polizei von Laguna auf sich gelenkt hat, die allerdings hocherfreut darüber ist, daß One Way sich wäscht, und erst noch ein bißchen abwartet, bevor sie ihn in die Klinik bringt.

One Way ist das egal. Klatschnaß vom Meerwasser, in eine Decke gehüllt, die Hände in Handschellen, sitzt er auf dem Rücksitz des Streifenwagens und lächelt, lacht und ruft es jedem zu, der die gute Nachricht hören will.

Bobby Z ist wieder da.

»Er kommt aus dem Osten«, flüstert One Way der Krankenschwester zu.

## *21*

Gut eine Stunde nach Sonnenaufgang findet Tim, wonach er gesucht hat. Das Risiko, bei Tageslicht weiterzugehen, ist er eingegangen, weil er glaubt, einen anständigen Vorsprung zu haben, und weil die Chance, einen guten Lagerplatz zu finden, in jedem Fall Vorrang hat.

Der Lagerplatz liegt etwa fünfzig Meter hoch in einem Canyon, in den unteren Ausläufern einer Hügelkette. Es ist eine kleine Mulde unter einer Felsplatte, mit einem schönen großen Felsbrocken direkt davor. Wenn er seitlich an diesem Felsen vorbeilinst, kann Tim die gesamte Ebene unter ihnen überblicken. Und was er sehen kann, darauf kann er auch schießen, denkt er.

Er läßt Kit draußen am Hang von seinem Rücken gleiten und sucht zuerst die Höhle nach Schlangen ab, bevor der Junge hineinkriechen darf. Er setzt ihn ab, sagt zu ihm, er solle keine Angst haben, er sei in einer Minute zurück. Dann bricht er einen Papageienbaumzweig ab und bringt eine gute halbe Stunde damit zu, seine Spur zu verwischen und eine neue zu legen, die hinten an der Höhle vorbei und dann tiefer in den Canyon hinein führt.

Gib den bösen Jungs wenigstens die Chance, an der Höhle vorbeizugehen. Auf alle Fälle ist es immer besser, wenn man einen Gegner in den Rücken schießen kann, sofern man die Gelegenheit dazu hat.

Als er endlich in die Höhle kriecht, eröffnet ihm Kit, er habe keine Lust mehr, Marines zu spielen.

»Wie wär's mit Batman und Robin?« fragt Tim.

Kit geht mit einem höflichen Stirnrunzeln über den Vorschlag hinweg. »Wie wär's mit X-Men?« fragt er zurück.

Tim ist der Idee nicht ganz abgeneigt, weil er damals in Saudi-Arabien eine Menge Zeit mit der Lektüre von X-Men-Comics totgeschlagen hat, während sie darauf warteten, daß ihre A-10s die Irakis ungespitzt in den nassen Sand rammten. »Magst du X-Men?«

Kit nickt. »Was möchtest du sein?« fragt er.

»Wolverine«, antwortet Tim. »Es sei denn, du möchtest das sein.«

»Du kannst gern Wolverine sein«, sagt Kit. »Wie wär's, wenn ich Cyclops bin?«

»Okay.«

»Okay.«

Eine Minute später fragt Tim: »Cyclops, hast du Hunger?«

»Das kannst du laut sagen, Wolverine.«

Tim wickelt zwei von den Energieriegeln aus und gibt einen davon dem Jungen, zusammen mit einem Fläschchen Wasser. Dann beginnt er, sein Gewehr in seine Einzelteile zu zerlegen und zu putzen, was für einen Marine eine ebenso selbstverständliche und beruhigende Handlung ist wie das Beten des Rosenkranzes für einen Priester.

Der Junge schlingt den Energieriegel herunter, nimmt ein paar Schluck Wasser und fragt: »Wie wär's, wenn wir in der Wüste festsitzen? Und die Bösen sind uns auf den Fersen? Und wir verstecken uns in dieser Höhle?«

»Okay«, sagt Tim.

Klingt genau richtig.

## 22

Der Mönch ist gerade auf dem Weg, sich einen Milchkaffee und einen *Economist* zu holen und beide irgendwo im Freien zu genießen, als er von Bobbys Rückkehr erfährt.

Die frohe Botschaft kommt natürlich von One Way, der nach kurzem Aufenthalt aus der Nervenheilanstalt entlassen worden ist und jetzt den Bürgersteig des Pacific Coast Highway unsicher macht, indem er jedem Passanten die gute Nachricht verkündet.

Als langjähriger Bewohner von Laguna kennt der Mönch One Way nur zu gut und ist an seine vom Wahnsinn durchdrungene Version der Legende von Bobby Z gewöhnt. An diesem Morgen gibt er One Way sogar einen Dollar, ist dann aber direkt ein bißchen beunruhigt, als dieser Bekloppte den Schein zerknüllt und mit den Worten in den Gully wirft: »Wer braucht denn Geld? Bobby Z ist zurückgekehrt! Und er erhebt Anspruch auf sein Königreich!«

Diese letzte Bemerkung beunruhigt den Mönch noch ein bißchen mehr, vor allem aus dem Grund, weil er selber ziemlich deutlich Anspruch auf Bobby Zs Königreich erhoben hat, seit dieser vor etwa vier Monaten von der Bildfläche verschwunden ist.

Und zwar im wahrsten Sinne des Wortes von der Bildfläche verschwunden, denn der Mönch ist niemand anderer als der Computercrack, der in den Staaten Bobbys Vermögen verwaltet. Auf den Festplatten, Disketten und CD-ROMs des Mönchs finden sich verschlüsselte Informationen über den genauen Verbleib dieses riesigen, sündhaften Vermögens, das sich auf Rauch gründet, eine Unmenge von Rauch, der aus den besten Wohnzimmern des Landes, aus den Patios und Whirlpools der gesamten Westküste gen Himmel steigt.

Der Mönch weiß genau, wo der Schatz liegt, aye aye, Sir, das weiß er. Außerdem weiß er, wer die kleinen Händler sind, und er weiß auch, daß das Imperium von Bobby Z – das sich schon immer auf der Kippe befand – kurz davor ist, sich völlig in Luft aufzulösen.

Natürlich abgesehen von dem hübschen Sümmchen Bargeld, das eines Tages für schlechte Zeiten zurückgelegt worden ist. Und diese schlechten Zeiten sind jetzt da, hat der Mönch beschlossen, und zwar seit Bobby Z irgendwo in Südostasien von der Bildfläche verschwunden ist. Monatelang hat der Mönch versucht, ihm ein Zeichen zu geben, hat wie ein Geistesgestörter auf seiner Tastatur herumgedattelt, nach dem Motto: *Bobby, bitte melde dich,* aber Bobby meldete sich nicht. Folglich hat der Mönch nach einer Weile den Schluß gezogen, daß sein bester Freund Bobby Z irgendwo in den heimtückischen Gebirgsregionen Südostasiens den Löffel abgegeben hat, wie so viele andere amerikanische Jungs vor ihm, und daß das Imperium jetzt ihm, dem Mönch, gehört. Und mit ihm das gebunkerte Geld – eine galaktische Summe –, das sie für die Nachwelt aufgehoben haben.

Der Mönch hat folglich, zu seiner durchaus eingestandenen Schande, eher gemischte Gefühle, was die Prophezeiungen One Ways zu Bobby Zs Rückkehr angeht.

Es liegt in der Natur des Menschen, denkt der Mönch. Vielleicht ist ja genau das die Erbsünde: daß der Mensch einfach zu dem Gedanken neigt, wenn er nur lange genug das Geld eines anderen in Händen hält, gehöre es ihm irgendwann auch.

Wenn einer über die Erbsünde Bescheid weiß, dann ist es der Mönch, weil er nämlich wirklich einmal ein Mönch war. Eines Tages hat er die Laguna High-School verlassen, um nach Notre Dame zu gehen, und er nahm das Ganze ziemlich ernst, was man an der Tatsache ablesen kann, daß er anschließend ins Priesterseminar eintrat und als Jesuit wieder herauskam. Aber selbst dieser Grad von Bindung an Gott war nicht ernsthaft genug für James P. McGoyne, weshalb er sich schließlich in ein Kloster mitten in der Wüste von Arizona begab, wo die Mönche ihre Tage hauptsächlich damit zubrachten, Bewässerungskanäle zu buddeln, Agavepflanzen zu züchten und daraus Marmelade für den Naturkostmarkt zu produzieren. Eines Tages dann nahm der Abt James beiseite, erwähnte die Tatsache, daß dieser in Notre Dame Computerkurse belegt habe, und bat ihn, eine Versandliste ihrer Kunden zu erstellen.

Obwohl der Mönch es monatelang nicht wahrhaben wollte, war dies im Grunde genommen der Anfang vom Ende seines Mönchslebens, denn er entdeckte eine neue Religion: den Computer. Innerhalb von zwei Jahren vertrieben die lieben Brüder ihre übelriechende Marmelade bis in so ferne Städte, wie New York, Amsterdam und Santa Fé, und der Mönch hatte seine Mitbrüder sogar dazu gebracht, einen Katalog, ein Mitteilungsblatt und ein Rezeptbuch zu produzieren. Die Brüder machten Geld wie Heu, und dem Mönch oblag die Aufgabe, es zu zählen.

Und dann, eines Morgens, wacht der Mönch auf und verliert mitten in seiner stillen Kontemplation – was anderes gibt es auch gar nicht im Kloster – seinen Glauben.

Einfach so.

Weg ist er, hat sich einfach in Luft aufgelöst. Eben war er noch da, plötzlich ist er weg. Sein Glaube hat ihn verlassen. Auf seinem Frühspaziergang in die Wüste hat der Mönch ein Moses-Erlebnis, nur andersherum. Da ist kein brennender Busch oder so etwas – der Mönch läuft einfach nur durch die Gegend, betrachtet die braunen Berge und kommt plötzlich zu dem Schluß, daß es keinen Gott gibt.

Er fragt sich nicht, warum ihm das nicht schon vorher aufgefallen ist.

Jahrelang hat er in diesem Loch hier gelebt, hat Gräben gezogen und beschissenes Essen gekriegt, hat sich bis auf die notwendigsten Gespräche und das Singen in der Messe an das Schweigegebot gehalten – und wozu das alles? Für nix und wieder nix. *Nada*. Für die große Leere.

Der Mönch, schon immer ein Fanatiker, wird nicht einfach Atheist – er wird Nihilist. Noch am selben Nachmittag verläßt er seine Brüder in einem Bus, der nach Westen fährt. Dort läuft er seinem alten Kumpel Bobby Z in die Arme, und im Gespräch kommen sie irgendwann auf Computer. Und auf Versandlisten.

Ein Monster ist geboren. Der Mönch steigt mit der ganzen verbissenen Hartnäckigkeit, die er einst Gott gewidmet hat, in den Drogenhandel ein. Der Mönch baut ein weltweites Kommunikations- und Zahlungssystem auf, das für die normalen Sterblichen von der DEA, dem FBI oder Interpol schlicht undurchdringlich ist. Die einzige Organisation, die er fürchtet, ist die Societas Jesu – er weiß nämlich aus eigener Erfahrung, wie gründlich die Brüder sind –, aber die ist zu sehr mit ihren eigenen Gaunereien beschäftigt, um sich für das Imperium von Bobby Z zu interessieren.

Und diesem Imperium verdankt der Mönch all das, was er jetzt besitzt: eine interessante Karriere, ein riesiges Haus an der Emerald Bay auf einer Klippe über dem blauen Pazifik und Unsummen von Geld. Sein Geld und jetzt auch das von Bobby.

»Hast du ihn gesehen, Mann?« fragt der Mönch One Way.

»Da drinnen, ja«, antwortet One Way und zeigt auf seinen Kopf.

Der Mönch denkt, daß das wohl ein ganzes Universum von Möglichkeiten beeinhaltet, und sein Atem geht ein bißchen leichter.

»Aber du hast ihn nicht richtig *gesehen*, oder?« drängt er. »Ich meine, leibhaftig.«

»Wer hat das schon«, antwortet One Way, nicht im geringsten verunsichert.

Der Mönch hat ihn im übrigen tatsächlich gesehen – mehrmals sogar –, aber jetzt schon seit Jahren nicht mehr.

»Kennst du Bobby?« fragt der Mönch.

»Wer kennt ihn schon?« antwortet One Way.

Spricht's und schreitet frischen Mutes davon, um sich den Touristen zu widmen, die in diesem Moment auf dem Weg zu ihrem Morgenkaffee aus den Hotels strömen. So frischen Mutes, daß ihn die Polizei von Laguna gleich wieder in Gewahrsam nimmt. Die Bullen von Laguna sind mit dem Problem vertraut – wenn es auch noch nie so drastisch war – und wissen, wie sie damit umzugehen haben. Sie fahren One Way ein Stück in Richtung Süden auf dem Pacific Coast Highway und lassen ihn einfach stehen.

Jetzt haben die Kollegen in Dana Point ein Problem.

Das Problem des Mönchs ist dagegen nicht so einfach zu lösen.

Er bekommt seinen Milchkaffee und seinen *Economist* und setzt sich vor einem Café mit Buchladen ins Freie, kann sich aber nicht so recht auf die Zukunft des Eurodollars konzentrieren.

Wenn Bobby wieder zurück ist, überlegt er, wenn die willkürlich umherschwirrenden Elemente des Universums sich tatsächlich in genau der Weise angeordnet haben, die bedeuten würde, daß One Way ausnahmsweise recht hat, dann gilt es, einige interessante und beunruhigende Fragen zu klären.

Warum zum Beispiel hat Bobby nicht Kontakt mit ihm aufgenommen? Per Fax, per Computer, per Kurier oder mittels einer Nachricht in dem uralten toten Briefkasten am Gehweg von Dana Point?

Ist es möglich, daß Bobby, der Wunderknabe, Lunte gerochen hat? Daß er den Verrat des Mönchs durchschaut hat? Und wenn Z tatsächlich zurück ist, wo ist er dann?

Und was, um Himmels willen, soll er mit ihm machen?

## *23*

Johnson geht davon aus, daß Bobby Z untergetaucht ist. Entweder das, oder er wandert irgendwo orientierungslos in der Pampa herum, und in ein oder zwei Tagen werden sie ihn tot auffinden. Was Brian vielleicht fuchsen würde, Johnson aber ziemlich kalt läßt, weil es ihm nach einer Weile doch reichlich auf den Keks geht, den ganzen Tag in der Wüste herumzureiten und Rojas und seinen drei *compadres* beim Herumschnüffeln zuzusehen.

Sie haben Bobbys Fährte an dem Felsabhang aufgenommen. Schien nicht allzuviel Sinn zu machen, hinunterzuklettern und nachzuschauen, was von den Holzköpfen übriggeblieben ist, die mit dem Humvee über die Kante geflogen sind. Und selbst so betrunken wie er war, konnte Rojas Johnson immer noch versichern, daß der Weiße, nach dem sie suchten, nicht mit dem Motorrad über die Klippe geflogen ist. Er ist zusammen mit dem kleinen Jungen Richtung Westen gegangen, und irgendwann haben die Spuren des Kindes aufgehört.

Man brauchte kein gottverdammter Indio zu sein, um sich diese Spuren anzusehen und zu dem Schluß zu kommen, daß der Mann den Jungen auf den Rücken genommen hat und ihn trägt. Die Fußabdrücke im Sand sind ab diesem Punkt viel tiefer.

Also ist Bobby Z noch unterwegs, aber ein ganzes Stück langsamer, als er müßte. Johnson hat Rojas und seine Kumpel im Eiltempo vorausgeschickt, während er selbst gemächlich hinter ihnen herreitet.

Laß Rojas ihn einholen und festnageln, und dann wird Johnson sich überlegen, wie zum Teufel sie ihn zurückverfrachten sollen.

Weil dieser alte Mex ihn partout lebend haben will.

Sie sind ihm jetzt in westlicher Richtung auf den Fersen, erst durchs Flachland und dann in die Ausläufer des Gebirges hinein und in einen Canyon hinauf, und die Indianer sind plötzlich wie elektrisiert, weil sie an den Spuren erkennen können, daß ihre Beute langsamer wird. Johnson sieht ihnen zu, wie sie ein ganzes Stück vor ihm zugange sind, wie Hunde auf der Hatz.

Rojas erklimmt gerade die Wand des Canyons, als er abrupt stehenbleibt und nun offenbar eine Spur in der Gegenrichtung verfolgt. Johnson nutzt die Pause, um seine Sonnenbrille an seinem Hemd abzuputzen, während die Indios beratschlagen. Er setzt die Brille gerade rechtzeitig wieder auf, um zu sehen, wie einer der Indios zu Boden geht, als hätte ihn eine Kugel getroffen.

Scheiße, denkt Johnson, ich habe nicht mehr an das fehlende Gewehr gedacht.

Er fragt sich noch, wo zum Teufel ein mit Dope dealender Beach Boy so gut schießen gelernt hat, dann läßt er sich, obwohl er selber wahrscheinlich außer Schußweite ist, von seinem Pferd gleiten und sucht sich einen Felsbrocken, um sich dahinter zu verbergen.

Scheiße, denkt Johnson, als er zusieht, wie Rojas und der andere Indianer eilig Deckung suchen. Sieht ganz so aus, als könnte es ein langer Tag werden.

## *24*

»Das ist ein richtiges Gewehr, oder?« fragt Kit.

»Sieht nur so aus«, antwortet Tim, ein bißchen besorgt über das, was sich direkt unter ihnen im Tal des Canyons abspielt. Einer der Fährtensucher liegt am Boden, die anderen beiden hocken hinter Felsen.

»Ist doch ein richtiges«, beharrt Kit. »Der Mann da ist hingefallen, als du geschossen hast.«

»So lauten die Regeln«, erwidert Tim. »Ich hab dir sowieso gesagt, du sollst nicht rausgucken.«

»Ist das Blut an seinem Bein?«

»Rote Farbe«, sagt Tim. »Jetzt geh zurück und leg dich hin. Die bösen Mutanten brauchen nicht zu wissen, daß da zwei von uns sind.«

Na, das ist wirklich Bobby Zs Kleiner, denkt Tim, weil der Junge offenbar nicht die geringste Angst hat, als er sich in die Höhle zurücktrollt. Was gut ist, denn Tim muß sich jetzt konzentrieren.

Auf den Verwundeten. Der mittlerweile um Hilfe schreien müßte, denn auch das gehört zu den Regeln. Bring einen Mann zur Strecke und kauf dir dann die anderen, wenn sie kommen, um ihm zu helfen.

So läuft das Spiel.

Ist allerdings ein ziemlich zäher kleiner Bursche da draußen, denn gerade in diesem Moment reißt er sich mit den Zähnen ein Stück Stoff aus dem Hosenbein und macht eine Schlinge daraus.

Ein cleverer, zäher kleiner Bursche, und holen tut ihn auch keiner.

Vermute, die kennen das Spiel auch, denkt Tim.

Und Tim bringt es einfach nicht übers Herz, dem Typen eine Kugel in den Kopf zu jagen. Es gibt keinen Grund dafür, und außerdem ist ein verwundeter Mann immer besser als ein toter Mann. Auf die eine oder andere Weise müssen die sich ja um ihn kümmern.

»Du bleibst da hinten«, sagt er zu dem Jungen.

»Ja, ja, ich bleib ja schon da.«

Aber sie schießen nicht mehr, denkt Tim. Dabei wäre genau das jetzt die richtige Taktik: einfach auf die Höhle zielen und das Feuer eröffnen, während einer von ihnen losrennt und ihren Kumpel in Sicherheit bringt.

Es sei denn, sie haben noch nicht herausgefunden, woher der Schuß kam. Auch eine Möglichkeit.

Oder sie sind schon da unten im Unterholz und versuchen, ihn von hinten zu überraschen.

Was die andere Möglichkeit ist.

Böse Mutanten.

Warum wollen die mich überhaupt umbringen? fragt sich Tim etwas genervt. Warum bringen mich die Leute ständig in solche Situationen?

Darum, sagt er zu sich selbst.

Er nimmt den Kopf des Mannes, der am Boden liegt, ins Visier und holt tief Luft.

## *25*

Der Junge hat auch eine weiche Seite, denkt Johnson.

Er müßte mittlerweile geschnallt haben, daß keiner von uns seinen Arsch riskiert und aus der Deckung läuft, nur um diesem Indianer zu helfen. Also wäre es ihm dringend zu raten, den Typen endgültig ins Jenseits zu befördern, damit er sich um ihn keine Sorgen mehr zu machen braucht.

Aber es ist kein Schuß mehr gefallen.

Der Junge hat auch eine weiche Seite.

Also zieht Johnson seine Winchester aus dem Sattelhalfter, nimmt sein Taschentuch und bindet es um den Lauf. Dann tritt er hinter dem Felsen hervor und geht auf das Canyon-Tal zu.

Er zählt auf die weiche Seite des Jungen.

Als Johnson zu dem Verwundeten kommt, sieht er, daß der Mann wahrscheinlich mit dem Leben davonkommen wird. Zäher, kleiner Bursche, dieser Cahuilla.

Johnson sieht zu der Höhle hoch und ärgert sich im nachhinein, daß der alte Rojas hier so plump in die Falle gelaufen ist. Direkt vor ihnen, deutlich sichtbar, liegt der gute alte Bobby in Schußposition.

»Sieht so aus, als hätten wir hier ein kleines Problem«, ruft Johnson.

Tim weiß auch, was das Problem ist. Das Problem ist, daß er mal wieder bis zum Hals in der Scheiße sitzt, genauer gesagt in einer Höhle mitten in der Wüste, wie ein Karnickel in der Falle. Wahrscheinlich gibt's da draußen sogar Rasensprenger, über die er stolpern könnte.

Aber er glaubt nicht, daß von ihm eine Antwort erwartet wird. Also zielt er einfach auf die Brust des Cowboys und wartet.

»Mensch, Mr. Z, wir haben Sie. Sie sitzen in der Falle«, brüllt Johnson.

Tim zieht den Lauf etwas nach unten und feuert eine Salve direkt neben Johnsons Stiefeln in den Sand, bloß um ihn daran zu erinnern, daß die Sache vielleicht doch nicht so eindeutig ist.

»Warum haben Sie das jetzt gemacht?« brüllt Johnson.

»Hab ein Problem mit meiner Impulskontrolle!« schreit Tim zurück.

Plötzlich kommt Johnson der Gedanke, daß die weiche Seite dieses Jungen vielleicht ganz schön harte Kanten hat, und er ist alles andere als begeistert, wenn er sich vorstellt, wie sich diese harte Kante in Form einer 7.62er Kugel in seinen Kopf bohrt. Außerdem hat der Knabe da droben eine ziemlich gute Position – schwer zu knacken, die Nuß. Johnson beschließt, eine andere Taktik einzuschlagen.

»Wie wär's mit einem kleinen Deal, Mr. Z?« schreit er.

Tim brüllt zurück: »Was für ein Deal?«

## *26*

Sie werden einfach abziehen.

Wie bei den meisten Deals klingt es zu schön, um wahr zu sein. Aber Tim kann sich nicht vorstellen, daß er eine bessere Wahl hat, folglich geht er auf den Handel ein.

Der Cowboy zieht also seine Indios ab, sie holen ihren Verwundeten, und Tim hält seinen Finger so lange am Abzug, bis sie schon ein ganzes Stück weit weg in der Ebene sind. Sie werden den Verwundeten irgendwo unterbringen, und der Cowboy wird dem Fettsack Brian sagen, sorry, aber er konnte den alten Bobby Z einfach nicht finden.

So lautet jedenfalls der Deal, und Tim glaubt nicht eine Sekunde daran. Aber er muß an den Jungen denken, und was für miese Tricks

Johnson auch immer auf Lager hat, die Chancen stehen jedenfalls besser für Tim, wenn er nicht in der Höhle sitzen bleibt, bis sie kein Wasser und kein Essen mehr haben.

»Du hast den Typen erschossen«, sagt Kit. Ganz beiläufig, findet Tim, als wäre das etwas, über das man sich nicht besonders aufregen muß.

»Nee«, antwortet Tim. »Ich hab so getan, als würde ich ihn erschießen, und er hat so getan, als wäre er verwundet. Das sind die Spielregeln.«

»Aha«, macht Kit.

Tim weiß, daß der Junge nur so tut, als würde er es glauben. Also tut er so, als würde er dem Jungen glauben, daß er es glaubt, weil das ihnen die Sache offenbar allen beiden erleichtert.

»Bleiben wir in dieser Höhle?« fragt Kit.

»Ich weiß noch nicht«, sagt Tim. »Was denkst du?«

»Ich denke, wir sollten von hier weg.«

Tim denkt ein paar Sekunden darüber nach. Es wäre besser, die Nacht abzuwarten und dann zu verschwinden, aber das würde bedeuten, daß sie noch einen ganzen langen Nachmittag warten müßten. Und vielleicht beschloß Johnson ja doch, mit Verstärkung zurückzukommen.

»Laß uns noch ein bißchen warten«, sagt Tim und fügt hinzu: »Wenn du einverstanden bist, Cyclops.«

Warten, bis die Sonne ein bißchen niedriger steht.

»Ist okay für mich, Wolverine«, sagt Kit.

Keiner von ihnen denkt noch, daß das hier ein Comic ist, aber so ist es leichter, damit umzugehen.

Also sitzen sie da und warten. Warten, bis Johnson und seine Truppe zu kleinen Punkten in der Wüstenebene zusammenschrumpfen, warten, bis die Mittagssonne ein klein wenig tiefer steht. Sie sitzen und warten und quatschen über X-Men, Batman, Silver Surfer, über ferngesteuerte Boote – wovon Tim nicht die geringste Ahnung hat – und über Enduros. Sie reden über alles, nur nicht über ihre Situation, aber die ist auch wirklich nicht lustig.

Schließlich reicht Tim Kit eines der beiden letzten Wasserfläschchen und sagt: »Trink!«

»Alles?«

»Alles«, bestätigt Tim. »In der Wüste lagert man sein Wasser im Bauch, nicht in der Feldflasche.«

Nicht wie im Film, wo sie es rationieren und nur jeden zweiten Tag oder so einen Schluck davon nehmen. Kein Wunder, daß diese Blödmänner in den Filmen immer abkratzen, denkt Tim. Haben das Wasser in der Feldflasche und nicht im Bauch.

Verdursten mit halbvollen Feldflaschen.

Scheiß-*Beau-Geste*. Ein Witz sondergleichen.

»Kipp's runter«, sagt Tim.

»Das sind aber schlechte Manieren«, sagt Kit entzückt.

Tim ist nicht besonders beeindruckt, nachdem er gesehen hat, was bei den Erwachsenen, mit denen Kit bisher zu tun hatte, als gute Manieren gilt. Zum Beispiel, daß man nur ja nie mit derselben Zwanzigernote den Koks aufzieht oder daß das Vorspiel bitte schön nur in Gegenwart der Kinder zu geschehen hat.

»Wie fühlen sich deine Beine an?« fragt er Kit.

»Prima.«

»Wirklich?«

Der Kleine hebt die rechte Hand, als wollte er in den Zeugenstand treten. Hat er wohl in irgendeinem Film gesehen. Und Tim selber hat es vor Gericht nur andere tun sehen – Bullen meistens –, weil er nie die Chance bekam, zu seiner eigenen Verteidigung in den Zeugenstand zu treten. Die Anwälte fanden das immer nicht ratsam.

Nur eins der Probleme, die man hat, wenn man schuldig ist.

Der Junge reißt ihn aus seinen Gedanken. »Warum fragst du mich nach meinen Beinen?«

»Weil wir gleich ein bißchen klettern müssen.«

Eine Menge klettern, denkt Tim.

Es wäre nämlich das einfachste, den Canyon wieder zu verlassen und in die Ebene zu gehen. Sie brauchen bloß den Auswaschungen zu folgen. Jeder Idiot weiß nämlich, daß ein Flußbett, selbst ein trockenes, letztendlich immer aus der Wüste herausführt.

Genau aus diesem Grund werden die anderen am Ende der Wüste auf uns warten.

Und genau deshalb werden wir es andersrum machen. Wir gehen über die Berge.

Wäre ganz nett, eine Karte zu haben, denkt Tim. Natürlich wäre es noch viel netter gewesen, gar nicht erst in diesen Schlamassel hineinzugeraten, aber das sind olle Kamellen, über die man besser gar nicht mehr nachdenkt. Besser, man konzentriert sich darauf, aus dem Schlamassel wieder herauszukommen.

Das ist das Leben, denkt er. Ein Schlamassel nach dem anderen.

Er blickt auf den Kleinen und denkt, du weißt gar nicht, was du in deinem Leben noch alles vor dir hast, mein Junge.

»Bist du sicher, daß du mit mir mitkommen willst?« fragt Tim.

»Ich bin sicher, ja«, sagt der Junge hastig.

Zum erstenmal wirkt er ein bißchen erschrocken. Erschrocken darüber, daß da schon wieder ein Erwachsener überlegt, wie er ihn loswerden könnte.

»Ich kann dich nämlich zurückbringen, wenn du willst.«

»Die würden dich töten«, sagt Kit trocken.

Kein Spiel, kein Als-ob, kein Comic.

»Kommt nicht in Frage«, sagt Tim. »Mich tötet man nicht so leicht.«

Frag Stinkdog.

Kit schaut mit seinen großen braunen Augen zu ihm auf.

»Ich möchte mit dir kommen«, sagt er.

»Also, dann klettern wir«, antwortet Tim.

Sie sind erst ein paar Schritte gegangen, als er Kit fragt: »Was sind wir? Marines oder X-Men?«

Kit denkt eine Weile nach, dann fragt er: »Können wir nicht beides sein?«

»Warum nicht?«

»Geil!«

Mutierte Marines, denkt Tim. Oder marinierte Mutanten.

Geil.

## 27

Es stört One Way nicht besonders, daß sie ihn in Dana Point rausgeschmissen haben.

Erstens ist der Müll hier besser, denkt er, während er eine Tonne hinter dem Chart House Restaurant durchwühlt. Er findet die Reste eines leckeren Cesar's Salad, eine Scheibe dick gebutterten Texas-Toast, den er trotzdem zu essen beschließt, und ein Stückchen gedämpften Lachs. Außerdem gibt's auch noch jede Menge Steakknochen, halb abgegessene Spareribs und ein paar Stücke Cheeseburger, aber One Way ißt kein rotes Fleisch. Schließlich muß er an seine Gesundheit denken.

Das Chart House hat er sich nicht nur aus kulinarischen Gründen ausgesucht, sondern auch wegen der Aussicht: Es liegt direkt am Steilufer, und man hat von hier aus einen idyllischen, herrlichen Blick auf den Hafen von Dana Point mit seinen Hunderten von Jachten, Vergnügungsbooten und Sportfischerkähnen.

Mit Booten kennt One Way sich aus.

Oder jedenfalls glaubt er das, weil er irgendwann vor langer, langer Zeit, vor dem, was er als »die Erleuchtung« betrachtet, seinen eigenen Segelschein hatte und Touristen durch die Karibik geschippert hat. Er erinnert sich dumpf an eine träge Zeit voll süßem Rum und dem scharfen Duft von jamaikanischem Dope, eine Zeit, in der er diese Neureichen von Hafen zu Hafen bugsierte und gelegentlich ihre Frauen, Töchter und Betthäschen vögelte.

Eine schöne Zeit, aber ohne Erleuchtung.

Den Blick von hier aus mag er aber immer noch. Es gefällt ihm, zu Abend zu essen und dabei den Booten zuzusehen, wie sie in den Hafen hinein- und wieder hinausfahren, wie sie an der langen Steinmole entlangschippern, die den Hafen vom offenen Pazifik trennt. Er mag es, die Boote anzuschauen und ein bißchen über ihren Aufbau und ihre Form zu lästern.

Außerdem hat er entschieden, daß irgendwo da draußen, inmitten dieser Hunderte von Booten das von Bobby Z liegt.

Muß es wohl, sonst hätten die Schicksalsgötter – beziehungsweise die Cops als deren unwissende Werkzeuge – ihn nicht ausgerechnet an diesem schicksalsträchtigen Tag nach Dana Point gekarrt.

Nachdem er seine Vorspeise verputzt hat, steigt er die Klippe hinunter und geht zum Hafen selbst, zu dem breiten Pier, an dem mehrere Restaurants liegen. Und dort findet er in einer Mülltonne seinen ultimativen Nachtisch: ein gerade noch kaltes Eis in der Tüte – Schokolade –, das soeben ein ärgerlicher Vater in vollgekleckerten weißen Hosen seinem Kind entrissen und in die Tonne geworfen hat.

One Ways Schnurrbart und Bart sind mit Schokolade beschmiert, als er beschließt, mal wieder ein bißchen die Touristen zu traktieren. Er kann einfach nicht anders, die Worte blubbern in ihm hoch und quillen ihm aus dem Mund. So wie diese japanischen Touristen aus dem Bus.

Und da steht One Way und begrüßt sie.

»Willkommen in Dana Point!« ruft er einem konsternierten Ingenieur der gummiverarbeitenden Industrie aus Kyoto zu. Er nimmt den verstörten Mann am Arm und führt ihn ein Stück den Pier entlang. »Hier lebte er einige Zeit, der legendäre Bobby Z, der sich in ebendiesem Moment auf dem Heimweg zu uns befindet. Bobby Z verschwand im Dunst des Ozeans, und schon bald wird er wieder in See stechen. Doch zuerst wird er zu uns kommen und uns eine frohe Botschaft bringen, mein Freund!«

»Woher ich das weiß?« fragt er rein rhetorisch, denn dem Gummiingenieur aus Kyoto hat es vor Schreck die Sprache verschlagen. »Wohl könntest du diese Frage stellen und wohl könnte ich dir antworten!«

One Way beugt sich vor und flüstert mit seinem stinkenden Atem dem Mann ins Ohr: »Es war vor vielen, vielen Jahren, und ich fuhr noch zur See, zweiter Maat einer Schaluppe, auf den rauhen Gewässern der Südsee. Wir hatten eine Fracht an Bord dieses Schiffes, das ansonsten nur dem Vergnügen diente, und ich muß gestehen, es war eine Fracht, die die unliebsame Aufmerksamkeit der Regierungsbehörden auf sich gezogen hätte, wären wir jemals im Hafen oder auf offener See durchsucht worden - ganz zu schweigen von den Piraten, mein Freund, *Piraten*...«

Das sagt One Way, während eine verzweifelte Reiseleiterin ihm den Weg abzuschneiden versucht, weil er die Gruppe in eine ganz falsche Richtung führt.

Aber er freut sich auch über diese weitere Zuhörerin und sagt einfach zu ihr: »Oh, hallo, ich erzählte gerade meinem Freund hier, wie ich damals zum erstenmal mit Bobby Z gesprochen habe... Ich habe ihn nämlich gekannt, wissen Sie.«

»Nein, nein, nein, nein...«

»Na ja, es war also auf dem schönen Schiff Soundso, und ich saß gerade eines schönen Abends an Deck und legte mir eine Line, ganz konzentriert auf meine Hände, während zwischen meinen Lippen eine Tüte des allerschönsten hawaiianischen Dopes steckte, als plötzlich ein Mann auf mich zutrat, den man ansonsten für einen harmlosen jungen Spunt gehalten hätte, bloß daß alles an ihm königlich war, ich sage Ihnen, königlich, sogar damals schon. Ja, Sie haben es erraten. Das war er, Bobby Z, und er setzte sich hin, neben mich, einen einfachen Matrosen, und wir wechselten ein paar Worte miteinander, während wir die Sterne betrachteten, die in dem phosphoreszierenden Wasser funkelten. Wir sprachen wie Männer miteinander. Ich war zutiefst bewegt. Am nächsten Tag nahmen wir Kurs auf eine Insel, die in keiner Landkarte verzeichnet war...«

One Way bleibt stehen, nicht nur, weil die Reiseleiterin um Hilfe schreit und sich die japanischen Touristen wie Klafterholz am Pier aufbauen, sondern auch, weil er sieht, wie ein großer, hagerer Mann mit dünnem Haar das Tor zu Pier ZZ aufschließt und eilig den Damm hinunterläuft.

Er blickt dem Mann nach, wie er bis zum allerletzten Boot, einer kleinen, aber eleganten Schaluppe, läuft, an Bord geht und in die Kabine hinuntersteigt.

One Way reckt sein bärtiges Kinn in die Luft und schnuppert.

»Und was ich sagen wollte«, fängt er an, aber die Hand auf seinem Arm ist nicht die der Reiseleiterin, sondern die eines Wächters vom privaten Sicherheitsdienst, und diese behandschuhte Hand befördert ihn in Windeseile in den Gewahrsam der Polizei von Dana Point.

Auf der Fahrt zurück nach Laguna sagt One Way zu den Cops: »Bobby Z ist zurückgekehrt, wissen Sie.«

Der Fahrer lacht: »Aber klar doch!«

»Nein, wirklich!« kreischt One Way beleidigt.

»Woher weißt denn du das, One Way?« fragt der Cop, der langsam seine gute Laune verliert. Es nervt ihn, daß die Kollegen aus Laguna One Way ständig genau zwei Meter südlich von ihrer Stadtgrenze an die frische Luft setzen. Warum können sie ihn denn nicht zur Abwechslung mal nach Norden fahren, damit er den Leuten in Newport Beach auf den Keks gehen kann?

»Also, woher weißt du das?« wiederholt der Cop.

»Ich hab's gerochen, in der Luft.«

»Ah ja.«

»Und ich hab den Hohepriester gesehen«, sagt One Way. »Den Mönch.«

»Na toll.«

»Als ich ihn das erste Mal gesehen hab, hab ich ihn gar nicht wiedererkannt«, gesteht One Way. »Aber als ich dann gesehen hab, wie er in das Boot gestiegen ist…«

»Das ändert alles, was?«

»Absolut.«

Der Bulle fährt knapp über die Stadtgrenze zu Laguna, bremst und öffnet die Tür.

»Raus!« sagt er.

Das ändert alles, denkt One Way, während er die Straße runter nach Laguna geht. Ändert alles – er mag die Worte von diesem Bullen und prägt sie sich ein.

Das ändert alles, sagt One Way zu sich selbst. Daß der Mönch dieses Boot bestiegen hat, ändert alles.

Und dann der Name dieses Bootes!

Die *Nowhere*.

Das ist Z. Eindeutig.

Eine Legende.

## 28

»Sie hatten Bobby und haben ihn *laufenlassen*?« kreischt Brian. Er ist knallrot im Gesicht, und Johnson denkt, daß er vielleicht gleich einen Herzinfarkt kriegt und abnippelt, hier auf der Stelle.

Würde Johnson nicht besonders viel ausmachen.

Außerdem würden eine Menge Leute zur Beerdigung aufkreuzen. Mexikaner lieben einfach gute Partys, und bei diesem Begräbnis würde es eine Menge Gesang und Tanz geben. Vielleicht würde ich ja sogar selber das Tanzbein schwingen, denkt Johnson.

»Er hatte die optimale Position da oben«, erklärt er.

»Was zum Teufel soll das heißen?« quengelt Brian.

»Das heißt, daß es eine verdammt haarige Sache gewesen wäre, ihn da runterzuholen.«

»Sie meinen wohl, ihr Schlappschwänze wart zu feige dazu!«

»Möglich.« Johnson zuckt die Achseln. Er stellt sich vor, wie es wäre, Brian hier und jetzt umzulegen. Einfach die Pistole zu ziehen und ihm eins zwischen seine Schweinsäuglein zu verpassen.

»Er hat einen von uns angeschossen«, sagt Johnson statt dessen.

»Ist ja entsetzlich!«

»Keine Sorge. Wir haben ihn wieder zusammengeflickt.«

Brian ist trotzdem verstört. Nicht wegen irgendeinem lahmgeschossenen Idioten, sondern wegen dem *hidalgo* hinter der Grenze. Die Augen quellen Brian schier aus dem Kopf, und er schnauft und grunzt dermaßen vor sich hin, daß in Johnson wieder die Hoffnung aufkeimt, Brians Herz könnte den letzten Schlag tun und ihnen allen eine Menge Ärger ersparen.

»Und außerdem haben wir ihn nicht laufenlassen«, sagt Johnson langsam. »Rojas ist noch mal dorthin zurück. Er versucht die Fährte wiederaufzunehmen.«

»Was will er denn machen?« fragt Brian. »Rauchsignale schicken?«

»Wir haben ihm ein Funkgerät mitgegeben.«

»Und?«

»Er ist den Hapaha-Canyon hoch.«

»War es nicht der Hapaha-Canyon, wo er euren Mann angeschossen hat?«

»Genau da«, sagt Johnson geduldig. »Und dann ist er den Canyon hoch.«

»Wozu das denn?«

Johnson holt tief Luft. Langsam ist er mit seiner Geduld am Ende. »Weil er wahrscheinlich denkt, daß es genau das Gegenteil von dem ist, was wir von ihm erwarten.«

»Ja, aber über den Hapaha-Canyon kommt er direkt in die Hapaha-Ebene.«

»Das weiß er aber nicht.«

»Vermutlich nicht, nein.« Brian denkt angestrengt nach. »Können Sie ihn in die Ebene lotsen?«

»Ich gehe davon aus, ja«, sagt Johnson. »Die Ebene ist nämlich gar nicht richtig flach, sondern eher ein Kessel.«

»Dann müßte es doch ganz leicht sein«, sagt Brian. Ihm gefällt der Gedanke, Bobby ein bißchen einzukesseln.

Wäre ein ganzes Stück einfacher, wenn ich ihn einfach erschießen dürfte, denkt Johnson. Oder ihm Rojas auf den Hals hetzen könnte, damit er ihm die Gurgel durchschneidet. Aber dann fällt Johnson wieder der Junge ein, und darüber will er lieber nicht nachdenken.

»Wir können Mr. Z also in der Hapaha-Ebene eine kleine Überraschung bereiten?« fragt Brian in den Raum. Seine Stimmung ist jetzt wieder wesentlich besser.

Ein Grinsen breitet sich auf seinem fetten Gesicht aus. »Vielleicht würde Willy gerne ein bißchen mithelfen«, schnurrt er. »Immerhin hat Bobby ihm ziemlich wehgetan und ihn ganz schön gedemütigt, *n'est-ce pas*? Ich finde, wir sollten uns einfach einen schönen Nachmittag machen. Ich werde mich in meine Fremdenlegionskluft werfen – Käppi, Nackenschutz, Jodhpur-Hosen – und Willy… nun, ich bin sicher, Willy wäre begeistert davon, sein Ultraleichtflugzeug ausnahmsweise mal zu einem praktischen Zweck zu verwenden.«

Johnson ist beunruhigt, wenn Brian diesen Ton anschlägt.

Normalerweise bedeutet das, daß mit dem Schlimmsten zu rechnen ist. »Woran denken Sie?« fragt er.

Jetzt strahlt Brian übers ganze Gesicht. Er summt eine Melodie aus einem alten Vietnamfilm.

*»Death from the Sky«*, antwortet er.

Tod aus den Wolken? fragt sich Johnson.

Was zum Teufel meint er damit?

## *29*

Tim und Kit stehen am Rand des großen Kessels und schauen hinunter.

»Heiliges Kanonenrohr«, sagt Tim.

»Ist das toll!« staunt Kit.

Acht Kilometer weit blühen Blumen unter ihnen.

Ein Kessel voller Blumen.

Tim hat den Frühling in der Wüste schon einmal erlebt, aber so etwas hat er noch nie gesehen. Dort drunten im Kessel ist Karneval. Knallrot, Purpur, Gelb, Gold, und noch andere Farben, von denen er nicht mal den Namen kennt. Falls es überhaupt Namen dafür gibt.

Und unter diesen leuchtenden Farben sieht man nicht das übliche Braun der Wüste, sondern einen grünen Teppich. Tim weiß, daß das Büsche sind – Beifuß, Perückenbaum, Wüstentabak, Kreosot, Mesquit –, aber von hier sieht es aus wie ein grüner Teppich.

Unter Tausenden und Abertausenden von Wildblumen.

Als wäre der ganze Regen, der jemals in der Wüste gefallen ist, hier in diesen Kessel gefallen und, simsalabim, der Frühling ist da. Als hätte man einem vollgekifften Maler acht Quadratkilometer Leinwand in die Hand gegeben und ihn seinen Rausch ausleben lassen.

»Wenn du ein bißchen schielst«, sagt Kit, »ist es so, als guckte man in so ein – na, wie heißen diese Dinger?«

»Ein Kaleidoskop?«

»Ja. Kaleidoskop.«

Tim sieht, wie der Junge das Wort ein paarmal vor sich hinsagt, um es sich zu merken.

Tim schaut auf das verrückte Gemälde hinunter. Haargenau mittendrin erhebt sich ein riesiger Felsen, so groß wie ein Haus. Als hätte ihn jemand als Rasenschmuck genau mittenrein gesetzt.

Sieht aus wie eine Totale in einem Film, denkt Tim, aber er ist eigentlich nicht besonders scharf auf die Nahaufnahme. Und erst recht ist er nicht scharf darauf, in einen solchen Kessel hinunterzusteigen, weil es passieren kann, daß oben am Rand des Kessels Leute auftauchen und einen abknallen. Oder sie kommen runter in den Kessel, mit mehr Leuten, als du hast – und er hat, verdammt noch mal, bloß ein kleines Kind –, und dann machen sie das, was nicht umsonst einkesseln heißt, und du hast keinen Überblick mehr, und *adios*, alter Knabe. Aber es gibt keine andere Chance, außer sie kehren um, und da hätten sie gar keine Chance. Außerdem sind die Canyon-Wände zu steil, um mit einem Kind im Schlepptau hinaufzuklettern. Zumal das Kind müde ist – es hält noch durch, aber nicht mehr lang –, und Tim weiß, daß er am Schluß das Kind sowieso den größten Teil des Weges tragen muß. Er weiß also, wenn er auch nur einen Funken Verstand hätte, würde er das Kind an dieser Stelle seinem Schicksal überlassen, aber da mittlerweise ja bekannt ist, daß er *keinen* Funken Verstand hat, bleibt ihm wohl tatsächlich keine andere Wahl, als diesen Kessel zu durchqueren, wenn er die Hügel auf der anderen Seite erreichen will.

Hat doch einige Vorteile, wenn man allein lebt, denkt Tim. Und einer davon ist, daß man wahrscheinlich länger lebt.

»Dann also hinein ins Kaleidoskop!« sagt Tim.

»Super! Ich mag Kaleidoskope.«

»Wird ziemlich heiß werden da unten.«

Der Junge zuckt die Achseln. »Ist eben so in der Wüste.«

Tim fühlt sich ein bißchen wohler in seiner Haut, als sie erst einmal unten im Kessel sind, weil das Gebüsch so hoch ist, daß man sie kaum sehen dürfte, es sei denn, man hat ein Flugzeug oder einen Hubschrauber. Und außerdem befinden sie sich auf einer Art Wildpfad, merkt Tim, wo sonst vielleicht Kojoten Eselhasen jagen oder Rehe durchmarschieren, jedenfalls ist es leichter hier zu laufen, und das Kind hält sich wacker.

Überall, wohin sie schauen, sind Farben, fern und nah: die leuchtendroten Blüten des Ocotillo-Kaktus, die hellgelben des Kreosot, die gelbgrünlichen der Silberopuntie, und die hellrosa Blüten des Biberbaums. Da ist Wüstenlavendel und Indigo und die grüne, stachelige Yucca. Und eine hohe Pflanze mit gelben Blüten: das muß der Jahrhundertbaum sein, von dem die Legende sagt, daß er nur alle hundert Jahre blüht.

Und vielleicht ist das ja ein gutes Zeichen, denkt Tim. Die Pflanze blüht nur einmal in hundert Jahren, und ausgerechnet wir sind hier, um das zu sehen. Das muß einfach Glück bringen, und davon hätte ich zur Abwechslung sowieso mal ein bißchen verdient.

Er hört das Flugzeug, bevor er es sieht.

## *30*

Johnson steht am Rand des Kessels und beobachtet, wie das Ultraleichtflugzeug über die Wüstenebene schnurrt. Brian steht direkt neben ihm, in voller Fremdenlegionärsmontur, späht durchs Fernglas und sieht genauso aus wie der Sergeant in dem Film, den er so gerne mag. Brian sagt, der Sergeant in *Beau Geste* sei der erste schwule Schurke in der Filmgeschichte, aber Johnson will nichts davon wissen.

Johnson beobachtet, wie Willy in diesem ultraleichten Flugzeug seine Kreise zieht. Für Johnson sieht es aus wie ein Go-Cart in der Luft. Ganz bestimmt jedenfalls ein Ding, in das er sich lieber nicht setzen würde.

»Er sieht aus wie ein Habicht, der über seiner Beute kreist«, sagt Brian, ohne das Fernglas abzusetzen.

Sieht aus wie ein verdammter Idiot, denkt Johnson. Er persönlich hat mehr Vertrauen in den alten Rojas, der hinter dem alten Bobby Z hertrottet und dabei klug Abstand hält. Rojas braucht keinen bescheuerten Deutschen, der am Himmel seine Kreise zieht und ständig Bobby Zs Position über Funk durchgibt. Rojas weiß längst, wo Bobby Z ist.

Aber man braucht einem kleinen Jungen eben bloß was zum Spielen zu geben und er spielt damit, denkt Johnson. Brian hat viel zu sehr die Hosen voll, um sich selbst in das kleine Flugzeug zu setzen, aber dieser Heinz oder Hans oder Pißkopf oder wie er heißt kann es kaum erwarten, sein Glück mit dem Ding zu versuchen, über das er angeblich alles bei irgendeinem bayrischen Fliegerclub gelernt hat. Und sie hocken hier unten und dürfen sich den ganzen Zirkus anschauen.

Er hört die Stimme des Deutschen, der über Funk flüstert: »Tass Ssupjekt pewekt sich in siepenuntzwanzik Krat Ssütsütwest«, und Johnson fragt sich, wieso der Idiot eigentlich flüstert. Wer soll ihn denn schon hören, die Vöglein am Himmel oder wer?

»Er ist auf siebenundzwanzig Grad Südsüdwest«, sagt Brian atemlos.

»Hab's vernommen«, sagt Johnson.

»Funken Sie das Rojas rüber«, befiehlt Brian.

Johnson weiß, daß Rojas nicht den Unterschied zwischen siebenundzwanzig Grad und seinem eigenen Arschloch kennt, tut aber doch wie geheißen. Es kann nicht schaden, höchstens daß es Rojas nervt, aber wen kümmert's schon, ob Rojas genervt ist?

Er hört, wie Brian den Kraut fragt: »Sitzt er in der Falle?«

»Ja, er ssitzt in ter Falle, Prian.«

Darüber ist Brian so froh, daß Johnson richtig schlecht wird.

»Machen wir ein kleines Spielchen mit seinem Kopf«, sagt Brian.

Johnson fragt sich, was das genau heißen soll, aber dann sieht er, daß das Flugzeug runtergeht. Er sieht, wie dieser verdammte Idiot sich hinauslehnt und winkt.

Und dann fängt dieser verdammte Idiot an zu schießen.

## *31*

»Schau nicht hoch!« sagt Tim zu Kit.

»Aber...«

»Ich weiß«, sagt Tim. »Aber schau trotzdem nicht hoch.«

Dieses Scheißultraleichtflugzeug hat sie im Visier. Der bescheuerte Pilot fliegt direkt über sie drüber, lehnt sich aus dem Fenster und feuert mit der Pistole auf sie.

Verdammte Kacke, denkt Tim. Der weiß doch, daß hier unten ein Kind ist.

Und dieses Kind hat jetzt Angst, das kann Tim an seinen Augen sehen.

»Scheibenkleister«, sagt Tim.

Kit nickt.

»Magneto«, sagt Tim bedeutungsvoll. So heißt der Anführer der Bösen bei den X-Men.

Kit strahlt wieder. »Was sollen wir jetzt bloß tun?« fragt er drängend, in gespielter Verzweiflung.

»Wir rennen blitzschnell jetzt zu dem großen Felsen da drüben«, sagt Tim. »Darüber liegt ein Energiefeld, durch das Magneto nicht durchkann!«

»Also los!«

Sie laufen los. Über dem Spiel vergißt der Junge seine müden Beine, und sie rennen und rennen, über sich den verrückten Piloten, der abtaucht und schreit und ruft und schießt. Tim weiß, daß es schon schwierig genug ist, ein bewegliches Ziel mit einer Pistole zu treffen, wenn man selber stillsteht, ganz zu schweigen davon, wenn man in so einem Spielzeugflieger sitzt, also macht er sich nicht allzu große Sorgen wegen der Kugeln, aber... Außerdem klingt dieses Geschrei irgendwie komisch, hört sich an wie Geschrei mit deutschem Akzent, wie einer von diesen Schurken in den alten Filmen, und Tim denkt sich, das muß wohl der Deutsche vom Pool sein. Und das bedeutet, er meint's persönlich.

Ist mir nur recht, denkt er.

Jetzt singt der Deutsche dieses *Da-da-da-dah-da, »Death from the Sky«,* das Lied, das die Typen am Golf immer aus den Lautsprechern plärren ließen, wenn sie mit ihren Hubschraubern Angriffe flogen – womit sie den Irakis eine Heidenangst einjagten –, und er singt und brüllt, und Tim denkt: Diese Typen sind völlig durchgeknallt.

Trotzdem wär's besser, wenn wir endlich zu diesem Felsen kommen.

Nicht daß er wüßte, was er tun soll, wenn er dort ist, aber es ist auf jeden Fall besser, als wie ein Hase vor einem Habicht davonzulaufen.

Er beschließt, daß sie schneller dorthin müssen, also bleibt er stehen und ruft: »Cyclops, spring auf meinen Rücken!«

»Keine Sorge, bei mir ist alles okay!«

»Ich weiß! Aber dein supermagnetischer Rückenschildpanzer wird uns alle beide schützen!«

»Gute Idee, Wolverine!«

Volltreffer, denkt Tim.

Kit hüpft ihm auf den Rücken, und sie laufen weiter. Tim liefert seinen besten Sprint, seit er im Ausbildungslager der Marines in Pendleton Hürdenrennen gelaufen ist, und dabei stellt er sich vor, er hätte einen von diesen beschissenen Ausbildern im Kreuz, der ihn anschreit und als zusätzlichen Ansporn ein paar Magazine mit echter Munition neben ihn in den Sand feuert. Schon bald kann er sehen, wie der Felsen näher kommt, und vielleicht war da doch was dran an der Geschichte mit dem Jahrhundertbaum, weil der Felsen verdammt nach Glück aussieht.

Er hat nämlich einen breiten Spalt mittendurch.

## *32*

»Wo läuft er hin?« fragt Brian aufgeregt.

»Sieht so aus, als laufe er direkt in den Split Rock hinein«, sagt Johnson.

Das sind gute Nachrichten. Dieser Klugscheißer Bobby Z läuft schnurstracks in eine Falle. Mitten in einen mehr als fünfzehn Meter hohen Findling, aus dem es nur zwei Wege hinaus gibt. Entweder das eine Ende des schmalen Spalts oder das andere, und es würde nichts leichter sein, als zuerst das eine Ende zu blockieren und ihm dann durch das andere entgegenzugehen. Der Junge hätte ebensogut gleich in einen Pferch reinlaufen können. Dieses Spiel, denkt Johnson, ist so gut wie vorüber.

»*Wissen* wir das denn?« fragt Brian. Er macht sich Sorgen, weil er sieht, wie das Flugzeug steigt, langsam an Höhe gewinnt und wieder zu kreisen beginnt. »Sind Sie sicher, daß wir ihn nicht verloren haben?«

»Nein, er ist dort drin.«

Und wenn es erst einmal Nacht ist, holen wir ihn da raus.

Aber Brian sabbert in sein Funkgerät: »Bitte Position des Subjekts bestätigen. Position bestätigen.«

Er nimmt sein Fernglas wieder hoch und beobachtet, wie der kleine Flieger um den Felsen kreist.

## *33*

Tim beobachtet ihn auch.

Er liegt auf dem Rücken in der Felsspalte, die in etwa so breit ist wie die Schulterspanne von zwei Männern, die nebeneinander stehen, und blickt hinauf in den Himmel. Der Felsen ist so seltsam, denkt er, während er nach Atem ringt. Als hätte Gott eine Axt genommen und den Felsen einfach in zwei Hälften gespalten. Und dann sind da lauter so komische Bilder in die Wände eingeritzt.

»Warum hast dich hingelegt?« fragt Kit.

»Muß zu Atem kommen.«

»Bist du nicht in Form?«

»Doch, doch.«

Der Kleine legt sich neben ihn. Sie beobachten, wie das Flugzeug in dem gezackten Streifen blauen Himmels auftaucht und wieder verschwindet.

»Der ist ziemlich hoch da oben«, sagt Kit. »Glaubst du, er hat uns entdeckt?«

»Nicht genau«, antwortet Tim. »Aber wenn er weiß, wo wir *nicht* sind, wird er ziemlich bald drauf kommen, *wo* wir sind.«

»Hä?«

»Ach, ich weiß auch nicht«, sagt Tim. »Sei mir nicht böse, aber ich möchte jetzt lieber nicht reden. Ich möchte zu Atem kommen.«

»Ich auch.«

Der Flieger taucht wieder auf, und Tim denkt, er hat den Rhythmus des Typen jetzt heraus. Noch ein oder zwei Runden, dann kann ich wieder ganz ruhig atmen.

Er wartet, bis es in seiner Brust kein bißchen mehr rasselt, dann sagt er: »Tust du mir einen Gefallen, Cyclops? Machst du mal die Augen zu?«

»Du meinst, mein Auge?«

»Ja, ja, natürlich. Dein Auge.«

»Warum?«

»Mach's einfach zu, bitte.«

Tim glaubt den Typen da oben lachen zu hören, aber vielleicht bildet er es sich auch nur ein. Macht eigentlich keinen Unterschied, denkt er, während er langsam das Gewehr an seine Schulter hebt, sich aufrecht hinsetzt und wartet.

Er sieht den Flieger direkt über ihnen, ganz weit oben.

Tim summt leise *»Da-da-da-dah-da«* und drückt auf den Abzug.

## *34*

Johnson hört nicht, wie das Gewehr losgeht, er hört nur, wie der Motor ins Stottern kommt.

Er sieht, wie schwarzer Rauch aus dem Ultraleichtflugzeug quillt, und kann gerade noch den Kraut ausmachen, der sich halb aus dem Cockpit hängt, als würde er nach einer Stelle suchen, wo er abspringen kann.

»Hat er einen Fallschirm?« fragt er Brian.

»Zu tief für einen Fallschirm«, murmelt Brian.

Der Flieger stottert, bleibt eine Sekunde lang mitten in der Luft stehen. Dann fällt er einfach vom Himmel.

Wie ein abgeschossener Vogel, denkt Johnson.

Er trifft hinter dem Split Rock auf, so daß sie nicht sehen können, wie er zerschellt.

»Glauben Sie, er könnte noch am Leben sein?« fragt Brian.

»Quatsch, er muß über hundert Fuß in die Tiefe gefallen sein«, sagt Johnson.

Eine Sekunde später hören sie die Explosion, sehen eine riesige Stichflamme in Orange und Rot hochschießen.

Johnson kann es sich einfach nicht verkneifen. »War es das, was Sie mit *Death from the Sky* meinten?« fragt er.

»Nicht ganz«, seufzt Brian.

Er läßt das Fernglas sinken.

## *35*

Auch Kit hört den Aufprall.

»Was ist mit Magneto passiert?« fragt er.

»Ich nehme an, er ist abgestürzt«, sagt Tim.

Darüber denkt Kit ein paar Sekunden lag nach. Dann sagt er: »Wie Ikarus.«

Tim ist beeindruckt. »Hast du das Buch gelesen?«

Kit schüttelt den Kopf. »Ich hab den Zeichentrickfilm im Fernsehen gesehen.«

»Aha.«

Jedenfalls ist das eine gute Story, denkt Tim. Aus der man was lernen kann. Wenn du zu nahe an die Mündung einer M-16 kommst, ist es ziemlich wahrscheinlich, daß du dir deine bescheuerten Flügel verbrennst.

»Wie alt bist du?« fragt er Kit.

»Sechs«, antwortet der Junge stolz. »Elizabeth sagt, ich gehe mit Riesenschritten auf die Sechsundzwanzig zu.«

»Kann ich nur bestätigen.«

»Was meint sie damit?«

»Sie meint damit, daß du reif bist für dein Alter«, sagt Tim.

»Aha.«

Tim nimmt die Klappschaufel von seinem Gürtel, schraubt das Blatt an und drückt Kit die Schaufel in die Hand.

»Du bist sogar groß genug zum Graben«, sagt Tim.

»Graben?«

»Ein Loch.«

»Warum?«

»Um drin zu schlafen«, lügt Tim.

In Wirklichkeit hat er etwas anderes im Sinn, will es dem Jungen aber nicht sagen, um ihn nicht zu Tode zu erschrecken.

Er denkt nämlich, wenn Willy da draußen nicht ganz allein den Roten Baron gespielt hat, werden sie heute nacht kommen, um sich Tim und Kit zu schnappen.

Und obwohl die Sache mit dem Spalt in dem Felsen ursprünglich eine gute Idee schien – wie so viele Dinge, denkt Tim reumütig –, hat sie nun zur Folge, daß sie in der Falle sitzen.

Am besten wären Brian und seine Jungs beraten, wenn sie sie einfach aushungerten, aber dafür fehlt Brian die Disziplin. Das Nächstbeste würde sein, auf den Felsen zu klettern und ein bißchen Sprengstoff in den Spalt hinunterzuwerfen. Aber wenn sie ihn immer noch lebend wollen, dann werden sie auch das bleiben lassen.

Also werden sie hereinkommen. Und so schlecht es auch für Tim und Kit sein mag, daß es hier nur zwei Ausgänge gibt – es gibt auch nur zwei Eingänge, und das ist wieder gut.

Wobei es eigentlich nur einen geben darf.

Denn selbst wenn der Junge schießen könnte – auch ein Mr. Magoo würde treffen, wenn er diesen Spalt entlangschießt –, würde Tim nicht von dem Kind verlangen, daß es jemanden umbringt.

Kit hat wahrscheinlich auch so schon genug Alpträume.

Also wird er den Jungen einfach schön tief einbuddeln. Damit er in Sicherheit ist, soweit das eben geht, wenn nachher die Kugeln von den Wänden abprallen. Ganz wie bei einer Schießerei in einem Flur.

Und dann muß er sich überlegen, wie er sich in zwei Truppen aufteilt.

Wird kein Honiglecken, denkt er. Erst recht nicht für eine notorische Superniete.

»Fang jetzt an zu graben«, sagt Tim. »Ich besorg uns inzwischen ein bißchen Brennholz.«

»Machen wir ein Feuer?« fragt Kit begeistert.

»Ja«, sagt Tim.

*Mindestens* ein Feuer.

## 36

Der Kleine wird das Graben ziemlich schnell leid, also löst Tim ihn ab. Gräbt einen Fuchsbau, in dem sich selbst Hulk Hogan verstecken könnte. Dann flicht er ein paar Perückenbaum-Äste zu einer Art Deckel und legt ihn über das Loch.

»Wozu ist das gut?« fragt Kit.

»Das hält dich warm.«

»Was ist mir dir?«

»Ich hab warmes Blut.«

Tim holt etwas von dem Mesquitholz, das er gesammelt hat, und schichtet es übereinander. Dann häuft er dürres Gestrüpp vor dem anderen Ende des Felsspalts auf.

Kit findet es bald langweilig, ihm dabei zuzusehen. Also vertreibt er sich die Zeit damit, die Höhlenzeichnungen an den Wänden zu betrachten.

»Was glaubst du, wer die gemacht hat?« fragt er.

»Irgendwelche ollen Indianer«, ruft Tim.

»Woher weißt du das?«

»Diese Bilder sind hier überall in der Wüste!« antwortet Tim. »Man nennt sie Piktogramme.«

»Aha!«

»Die haben Indianer gemacht!«

»Ich leg mich jetzt in meinen Unterstand.«

»Gute Idee!«

Er beobachtet, wie das Kind sich in das Loch legt und den Deckel darüberzieht. Hoffentlich schläft der Kleine bald ein. Es gibt noch eine Menge zu tun, und Tim will nicht, daß Kit ihm dabei zusieht.

Er sucht sich einen gegabelten Ast und steckt ihn in den Boden. Dann nimmt er die Pistole und befestigt sie mit Klebeband, so gut es eben geht, in der Astgabel. Er wühlt die Drahtrolle aus der Leinentasche, bindet das eine Ende um den Abzug, spannt den Hahn, rollt dann vorsichtig den Draht ab und spannt ihn in Knöchelhöhe quer über den Felsspalt. Dann führt er das andere Ende des Drahtes wieder zurück und wickelt es um den Ast.

Jetzt haben wir schon mal einen, der schießt, denkt er. Ich kann mir also am Hintereingang den Rücken freihalten, ohne daß ich selber dort bin. Erst müssen die Schweine durch das Feuer springen, und dann kriegen sie einen Schuß mitten ins Herz.

Er sammelt das Schießpulver aus drei Patronen und legt eine Lunte aus Cordit von dem Zunderstapel bis in die Mitte des Felsspalts. Dann nimmt er die Schaufel und gräbt ein Stück weiter drinnen einen flachen Graben. Nicht so tief wie Kits Loch, nur tief genug, damit er selber darin liegen kann und im Dunkeln nicht gleich zu erkennen ist. Als er damit fertig ist, gräbt er sich noch an der anderen Seite des Felsens eine schmale, flache Mulde, von der aus er schießen kann.

Er zermartert sich das Hirn, was er wohl sonst noch tun könnte, damit er und Kit bessere Chancen haben, aber es fällt ihm nichts mehr ein.

Also konzentriert er sich auf die Frage, warum der alte Don Huertero wohl so scharf darauf ist, Bobby Z lebend zu bekommen, wo es so viel leichter wäre, ihn gleich zu töten. Und er kommt zu dem Schluß, daß Bobby etwas haben muß, was er unbedingt will. Oder Bobby weiß etwas, das er ihm nicht mehr sagen kann, wenn er tot ist.

Er erinnert sich an Elizabeths Worte: *Du hast ihm etwas weggenommen.*

Und Don Huertero will es wiederhaben.

Und sollte ich das Ganze hier tatsächlich überleben, werde ich wohl besser schleunigst herausfinden, was es ist. Dann werde ich es suchen und ihm zurückgeben. Die Welt ist einfach nicht groß genug, um sich ewig vor Leuten wie Don Huertero zu verstecken.

Plötzlich hört er, daß Kit leise vor sich hinweint. Ganz leise, wie ein Kind, das daran gewöhnt ist, so zu weinen, daß es niemand hört.

»Alles okay?« fragt Tim.

»Ich will zu meiner Mom.«

»Sie kommt bald aus dem Krankenhaus«, sagt Tim. »Ich werde dafür sorgen, daß du zu ihr darfst.«

Tim hat nicht die leiseste Ahnung, wie er das hinkriegen soll, aber er hat einfach beschlossen, daß es klappen muß.

»Sie ist nicht meine Mom«, sagt Kit.

»Natürlich ist sie das.«

»Ich hab gehört, wie Elizabeth das gesagt hat.«

»Das hat sie aber anders gemeint.«

»Was hat sie denn damit gemeint?«

»Sie hat gemeint, daß Olivia vielleicht nicht immer so eine tolle Mutter ist.«

»Ach so.«

»Tut mir leid.«

»Ist schon in Ordnung.«

Tim bleibt ein paar Minuten still sitzen, dann fragt er: »Warum stehst du nicht auf, und wir kochen ein bißchen was? Leckere Armeerationen.«

»Wie die Marines sie essen?«

»Ich fürchte ja, mein Junge.«

»Gern.«

»Okay.«

Tim zündet also ein Feuer an, und es riecht wunderbar nach Mesquitholz. Und dann wärmen sie sich ein paar Armeerationen auf, etwas Truthahnähnliches mit Reis, und als Nachtisch gibt es Energieriegel.

Sie erzählen sich gegenseitig Geschichten, um sich die Zeit zu vertreiben, und Kit kann das viel besser als Tim. Kit hat eine Phantasie, die einfach kaum zu bremsen ist, und gerade erzählt er Tim die Geschichte von einer Insel Irgendwo, auf der ein Riesenschatz liegt, und von dem Piraten, der ihn dort versteckt hat.

Der Name des Piraten ist Bobby, und Tim weiß nicht, ob er jetzt geschmeichelt sein soll oder sauer.

## 37

Johnson dreht sich eine Zigarette, während er darauf wartet, daß der Mond aufgeht. Er sitzt oben auf dem Bergkamm, schaut auf den Split Rock hinab und denkt, daß Bobby Z sich diesmal voll mit dem Hintern in die Scheiße gesetzt hat.

Johnson fühlt sich ziemlich entspannt. Erstens ist es Brian zu langweilig geworden, und er hat sich nach Hause verdrückt, was schon einmal eine verdammt gute Sache ist, weil Johnson davon ausgeht, daß Brian bei einer Schießerei mehr ein Hindernis als eine Hilfe wäre. Außerdem hat Johnson jetzt langsam die Schnauze voll von diesem »Bringt-ihn-mir-lebend«-Mist.

Genaugenommen hat er überhaupt die Schnauze voll von diesem Brian und seinem Mist.

Johnson hat vierzig Jahre seines Lebens auf einer Ranch gearbeitet, und zwar auf einer richtigen Ranch. Und da gehört schon einiges dazu, hier in der Wüste, wo man das Vieh Ewigkeiten von einem armseligen Weidegrund zum nächsten treiben muß, bis die Viecher endlich fett genug sind, daß man sie verkaufen kann, ehe die Bank ihre Krallen ausstreckt. Vierzig Jahre lang hat er dieses Spielchen gespielt. Reich ist er nie damit geworden, aber er hatte genug Geld für Bohnen, Kaffee, Tabak und Whisky. Er hatte sein Land und sein Vieh und seine verdammte Selbstachtung, und dann kam die Regierung und vertrieb die Rancher von den staatlichen Ländereien. Kein grasendes Vieh mehr, weil das die »natürliche Vegetation der Wüstenlandschaft« zerstört. Für die kleinen Rancher wie Johnson bedeutete das das Aus.

Die Banken waren hinter ihm her wie die Fliegen hinter der Scheiße.

Sie nahmen ihm die Ranch ab und alles, was darauf war, und ließen ihm nichts als ein Pferd, auf dem er wegreiten konnte.

Und so ist es gekommen, denkt Johnson, daß ich mich bei dieser fetten Schwuchtel verdingt habe, auf seiner sogenannten Ranch. Von wegen Ranch, da lachen ja die Hühner.

Er hat seine Zigarette fertig gerollt, zündet sie an, und als er den ersten entspannenden Zug nimmt, denkt er, daß sie sich Bobby Z jetzt einfach schnappen werden, ganz egal wie.

Und der Junge... na ja.

Rojas sitzt neben ihm wie ein böser alter Köter.

Johnson rollt Rojas eine Zigarette und reicht sie ihm. Zündet sie ihm an und sagt: »Wir warten auf den Mond...«

Rojas sagt gar nichts.

Rojas ist kein Freund großer Worte, und besonders schweigsam ist er, wenn er nüchtern ist. Außerdem, denkt Johnson, habe ich sowieso eigentlich nichts gesagt, worauf man antworten müßte.

Rojas schmollt. Johnson merkt schon daran, wie der Typ neben ihm sitzt, daß er vor Wut kocht. Und er kann es ihm auch nicht verdenken. Rojas hat den ganzen heißen Tag lang damit zugebracht, den Mann und den Jungen aufzuspüren. Und dann schickt der Boß irgendein Arschloch mit einem windigen Flieger her und vermasselt alles.

Und Johnson denkt das, was Rojas denkt: Am besten hätte Rojas sie einfach aufgespürt und umgelegt.

Dazu hat man ja einen Rojas.

Wozu wäre er sonst auch zu gebrauchen – wo er eine solche Nervensäge ist, die man ständig aus dem Knast heraushauen muß.

Nichts anderes als eine Riesengefahr für sich und die anderen.

Johnson sagt: »Weißt du, ich habe nachgedacht. Ich bin mir nicht so sicher, daß wir diesen Typen da unten wirklich lebend kriegen müssen. Ich denke, wenn du die Gelegenheit dazu hast, könntest du ihn ebensogut auch gleich umlegen.«

Aber Johnson hat keine Ahnung, wie stinksauer Rojas wirklich ist.

Das wird ihm erst klar, als Rojas sagt: »Ich hole ihn mir lebend.«

»Nein, wirklich, das ist doch gar nicht...«

Rojas hält sein riesiges Messer in die Höhe und dreht es im Sonnenlicht hin und her.

»Ich werde ihm das hier«, sagt er, »einfach in die Kehle stecken, und der Mann wird nie mehr etwas spüren.«

Heiliger Strohsack, denkt Johnson.

»Der Mann lebt dann noch«, fährt Rojas fort, »aber wenn er sich in die Hosen scheißt, wird er nichts davon mitkriegen.«

»Diese alte Indianernummer?«

»Ich denke, wir werden Bobby Z auf diese Weise zu Don Huertero bringen«, sagt Rojas. »Das wird Don Huertero glücklich machen.«

»Denke schon, ja.«

»Und mich auch«, fügt Rojas hinzu.

Johnson blickt den Berg hinab, wo der aufgehende Mond die Hapaha-Ebene in eine silberne Schüssel verwandelt.

»Tu, was du willst«, sagt Johnson. »Ich werde den Jungs jedenfalls sagen, sie sollen hineingehen und schießen. Ihn anschießen, natürlich. Und wenn du dann Bobby in die Finger kriegst, bevor ihn eine Kugel erwischt, nun, dann ist das dein Glück.«

»Glück!« zischt Rojas verächtlich. »Ich brauche kein Flugzeug, um zu fliegen.«

Johnson weiß nicht die Bohne, was das nun wieder heißen soll, aber er nimmt an, es hat mit irgendeinem mystischen Indio-Mist zu tun. Die Cahuillas sind immer so – verwandeln sich in Kojoten und Dachse und Eselhasen und andere Viecher.

Zumindest, wenn sie Mescal gekippt haben.

»Um so besser, wenn du ihn lebend kriegen kannst«, sagt Johnson. Er wartet ein paar Sekunden, bis er zum nächsten Punkt kommt. »Aber der Junge...«

Rojas, dieser gerissene alte Hund, wartet, bis er seinen Satz vollendet. Will, daß er es sagt.

Aber Johnson ist ein Dickkopf. Er atmet tief durch und sieht zu, wie der Mond aufgeht.

Schließlich lacht Rojas.

»Der Junge...« hilft er ihm auf die Sprünge.

Johnson nimmt das Messer und macht damit eine eindeutige Bewegung vor seiner Kehle.

»Du willst den Kopf des Jungen?« fragt Rojas.

Johnson weiß, daß Rojas ihn auf den Arm nimmt.

»Ich glaube nicht, daß das nötig sein wird«, sagt Johnson.

Er holt sein Fernglas hervor und schaut in die Ebene hinab.

Er sieht, wie seine Leute rund um den Split Rock in Stellung gehen.

Gib ihnen noch eine halbe Stunde oder so. Dann wird es Zeit, daß sie diese Sache endlich hinter sich bringen.

## *38*

Auf den ersten Typen schießt Tim in der Sekunde, als er wie eine grünliche Silhouette in Tims Nachtzielfernrohr auftaucht.

Daß er ihn getroffen hat, erkennt Tim an der schiefen Haltung, in der der Typ zu Boden geht. So sehen sie alle aus, wenn sie eine Kugel abgekriegt haben.

Tim zielt auf die Brust, weil sie das bequemste Ziel bietet. Mit leichten Verwundungen wird er sich heute abend gar nicht erst aufhalten. Heute abend geht's um die Wurst. Wie damals in Khafji.

Er hört, wie sich der Junge hinter ihm rührt.

»Du bleibst dort in dem Loch«, befiehlt Tim. Im Unteroffizierston, der keinen Widerspruch duldet, weil die anderen jetzt nämlich das Feuer erwidern. Tim hört die Kugeln wie Trommelschläge auf der Felswand auftreffen. Eine oder zwei sausen haarscharf über seinen Kopf hinweg.

»Du bleibst dort in dem Loch«, wiederholt Tim.

Eine weitere Gestalt saust durch sein schmales Gesichtsfeld, und Tim gibt ihm die Kugel. Hört, wie die Luft aus dem Typen entweicht, als er zu Boden geht.

Er lauscht angestrengt, während sein Herz laut pocht. Adrenalinstoß hin, Adrenalinstoß her, aber es ist wichtig, daß er hört, wenn sie von der anderen Seite kommen.

Durch die gute alte Hintertür.

Er sieht eine weitere Gestalt und schießt. Daneben.

Aber er kann sie jetzt da draußen hören, und sie haben offenbar Lunte gerochen. Wenn sie nur ein bißchen Grips im Hirn haben, schleichen sie zur anderen Seite und versuchen von dort ein paar scharfe Schüsse in den Felsspalt abzugeben.

Er lauscht auf Schritte.

Hört keine, weder hinten noch vorne.

Dann hört er, wie die Pistole losgeht.

Der Schuß – er klingt mehr wie ein lautes Donnern – hallt in dem schmalen Korridor des Felsens wider, und Tim hört, wie der Typ schreit: »O Scheiße!« So hat er schon manchen Typen schreien hören, der überraschend einen Schuß abbekommen hat.

Jetzt geht's ab, denkt Tim, das hier ist das gute alte Alamo, und er kriecht rückwärts aus seinem Graben heraus.

»Du bleibst in deinem Loch«, befiehlt er noch einmal, als er an Kit vorbei zum hinteren Eingang robbt. Er sieht den Typen, der an die Felswand gelehnt dasitzt, kann im Dämmerlicht die Einschußwunde in seiner Brust erkennen. Die Austrittstelle des Schusses möchte er lieber nicht sehen, nicht bei einem 9-mm-Schuß aus dieser Entfernung. Der Typ sitzt einfach nur da, mit glasigen Augen, und Tim ruft aus purer Gewohnheit: »Sanitäter!« und merkt nicht einmal, daß er das ist, der da ruft.

Er klickt ein Feuerzeug an und berührt mit der Flamme die Spur Schießpulver, als er jemanden auf die Felsöffnung zulaufen hört. Er sieht zu, wie der Funke überspringt, und im nächsten Moment brennt der Gestrüpphaufen lichterloh, so daß ihm die Augen weh tun.

»Was ist das?« kreischt Kit.

»Runter mit dir!« schreit Tim zurück.

Im Moment hört er keine Schritte mehr, aber da er sich nicht sicher ist, ob er sie durch das Rauschen des Feuers hindurch überhaupt hören könnte, geht er einfach davon aus, daß die Typen vor dem Feuer stehengeblieben sind. Dann schaltet er seine M-16 auf Dauerfeuer und legt los.

Sogar durch das Knistern des Feuers hindurch hört er das Ploppen der Schüsse, die sich in die Körper bohren.

Tim wirft sich zu Boden.

Was eine verdammt gute Idee ist, weil jetzt Kugeln durch das Feuer geflogen kommen.

Kugeln und spanische Flüche, und Tim wird klar, daß der Befehl, ihn lebend zu kriegen, mittlerweile wahrscheinlich vergessen ist, jetzt, wo das Blut in Wallung ist und schon ein paar Leute daran glauben mußten.

Er erinnert sich, daß eine ganze Menge Befehle in Vergessenheit geraten, wenn ein oder zwei von deinen Kumpels getroffen worden sind und wenn die Angst und das Adrenalin und die Wut dermaßen in einem brodeln wie jetzt in ihm. Aber er zwingt sich zu warten und kriecht erst einmal in den flachen Graben, den er vorhin gebuddelt hat.

Und er zieht das K-Bar-Messer aus seinem Gürtel und kniet nieder.

Ein Typ springt durch das Feuer – durch das verdammte Feuer hindurch – nein, er steht schon selbst in Brand, kleine Flammen züngeln aus seinen Ärmeln und an seiner Mütze, er sieht aus wie eine Figur aus dem Comic, die menschliche Fackel oder so. Tim nimmt das Messer in beide Hände und springt hoch. Er jagt dem Typen die Klinge in den Bauch, dreht es einmal nach rechts, dann wieder nach links, und stößt den Typen mit einem Fußtritt von der Klinge.

Dann wirft er sich wieder zu Boden und lauscht.

Der Angriff durch den Hintereingang dürfte jetzt wohl zu Ende sein, schätzt er. Ihm bleibt sowieso keine Wahl, weil er jetzt hört, daß sich jemand dem vorderen Eingang nähert. Die müssen eine ganze Armee mitgebracht haben, und Tim denkt, jetzt ist es endgültig aus mit ihm.

Typisch für den guten alten Tim Kearney. Super, wenn's drum geht, irgendwo reinzukommen, aber eine hoffnungslose Niete, wenn's drum geht, abzuhauen.

Er legt sich auf den Bauch, bringt das Gewehr in Schußposition und linst durchs Visier. Noch so ein grünes Gespenst, das sich seitlich an der Felswand entlangdrückt. Leider nicht viel da zum Zielen, aber es dürfte reichen, und Tim ist gerade dabei, den Abzug zu drücken, als er etwas direkt über sich hört und noch rechtzeitig aufblickt, um die Gestalt zu sehen, die vom Felsen in den Spalt herabspringt.

Dieser verdammte Typ läßt sich einfach vom Himmel herabfallen wie eine wildgewordene Fledermaus.

Völlig durchgeknallt, der Typ, denkt Tim, als er versucht, seitlich wegzurollen, aber der durchgeknallte Typ landet direkt auf ihm. Mit solcher Wucht, daß Tim erst mal die Luft ausgeht. Er kann nicht atmen, außerdem liegt das Gewehr direkt unter ihm, ebenso wie seine Arme, weshalb er auch an sein K-Bar nicht herankommt.

Er spürt ein Messer in seinem Nacken.

Der Kerl liegt flach auf ihm, ringt selbst nach Atem, ist aber cool genug, das Messer genau dort anzusetzen, wo es innerhalb von anderthalb Sekunden Tim ins Jenseits befördern kann. Und dieser verdammte Bastard hat noch die Frechheit zu sagen: »*Señor Z, pendejo,* ich scheiß auf dich!«

Dann richtet er sich auf, um besser zustoßen zu können. Was jedoch ein Fehler ist, weil der Typ an der Wand dermaßen neben der Schüssel ist, daß er sein Gewehr hebt.

Rojas schreit: »Nein!«, aber es ist schon zu spät, weil genau das bei dem anderen Typen das Faß zum Überlaufen bringt, und er feuert ein ganzes Magazin auf ihn ab.

Tim spürt, wie das Gewicht des Angreifers von ihm weggeschleudert wird, und das andere grüne Gespenst steht einfach nur erschrocken da, mit einem leergeschossenen Gewehr, und es fummelt noch mit seinen Ersatzpatronen herum, als Tim ihm mit dem Kolben eins übers Gesicht zieht.

Jetzt schießt das Adrenalin in Tims Körper hoch.

Es ist genau wie damals in Khafji, in der Nacht, als er die bronzene Verdienstmedaille bekam. Plötzlich ist seine sowieso schon kümmerliche Impulskontrolle völlig weg, und er drückt den Typen gegen die Wand, reißt ihm seine Munition herunter und – verdammt, was ist das, Handgranaten? Die hättest du besser benutzt, denkt Tim, packt den Typen im Genick und stößt ihn vorwärts in Richtung Felsöffnung. Er schubst ihn hinaus, und ein anderes grünes Gespenst ballert dem Typen eine Ladung Kugeln in die Beine, ehe er merkt, daß das gar nicht Bobby Z ist. Und während er noch völlig verblüfft dasteht, jagt ihm Tim eine Kugel mitten ins Gesicht.

Dann wird es auf einmal ganz still.

Tim läßt sich fallen und kriecht zu seinem Schießloch.

»Bist du okay?« fragt er den Jungen, weil er ihn weinen hört.

»Ich bin okay«, sagt Kit.

Tapferer kleiner Kerl, denkt Tim.

»Du bist ein guter Marine«, sagt Tim.

»Ich hab doch gar nichts gemacht.«

»Eben, drum.«

Wenn nämlich das Kind angefangen hätte, herumzuspringen und zu schreien, wären sie beide jetzt tot. Nur so dazuliegen, in diesem Loch mit ein paar Ästen drüber, und um dich herum ist die Kacke am Dampfen, und du weißt nicht, was los ist, dazu muß man schon eine ganze Menge Mumm in den Knochen haben.

Jedenfalls ist es jetzt ganz still, nur das Feuer am anderen Ende prasselt noch immer vor sich hin. Es ist eine richtige Feuerwand, genau das, was Tim auch haben wollte. Bloß daß sie jetzt irgendwann rausmüssen, und Tim ist sich nicht so sicher, ob sie aus dem Vordereingang einfach so mir nichts dir nichts hinausspazieren können.

Könnten ein paar Rasensprenger rumliegen, denkt er gerade, als er von draußen diesen Cowboy brüllen hört: »Sieht fast so aus, als hätten wir schon wieder ein Problem, Mr. Z!«

Tim hievt das Kind aus dem Loch und flüstert: »Wir haben jetzt was ziemlich Abartiges vor, und zwar jetzt *gleich*. Bist du bereit?«

Der kleine Kerl nickt.

»Okay«, sagt Tim. »Wir müssen, so schnell wir können, durch dieses Feuer da rennen.«

»Das kann ich nicht!«

»Du mußt aber.«

Der Kleine schüttelt den Kopf.

Tim schaut ihm in die Augen. »Sicher kannst du das.«

Er zieht dem Kind das Hemd aus und legt es ihm über den Kopf. Dann nimmt er den letzten Rest Wasser und gießt alles auf das Kind. Dann sagt er: »Wir müssen durch dieses Feuer da rennen, so schnell wir können, und wenn wir durch sind, läufst du einfach weiter. Du läufst in das Gebüsch da draußen und versteckst dich...«

»Ich...«

»Ich werde dich schon finden, ich versprech's. In ein paar Minuten«, sagt Tim. »Aber wenn ich aus irgendeinem Grund den Weg nicht finde oder so, dann versteckst du dich bis morgen früh und gehst dann zu den Hügeln dort hinten. Steig auf einen drauf und setz dich hin, bis dich jemand findet. Verstanden?«

»Verstanden.«

»Fertig?«

»Fertig.«

»Zuerst machen wir aber noch ein bißchen Lärm.«

Tim wirft einen Ladestreifen ins Feuer, um ein klein wenig Licht in die Dunkelheit zu bringen, dann rennen sie los. Er hält Kit an der Hand, während sie durch die Flammen laufen. Tim fängt erst wieder an zu atmen, als er sieht, daß der Junge es geschafft hat, und er schubst ihn an und schreit: »Renn los!«

Tim sieht zu, wie der Junge auf die Büsche zuläuft, dann schaut er sich blitzschnell um. Zwei im Kampf Gefallene und einer, der auch schon halb hinüber ist.

Tim fängt an, auf den Felsen zu klettern. Denkt, wenn dieser durchgeknallte Typ es geschafft hat, dann schafft er es auch. Er rutscht ein paarmal aus und schürft sich ganz schön die Haut ab, aber er klammert sich fest und schafft es bis nach oben. Als er hinabschaut, sieht er den Cowboy, der sich unten mit drei Indianern einen Weg durch das Tohuwabohu bahnt. Der eine Indianer entdeckt einen seiner Brüder, der am Boden liegt, und heult auf, heult wie ein Wolf, als er sieht, daß der Mann tot ist. Tim zieht am Griff der Handgranate und wirft sie in den Spalt hinunter. Dann vergräbt er den Kopf in den Armen und hört den lauten, aber dumpfen Knall.

Hört die Schreie.

Als er die Augen öffnet, sieht er ein seltsames, unheimliches Glühen im Inneren des Felsens. Wie in einem Film mit Außerirdischen, bloß daß das hier das phosphoreszierende Leuchten einer Handgranate ist.

Er läßt sich vorsichtig am Felsen herunter und läuft auf die Büsche zu.

Findet den Jungen, zusammengekauert wie einen Hasen, unter einem Salbeibusch.

Tim würde jetzt gerne etwas zu ihm sagen, aber alles, was ihm einfällt, würde es noch schlimmer für den Jungen machen. Also sagt er bloß: »Kannst du jetzt eine Weile gehen?«

Kit fragt: »Und du?«

»Laß uns von hier abhauen«, sagt Tim. »Ich hab die Schnauze gestrichen voll von der Wüste.«

»Ich auch.«

Der Mond steht jetzt voll am Himmel, und die Wüste liegt silbrig und still hinter ihnen, als sie auf die Hügel zugehen.

## *39*

Bis Johnson es zur Hazienda geschafft hat, ist der Morgen schon halb vorbei, und die Sonne steht hoch am Himmel. Er schickt die Frau zu Brians Haus- und Hofarzt in Ocotillo Wells. Eine Stunde später kreuzt der Mann schließlich auf, und zwar halbwegs nüchtern.

Er stinkt schrecklich nach Wodka, leistet aber trotzdem ganz anständige Arbeit. Er entfernt Splitter aus Johnsons Arm und Schulter, während der Cowboy wegen der Schmerzen immer wieder große Schlucke aus einer Flasche Tequila nimmt. Der Doktor bekommt Geld dafür, daß er den Mund hält, und er macht seinen Job, legt Johnsons gebrochenen rechten Arm in eine Schlinge, gibt ihm ein paar Pillen und verschwindet wieder, was Johnson nur recht ist, weil er gerade keinen gesteigerten Wert auf überflüssige Konversation legt.

Johnson ist ziemlich mieser Stimmung. Eine ganze Armee von Cahuillas hat er angeheuert, damit sie sich Bobby Z kaufen, und Bobby Z kauft sich statt dessen seine Armee. Legt jeden einzelnen von ihnen um außer ihm selbst.

Johnson ist stocksauer, zerschunden und blutig, und, was noch erschwerend hinzukommt, jetzt muß er sich auch noch mit Brian herumschlagen.

Es hat keinen Sinn, die Sache auf die lange Bank zu schieben. Also nimmt Johnson noch einen großen Schluck aus der Flasche, ignoriert die flehentlichen Bitten seiner *mejicana*, sich doch um Himmels willen hinzulegen, und wankt zum Haupthaus hinüber, um dem fetten Brian die frohe Botschaft zu bringen.

Don Huertero ist schon da. Ihn selber sieht Johnson nicht, aber er sieht seine Leute, die rund ums Haus postiert sind. Überall stehen sie herum, in typischer Machohaltung, mit ihren Karabinern und Mach-10-Maschinenpistolen und dem ganzen Scheiß, mit verspiegelten Sonnenbrillen und diesen Bohnenfresser-Strohhüten. Und der Oberbohnenfresser will Johnson nicht ins Haus lassen.

»Ich wollte ihm bloß sagen, daß wir Bobby Z nicht gekriegt haben«, sagt Johnson auf englisch zu ihm.

»Ich glaube, das weiß er schon«, antwortet der *honcho*, und dann stehen sie alle draußen in der Sonne und warten, bis Don Huertero und noch ein paar Jungs mit Brian aus dem Haus kommen.

Brian ist nackt, wie ihn der Herrgott geschaffen hat. Ein riesengroßer Klumpen weißes Fleisch, und er weint wie ein Baby, als einer von Don Huerteros Bodyguards ihm einen solchen Tritt in den Hintern verpaßt, daß er mit dem Gesicht nach unten im Staub landet.

»Wir haben Bobby Z nicht gekriegt«, sagt Johnson zu ihm. Brian schaut nur zu ihm auf. Seine Augen sind rot und verquollen, und Johnson sieht auf den ersten Blick, daß er ein paar auf die Nuß gekriegt hat. Er selber ist froh, daß er den Tequila intus hat, denn nach Don Huerteros Blick zu schließen war es der letzte, den er jemals kriegen wird, es sei denn, jene Welt da drüben ist doch ganz anders, als diese alten Baptistenpriester es ihnen immer weismachen wollten.

Don Huertero steht im Schatten der Veranda, ganz cool in weißem Anzug, meerblauem Hemd und Sechshundert-Dollar-Slippers. Dazu trägt er eine blaue Rundumsonnenbrille, und das graumelierte Haar ist straff zurückgekämmt, ohne fettig auszusehen, wie es Johnson sonst von Mexikanern gewöhnt ist. Er schaut auf Johnson hinab und sagt: »So, so, Sie haben also versucht, Bobby Z einzufangen?«

»Ja, Sir.«

»Und was ist passiert?«

»Er hat uns umgelegt«, sagt Johnson. »Die meisten von uns.«

Huertero nickt.

Dann sagt er: »Sie hat er aber nicht umgelegt.«

»Nein«, sagt Johnson.

Huertero nickt wieder und sagt dann: »Und das, obwohl...«

Johnson zuckt mit den Achseln.

»Obwohl Sie ihn schon in der Falle hatten«, sagt Huertero.

Johnson vermutet, daß jetzt der Moment gekommen ist, wo er dran ist. Und da jetzt sowieso schon alles egal ist, sagt er nur: »Ich dachte, wir hätten ihn.«

Aber Huertero lächelt und sagt: »Ach ja, ich kenne dieses Gefühl. Mister Z ist wie das Licht der Sterne. Man greift nach ihm und...«

Er hängt schweigend einem Gedanken nach, dann erhebt er seine *Hidalgo*-Stimme und verkündet: »Aber Brian hatte ihn. Als Gast in seinem Haus. Brian hatte ihn und ließ ihn gehen. Und da frage ich mich, ob Mister Z Brian nicht etwas angeboten hat, das für ihn mehr wert war, als das, was er von mir bekommt.«

Brian schnieft etwas, das wie Widerspruch klingt, aber Huertero will nichts davon wissen.

»Wie kann ich ausgerechnet Brian glauben, wo er ein ausgemachter Lügner ist?« fragt Huertero die Versammelten. »Soll ich mit ihm machen, was ich mit Bobby Z machen wollte?«

Brian rappelt sich auf und versucht wegzulaufen, aber einer der *honchos* verpaßt ihm einen Gewehrkolbenschlag in den Bauch, und dann liegt Brian auf allen vieren am Boden und schnappt nach Luft.

»Lassen wir Brian erst mal ein bißchen draußen an der Sonne«, sagt Huertero liebenswürdig. »Mr. Johnson, kommen Sie bitte ins Haus?«

Johnson weiß, daß ihm gar nichts anderes übrig bleibt, also folgt er Huertero in das große, alte maurische Wohnzimmer, wo bereits einer von Brians Bediensteten dem Drogenboß Kaffee einschenkt.

Elizabeth sitzt in einem der großen Sessel. Sie trägt einen Morgenmantel aus grüner Seide und ist weder gekämmt noch geschminkt, aber sie ist auch ohne das eine attraktive Frau. Allerdings sieht sie blaß aus. Verängstigt.

»Kaffee?« fragt Huertero.

»Gern, danke.«

Das Hausmädchen stolpert fast über die eigenen Füße, als sie Johnson Kaffee mit Milch und Zucker eingießt. Ihre Hand zittert, und die Tasse klappert auf dem Unterteller.

Irgendwie findet Johnson das alles beunruhigender als die ganze Schießerei der letzten Nacht. Es ist ziemlich offensichtlich, daß Brians alte Bedienstete jetzt Huerteros neue Bedienstete sind, und Johnson nimmt an, daß das auch für ihn gilt.

Das hofft er jedenfalls.

Es könnte nämlich ebensogut sein, daß Huertero ihn einfach umlegt.

Momentan sitzt der alte Scheißkerl jedenfalls einfach nur da und schweigt, als genieße er die verschwenderische Fülle des Juan Valdés, der da hängt. Aber Johnson weiß, daß er das Schweigen bewußt einsetzt, um ihnen angst zu machen.

Du kannst mich mal, Don Huertero, denkt Johnson. Weißt du, was dabei rauskommt, wenn man einem Bohnenfresser ein paar hundert Millionen Dollar gibt? Ein reicher Bohnenfresser, das kommt raus.

Endlich macht Huertero den Mund auf. »Brian ist ein strohdummer und völlig perverser Typ«, sagt er. »Er glaubt, er könne sich mit Bobby Z arrangieren und mich austricksen. Vermutlich liegt diese Dummheit an seinem total perversen Lebensstil.«

Na ja, denkt Johnson, wenn es dumm machen soll, seinen Maiskolben in italienischen Knaben zu stecken, dann müßte Brian in der Tat bereits am Rande des Schwachsinns stehen.

Huertero fährt fort: »Aber ungalanterweise gibt Brian Elizabeth die Schuld. Brian sagte mir, Elizabeth habe Bobby vor meinen Plänen mit ihm gewarnt. Wenn das wahr ist – und das ist es wohl –, dann kann ich Brian nur sagen, es war unvorsichtig von ihm, Elizabeth in diese Pläne einzuweihen, besonders, da er wußte, daß sie und Bobby einmal liiert waren. Wenn das stimmt, dann haben sowohl Brian als auch Elizabeth einen Fehler gemacht.«

Huertero stellt seine Tasse und Untertasse auf dem Beistelltischchen ab und befiehlt Elizabeth in scharfem Ton: »Steh auf!«

Sie erhebt sich aus dem Sessel, und Johnson sieht, daß ihr dabei ein Schauder über den Körper läuft, wie ein Schatten über die Wüste.

»Dreh dich um!«

Elizabeth wendet ihnen den Rücken zu.

»Der Morgenmantel.«

Sie zuckt die Achseln und läßt den Morgenmantel langsam von ihren Schultern gleiten. Johnson erschrickt: Der ganze Rücken und das Hinterteil der Frau sind ein wüstes Schlachtfeld aus Striemen und Blutergüssen.

Huertero sagt ganz ruhig: »Brian ist ein strohdummer junger Mann, der nicht begreift – vielleicht nicht begreifen *kann* –, aus welchem Holz diese Frau hier geschnitzt ist. Ich kenne Elizabeth, wissen Sie, Mr. Johnson. Sie war eine gute Freundin meiner verstorbenen Tochter. Ihre beste Freundin vielleicht. Etwa nicht, Elizabeth? Jedenfalls kenne ich Elizabeth seit Jahren, sie war häufig Gast in meinem Haus. Elizabeth ist warmherzig, liebenswert, charmant, intelligent und faul. Sie hat den Körper einer Kurtisane – und das ist ihr großes Glück. Aber sie hat auch die Seele einer Kurtisane – und das ist ihr Fluch. Was Brian nicht begriffen hat, ist, daß eine solche Frau den Schmerz nicht fürchtet. Natürlich mag sie ihn nicht – das will ich damit nicht sagen –, aber sie fürchtet ihn auch nicht. Sie würde eine Liebe niemals verraten aus Furcht vor Schmerz. – Dreh dich wieder um.«

Johnson sieht zu, wie sich die Frau wieder zu ihnen herumdreht. Ihre Stimme klingt ruhig und kühl, als sie fragt: »Darf ich meinen Morgenmantel wieder anziehen?«

»Bitte.«

Sie hat keine Eile damit. In einer langsamen, fließenden Bewegung bückt sie sich, nimmt den Mantel auf und schlüpft mit den Armen hinein. Sie zuckt leicht zusammen, als die Seide ihren Rücken berührt.

»Was eine solche Frau tatsächlich fürchtet«, sagt Huertero, »ist Entstellung.«

Huertero steht von seinem Sessel auf und geht zu ihr hinüber. »Schauen Sie sich dieses Gesicht an«, sagt er. »Bildschön. Was eine solche Frau fürchtet, ist, häßlich zu sein.« Er fährt mit dem Zeigefinger langsam von ihrer Stirn bis zum Kinn. »Eine tiefe Narbe von hier bis hier vielleicht. Beigebracht mit der Klinge eines stumpfen Messers, damit kein Chirurg, mag er noch so geschickt sein...«

Er ballt seine große Hand zur Faust und berührt Elisabeths Gesicht sanft mit den Knöcheln. »Man könnte ihr aber auch die Wangenknochen zertrümmern, oder die Nase, oder die Jochbögen. Schmerzhaft? O ja, aber es ist nicht die Angst vor dem Schmerz, die sie dazu bringen würde, einen Liebhaber zu verraten, o nein. Nur die Angst vor Entstellung könnte das bewirken. Die Angst davor, häßlich zu sein. Stimmt's, Elizabeth?«

»Ja.«

»Ja?«

»Ja.«

»Bitte setz dich.«

Sie nehmen beide wieder Platz.

»Mit einem Mann wie Ihnen ist es einfacher«, sagt Huertero. »Sie wollen leben, nicht wahr?«

»Ja.«

Huertero nickt und hängt wieder eine Weile seinen Gedanken nach, läßt die Stille ihre Wirkung tun. Johnson gibt es nicht gerne zu, aber sie wirkt tatsächlich auf ihn. Er ist fast am Durchdrehen, als Huertero endlich wieder zu sprechen beginnt.

»Also... für deinen Verrat und deine Fehler verurteile ich dich«, er nickt Elizabeth zu, »zur Entstellung. Und Sie, Mr. Johnson, zum Tode.«

Johnson sieht, wie Elizabeth kreidebleich wird, und ihn selber fröstelt auch ein bißchen. »Aber ich setze die Urteile aus«, sagt Huertero. »Sie sind ausgesetzt, wobei euch beiden eins bewußt sein muß: Wenn ich euch haben will, brauche ich bloß mit dem kleinen Finger zu winken, denn die Welt ist nicht groß genug, um sich vor mir zu verstecken. Auf Bewährung, sagen wir, als Ausdruck gegenseitigen Vertrauens?«

»Und wie kriegen wir unsere Bewährung?« fragt Johnson. Sein Ton ist ruppig, widerborstig, weil er langsam genug hat von dieser *Hidalgo*-Masche und weil sein Arm weh tut.

Huertero spürt diese Widerborstigkeit, schert sich aber offensichtlich nicht besonders darum, sonst hätte er ihn an die Wand geklatscht wie eine Fliege. »Ganz einfach«, sagt er. »Sie bringen mir Bobby Z.«

»Ganz einfach!« Johnson lacht.

»Sie bringen mir Bobby Z innerhalb von, na, sagen wir dreißig Tagen«, sagt Huertero. »Oder die Urteile werden vollstreckt.«

Huertero lächelt, steht auf und geht hinaus, einfach so.

»Hab gar nicht gewußt, daß Sie mit seiner Tochter so dick befreundet waren«, sagt Johnson zu Elisabeth.

»Mhm-mhm.«

»Und sie ist gestorben?«

»Sie haben's ja gehört.«

»Was ist passiert?«

Elizabeth zieht den Morgenmantel enger um ihre Schultern und steht auf. »Sie hat sich umgebracht«, sagt sie und macht Anstalten zu gehen.

»Warum?« ruft ihr Johnson nach.

»Weil sie nicht mehr leben wollte, nehme ich an.«

Johnson geht zur Bar hinüber und versorgt sich mit einer neuen Flasche Tequila aus Brians Bestand. Brian braucht wohl sowieso keinen mehr. Er geht hinaus auf die Veranda, setzt sich hin und legt die Füße auf das Geländer.

Sie haben den alten Brian nackt in der Sonne liegen lassen. Stehen um ihn herum mit diesen süßen kleinen Maschinenpistolen und passen auf, daß er nicht wieder aufsteht. Der alte Brian liegt da und heult und jammert, seine Haut hat bereits einen rosa Schimmer angenommen. Jedesmal wenn er versucht, sich zu bedecken, gibt ihm einer der Jungs einen Tritt, damit er sich wieder ausstreckt. Wasser geben sie ihm aber schon, ein paar Schluck ab und zu, denn sterben soll er schließlich nicht.

Mexiko ist ein hartes Land, denkt Johnson.

Etwa eine Stunde später tritt Don Huertero aus dem Haus und sieht Johnson auf der Veranda sitzen.

»Ich weiß nicht, was Brian an diesem alten Film findet«, sagt Huertero. »Hab ihn mir gerade angesehen. Er ist lausig schlecht.«

»Diesen Gary Cooper mag ich schon.«

»Gary Cooper ist in Ordnung, ja«, gibt Huertero zu. »Aber die ganze Geschichte...«

»Ziemlich blöd.«

»Sehr blöd.«

»Brian mag einfach diesen arabischen Scheiß, denke ich.«

»Glauben Sie eigentlich, wenn Sie sich jetzt hier betrinken, finden Sie Bobby Z leichter, Mr. Johnson?«

»Ich glaube jedenfalls nicht, daß es im Moment schadet.«

Huertero ruft ein paar Befehle auf spanisch, und in seine Leute kommt Bewegung. Ein paar Minuten später fahren sie Brians kleinen Toyota-Geländewagen vor den Eingang und binden Brian mit den Handgelenken an die hintere Stoßstange.

Huertero beugt sich über Brian. Brian hat bereits schlimme Verbrennungen. Sein Gesicht ist schrecklich geschwollen, sieht Johnson, und hat fast die rote Farbe seines Brillantinehaarschopfs.

»Ich kann einen Mann nicht ertragen, der die Hand gegen eine Frau erhebt«, sagt Huertero. »Und der Bauern in dreckigen Erdlöchern hält.«

Huertero spuckt Brian ins Gesicht und brüllt einen weiteren Befehl. Der Toyota fährt los, und Johnson sieht ihnen hinterher, wie sie hinausfahren in den Busch, wo es Biberschwänze und Opuntien und andere Kakteen gibt.

Johnson hievt sich aus seinem Stuhl hoch und macht sich langsam auf den Heimweg. Er wird sich einen Kaffee kochen, seine Sachen packen, und dann wird er diesen Mr. Bobby Z aufspüren, bevor die dreißig Tage um sind. Er wirft noch einen letzten Blick auf das Haus, bevor er verschwindet. Das Leben hier ist wohl zu Ende, denkt er.

Ein popeliger Toyota, denkt er, als er durch den Staub davonschlurft. In der guten alten Zeit haben sie das immer mit Pferden gemacht.

## 40

Elizabeth sitzt vor dem Spiegel und schminkt sich. Sie spürt immer noch die Linie, die Don Huerteros Fingernagel über ihr Gesicht gezogen hat. Sie spürt immer noch den weichen Abdruck seiner Fingerknöchel auf ihrer Wange, ihrer Nase und den Augen.

Sie schaut einen langen Augenblick in den Spiegel, dann nimmt sie einen roten Lippenstift und zieht eine dicke vertikale Linie von ihrer Stirn bis zum Kinn. Betrachtet ein paar Minuten lang reglos ihr Spiegelbild und denkt über sich selbst nach, und über Olivia und Angelica.

Was für ein Dreiergespann. Die drei Busenfreundinnen. Die Mascaratiere, wie sie sich selbst nannten. Playgirls. Damals.

Und jetzt: sie selbst eine heimatlose Nutte, Olivia ein Junkie auf Entzug, Angelica tot.

Angelica, Huerteros kleiner Engel. Ein großartiges Mädchen, zum Niederknien schön. Angelica, die Überfliegerin.

Aber Bobby hat ihr die Flügel gebrochen.

Sie hatte keine Erfahrung im Fallen, also fiel sie hart.

Hatte nie gelernt, sich abzurollen, traf also voll auf dem Boden auf. Du fällst mit ausgebreiteten Armen, dachte Elizabeth damals, und landest auf deinem Herzen.

Die Überdosis, die darauf folgte, war nur eine Formalität – das Tüpfelchen auf dem i.

Elizabeth wischt sich die rote Lippenstiftfarbe vom Gesicht, frischt ihr Make-up auf, dann schlüpft sie in eine weiche Jeansbluse, Jeans und Stiefel. Sie bürstet ihr Haar aus und beginnt zu packen. Obwohl sie im Packen viel Erfahrung hat, dauert es fast zwei Stunden, bis sie alle ihre Sachen aus dem begehbaren Schrank verstaut hat. Sie hat eine Menge Kleider, und außerdem tut ihr immer noch jede Bewegung weh.

Sie hält sich nicht damit auf, jemanden zu rufen, der ihr das Gepäck herunterträgt. Es sind sowieso schon alle weg, und es ist totenstill im Haus. Bis auf das Brummen des Fernsehers in ihrem Zimmer. Irgendeine Nachmittags-Talk-Show, sie weiß nicht mal welche, bloß daß irgendeine abgefuckte Tussi eine andere abgefuckte Tussi anschreit, weil sie angeblich mit ihrem abgefuckten Ehemann geschlafen hat.

Erst bei ihrem zweiten Gang zum Auto sieht sie Brians Leiche, oder vielleicht ist es ja gar keine Leiche, denn womöglich lebt er noch.

Er liegt einfach da im Hof, seine Haut ist knallrot, sein ganzer Körper dick geschwollen, und er sieht so aus, als hätten irgendwelche winzigen Elfen Tausende von kleinen Pfeilen auf ihn abgeschossen.

Als sie das nächste Mal runtergeht, nimmt sie einen anderen Weg zum Wagen.

Es ist ein roter Mercedes. Sie legt die letzte Tasche in den Kofferraum, sucht einen Jazzsender und fährt weg. Sie blickt starr nach vorne, so daß sie nur aus dem Augenwinkel sieht, wie Don Huerteros Leute die illegalen Einwanderer wieder auf Lastwagen verfrachten.

Weiß der Himmel, wo sie sie hinkarren werden. Weiß der Himmel.

Auf der Hauptstraße bleibt sie stehen, fährt an den Straßenrand und schaut noch einmal zurück.

Schwarzer Rauch steigt langsam in den rosig-grauen Sonnenuntergang, vermischt sich mit der Schwärze der Berge dahinter, verliert sich dann im dunklen Abendhimmel. Auf den Mauern von Brians altem arabischem Fort brennt es lichterloh. Die orangeroten Flammenzungen über den Zinnen erinnern sie an maurische Portale. Fast haben sie die Form von Tränen.

*Beau Geste,* Brian, denkt sie.

Wirklich zum Totlachen, alter Knabe.

## *41*

Zehn Tage später kippt Tim die letzten Sugar Pops in seine und Kits Schüsseln, während sie sich einen Zeichentrickfilm namens Double Dragon anschauen, den Kit ätzend findet, Tim aber halbwegs annehmbar.

Sie wohnen in der letzten von acht Zedernhütten auf einer Wiese westlich des Sunrise Highway auf Mount Laguna. Mount Laguna hat weder etwas mit Laguna oder Laguna Beach zu tun, noch ist es in der Nähe, aber der Name erinnert Tim immerhin oft genug an Bobby Z, um seine Gedanken nicht allzusehr von dem Hauptproblem in seinem Leben abzulenken.

Nämlich der Tatsache, daß er praktisch Bobby Z *ist* und Don Huertero eine Mordswut auf ihn hat.

Immerhin ist Mount Laguna kein Berg in der Wüste. Zum Beispiel gibt es hier richtge Bäume: gewaltige große Kiefern, Zedern, Tannen und sogar Eichen. Bäume, die Schatten werfen, und die Knotty-Pine-Hütten, die bei 57 Dollar pro Woche in der Nebensaison recht preiswert sind, liegen direkt neben der Straße, umgeben von einer Gruppe riesiger Kiefern. Es ist billig und ruhig hier, man ist ungestört, und der Besitzer stellt keine unnötigen Fragen, obwohl er beim Einchecken bemerkt hat, daß das Hemd seines Gastes voll eingetrockneter Blutflecken war. Macht nichts, solange er bezahlt. In den anderen sechs Hütten sind sowieso keine Gäste, was Tim richtig gut findet. Auch wenn es sich eher um ein Wohnklo handelt, ist es ein optimaler Platz für Tim, um eine Weile auszuruhen und zu überlegen, was er tun soll. Und es ist eine Art Kinderparadies für Kit, der es richtig toll findet, zur Abwechslung einmal mit einem Mann zusammenzusein. Er kann von diesem »Wir-Männer-unter-uns«-Spiel gar nicht genug bekommen, und er kriegt so viel Junkfood zu essen, wie Tim in dem Kramladen nur kaufen kann, der anderthalb Kilometer bergauf liegt.

Also Sugar Pops, Pepsi, Kakao, Hot dogs, Erdnußbutter- und Marmelade-Sandwiches, Chili aus der Dose, Dinty-Moore-Rindergulasch und ganze Stapel von Tiefkühlpizza. Und Fernsehen bis zum Abwinken.

Dem Kind gefällt's.

Was ihm auch gefällt, ist das Spionspiel.

Das Spionspiel ist Tims Version von Verstecken.

»Wir spielen jetzt Spion«, teilt er Kit mit, als er bei dem alten Besitzer der Hütten den Schlüssel abgeholt hat und zum Auto zurückkommt.

»Wie spielt man Spion?«

»Erst einmal brauchen wir andere Namen.«

»Warum?«

»Du kannst unmöglich ein Spion sein und deinen eigenen Namen verwenden«, erklärt Tim. »Jeder wird merken, wer du bist, und dann kannst du nicht mehr spionieren.«

Darüber denkt Kit ein bißchen nach und fragt dann: »Welchen Namen suchst du dir aus?«

Tim tut so, als würde er nachdenken, dann sagt er: »Wie wär's mit Tim?«

»Gut.«

»Und wie heißt du?«

»Mike.«

»Mike?«

»Mike.«

»Mike ist gut, das gefällt mir«, sagt Tim. »Also, das Spiel geht folgendermaßen. Die bösen Spione sind hinter uns her, und wir verstecken uns, bis…«

»Bis was?«

»Bis wir den Platz finden, wo die geheimnisvolle Formel versteckt ist.«

»Ist das da vorne unsere Hütte, Tim?«

»Ja, Mike.«

»Kann ich die Tür aufmachen?«

»Wieso das?«

»Einfach so.«

»Weißt du denn, wie man mit einem Schlüssel umgeht?«

»Mensch, ich bin *sechs!*«

»Geht in Ordnung.«

Also rennt Kit zur Hütte voraus, öffnet die Fliegentür und fummelt eine Weile mit dem Schlüssel herum, bis er die Tür offen hat. Tim kann sich nicht recht vorstellen, warum Sechsjährige so scharf auf derartige Dinge sind, aber ihm ist es recht.

Die Hütte ist klein. Es gibt eine Küchenzeile mit einem kleinen Herd und einem Ofen, eine Sitzecke mit einer schäbigen alten

Couch und einem Schaukelstuhl und ein Schlafzimmer mit Etagenbetten. Das Bad ist gerade groß genug, daß man sich einmal darin umdrehen kann, und es hat eine Dusche, aber keine Wanne.

Immerhin gibt es auch einen Fernseher, und Bobby/Tim ist auch da, und das ist alles, was Kit braucht, um glücklich zu sein. Selbst wenn er manchmal an diese schreckliche Nacht in der Wüste zurückdenkt, sagt er es nicht, und mit Sicherheit verdirbt es ihm nicht den Appetit, wenn man bedenkt, welche Mengen an Pizza und Eis er tagtäglich verdrückt.

Nach etwa einer Woche ist es Tim langsam leid, immer mit den ganzen Einkäufen vom Kramladen zurückzutrampen, außerdem wird er sowieso ein Fahrzeug brauchen, um in die nächste Stufe seines Lebens als Bobby Z einzutreten. Also beschließt er, sich ein Auto zu besorgen.

Natürlich ist sein erster Gedanke, sich eines zu stehlen. Einfach eine Weile an den Zapfsäulen beim Kramladen stehen, bis einer der Kunden den Zündschlüssel steckenläßt, während er drinnen sein Hackfleisch kauft, aber dann überlegt Tim es sich anders. Es ist ein kleiner Ort – nein, genauer gesagt, der Laden *ist* der Ort, der Laden und eine Rockerkneipe auf der anderen Straßenseite –, das Opfer wird also zwangsläufig seinen Wagen vor dem Knotty Pine Hotel geparkt sehen. Und das letzte, was Tim im Moment brauchen könnte, wäre, daß man ihn in den Knast zurückbringt, wo Gruzsa und die Aryan Brotherhood ihn mit Freudenböllern empfangen werden.

Und außerdem ist da das Kind. Was würde mit dem Kleinen passieren, wenn sie mich schnappen, überlegt Tim. Also handelt er gegen seine Natur und beschließt, einfach eine alte Karre zu kaufen.

Und da gibt es tatsächlich eine alte Karre, einen potthäßlichen limonengrünen Dodge, der offenbar schon seit Ewigkeiten auf dem kiesbedeckten Parkplatz steht. Tim sagt zu Kit, er solle den Zeichentrickfilm zu Ende ansehen, er sei in ein paar Minuten wieder da.

Tim geht in die Hütte, die als Büro dient, und sagt »Hallo« zu Macy, dem Besitzer. Macy grunzt zurück und vertieft sich wieder in die Lektüre des *Star*.

»Dieser alte Dodge da draußen…« fängt Tim an.

»Ja?«

»Steht schon 'ne ganze Weile da draußen«, sagt Tim. »Wissen Sie, wem er gehört?«

»Ja.«

»Wem?«

»Mir.«

Alter Stinker, denkt Tim. Will's mir bloß schwermachen.

»Ich suche nämlich selbst nach einem Wagen«, sagt Tim.

Der alte Stinker schaut von seiner Zeitung auf und sagt: »Neunhundert.«

»Ich will ihn nicht in Blattgold«, sagt Tim. »Ich nehme ihn, wie er ist. Und ich gebe Ihnen fünf.«

»Mir werden Sie keine fünf geben«, sagt der Alte. Sitzt eine Minute da, dann sagt er: »Ich nehme acht-fünfzig.«

»Ja, das glaube ich Ihnen gern.«

Tim steht eine Minute da, während der Typ seinen Artikel fertig liest. Als der Alte endlich wieder aufblickt, scheint er nicht im geringsten überrascht zu sein, daß Tim immer noch dasteht.

Tim sagt: »Ich gebe Ihnen sechs.«

Der Mann denkt eine Weile nach, dann sagt er: »Ich nehme keinen Scheck.«

»Ich hatte an Cash gedacht.«

Tim sagt es nicht gern, und ihm gefällt auch der Blick dieses Typen nicht. Ein alter Mann, der eine solch abgelegene Spelunke sein eigen nennt, müßte sich eigentlich fragen, wieso ein eher abgefuckter Weißer soviel Bargeld mit sich herumträgt. Er müßte sich fragen, woher er das hat, und wahrscheinlich fragt er sich auch, welche Belohnung auf einen solchen Mann ausgesetzt ist, der so viel Bargeld bei sich hat und trotzdem so abgerissen aussieht.

Aber was soll ich machen? denkt Tim. Wir brauchen ein Auto.

»Holen Sie das Geld, und ich hole die Schlüssel«, sagt der Alte.

Tim greift in seine Hosentasche und fischt sechs Hunderter heraus.

»Ich hole die Schlüssel«, sagt der alte Stinker. Er geht ins Hinterzimmer, kommt eine Minute später zurück und wirft einen Schlüsselbund auf die Theke. »Fahrzeugschein ist drin. Sie reisen aber noch nicht ab, oder?«

»Noch nicht.«

Tim ist schon halb draußen, als der alte Mann fragt: »Brauchen Sie sonst noch was?«

»Was denn zum Beispiel?«

»Eine Waffe zum Beispiel.«

Tim verrät ihm nicht, daß er schon eine Waffe hat, Gott bewahre. Die M-16 hat er unter einem Felsen versteckt, als sie aus der Wüste kamen, weil er dachte, daß es wohl selbst in Südkalifornien eher schwer sein dürfte, mit einer Automatik über der Schulter per Anhalter zu fahren. Die Pistole jedoch hat er sogar jetzt dabei, sie steckt im Bund seiner Jeans.

»Warum sollte ich eine Waffe wollen?«

Der alte Mann zuckt die Achseln. »Zum Schutz.«

Sagen tut er das, der alte Bock, denkt Tim, aber was er meint, ist, daß er Tim eine Waffe verkaufen will, damit Tim jemand anders ausrauben kann. Solange er es nicht selber ist, ist das dem alten Mann scheißegal. Solange Tim seine Hütte bezahlt.

»Ich habe nämlich immer eine kleine Waffe griffbereit, zum Schutz«, fügt der alte Mann hinzu. Damit Tim weiß, daß er es nicht okay finden würde, wenn er *ihn* ausraubt.

Niemand raubt sein eigenes Versteck aus, denkt Tim verächtlich. Selbst das Arschloch Wayne LaPerriere wäre nicht Arschloch genug, um sein eigenes Versteck auszurauben.

»Ich glaube, das Auto genügt, danke«, sagt Tim.

Er geht raus, klettert auf den Fahrersitz und ist angenehm überrascht, als die Karre schon beim ersten Drehen des Zündschlüssels anspringt. Er ruft Kit, damit er ihm dabei hilft, das Bremslicht, die Rücklichter und die Blinker zu überprüfen, dann checkt er zur Sicherheit auch noch die Aufkleber der Meldebehörde und der Abgaskontrolle. Tim hat nämlich keine Lust, wegen einer Lappalie angehalten zu werden.

Besonders, wo er keinen Führerschein hat.

Kit macht sich vor Freude über das Auto fast in die Hose.

»Ist das ein Spionenauto?« fragt er.

»Pst. Nicht so laut.«

»'tschuldige.«

Aber der Kleine grinst dabei übers ganze Gesicht, und Tim findet mal wieder, daß Kit eine ausgeprägte Phantasie hat.

»Und jetzt machen wir eine kleine Spritztour«, sagt Tim. »Wir brauchen ein paar Lebensmittel.«

Sie fahren zum Kramladen und decken sich mit Lebensmitteln ein. Tim beschließt, daß sie noch etwa eine Woche Ruhe brauchen, um zu entscheiden, was zum Teufel sie als nächstes tun sollen.

Außerdem denkt er sich, es wird langsam Zeit, von hier abzuhauen, bevor der alte Mann jemanden findet, an den er ihn verpfeifen kann.

Über all diese schwerwiegenden Fragen denkt Tim nach, während er und Kit die Einkäufe ins Auto laden. Leider ist Tim schon so lange raus aus dem Knast, daß seine Paranoia eingerostet ist, weshalb er den Rocker nicht sieht, der auf der anderen Straßenseite steht und ihn sich nur eine Sekunde länger anschaut als nötig. Zu Tims Gunsten muß man allerdings auch sagen, daß es kalt ist da oben in den Bergen, daß immer noch stellenweise Schnee liegt und daß der Typ einen australischen Schafhirtenmantel über seiner Kluft trägt.

Der Motorradfahrer hat ihn jedoch bemerkt, obwohl er fast den halben Weg bis El Cajon zurückfahren muß, bevor ihm einfällt, woher er den Typen kennt. Zuerst hat ihn das Kind von der Fährte abgelenkt, aber dann erinnert er sich, daß er Tim schon mal gesehen hat. Und zwar auf dem Gefängnishof von St. Quentin.

Und weil es nie schaden kann, den Brüdern in LA einen Gefallen zu tun, ruft er einen der Clubs da unten an. Und ein paar Stunden später ruft ihn dieser häßliche Kotzbrocken Boom-Boom zurück.

»Was ist denn?« fragt Boom-Boom, und er klingt ziemlich sauer, als hätte man ihn von etwas viel Wichtigerem weggeholt.

»Rat mal, wen ich heute gesehen habe.«

»Na, wen denn?«

Richtig gelangweilt klingt er.

»Tim Kearney«, sagt der Rocker.

Plötzlich klingt Boom-Boom viel interessierter.

Kommt fast in Plauderstimmung.

## *42*

Tim glaubt, es sei jetzt wohl an der Zeit, den Mönch anzurufen, weil sein Leben ziemlich bald zu Ende sein könnte, wenn er mit Don Huertero nicht reinen Tisch macht. Also packt er Kit in das Auto, und sie fahren nach Julian, etwa fünfundvierzig Kilometer entfernt, um den Anruf zu tätigen. Sie tun das, weil Tim findet, daß er ein ziemlicher Trottel wäre, wenn er den Mönch von der Telefonkabine im Motel aus anrufen würde. Dabei tut er doch sein Bestes, endlich kein Trottel mehr zu sein, scheiß auf dich, Agent Gruzsa.

Kit hat allerdings Lunte gerochen, als sie in Julian ankommen. Es ist eine alte Goldgräberstadt in den Bergen, die auch schon bessere Zeiten gesehen hat und wo man heute hauptsächlich Apfelkuchen an die Touristen verscherbelt. Der Ort sieht freilich immer noch ein bißchen nach Western aus – Tim wäre nicht im geringsten überrascht, wenn er plötzlich Clint Eastwood sehen würde, der auf den hölzernen Gehsteigen jemanden umnietet. Weshalb auch die Telefonzelle, vor der sie jetzt anhalten, seltsam deplaziert wirkt.

»Sind wir hierhergekommen, um zu *telefonieren?*« fragt der Junge.

»Ja.«

»Mensch, im Motel gibt's doch eine Telefonzelle.«

Das sagt er in diesem typischen »Das nervt!«-Ton, den Kinder gerne anschlagen.

»Das hat was mit unserem Spionageauftrag zu tun«, antwortet Tim. »Damit sie unseren Anruf nicht zurückverfolgen können.«

»Geil.«

»Total geil«, sagt Tim. »Also, du wartest im Auto.«

»Warum?«

Jetzt ist der Kleine genervt. Er will unter gar keinen Umständen von etwas ausgeschlossen sein, das mit ihrem Auftrag zu tun hat.

Fast hätte Tim schon geantwortet: *»Weil ich's dir sage, darum.«* Aber dabei muß er an seinen eigenen Alten denken und überlegt es sich anders. Er sagt: »Und was ist, wenn du geschnappt wirst?«

»Geschnappt?« Kit ist etwas blaß um die Nase geworden, als hätte er plötzlich vergessen, daß das alles nur ein Spiel ist.

»Ja, geschnappt«, sagt Tim. »Was du nicht weißt, kannst du auch nicht ausplaudern.«

Was nicht so ganz stimmt, denkt Tim, denn im Knast hat er eine ganze Menge Typen gekannt, die im Büro des Staatsanwalts andauernd Sachen erzählten, von denen sie keine Ahnung hatten. Was zudem meistens funktionierte, denn der Staatsanwalt glaubte ihnen immer, weil er dadurch irgendein armes Schwein einlochen konnte, für dessen Festnahme sonst nie die Beweise gelangt hätten. War doch viel einfacher, irgendeinen Knacki anzuheuern, der sagte: »Als wir zusammen in einer Zelle waren, hat mir dieser Typ das alles erzählt.«

Wie auch immer, jedenfalls findet er, daß es nicht gut wäre, diese unerquicklichen Tatsachen des Lebens mit einem kleinen Kind zu erörtern – das sowieso alles andere als die Mentalität eines alten Knackis hat –, und so sagt er noch einmal: »Was du nicht weißt, kannst du auch nicht ausplaudern.«

Der Kleine beißt an und sagt: »Außerdem muß ja jemand auf unser Spionenauto aufpassen.«

»Richtig.«

»Und nach den bösen Männern Ausschau halten.«

»Genau.«

»Wie sehen denn die bösen Männer eigentlich aus?«

Am liebsten hätte Tim geantwortet: *»Wenn du ihn nicht im Spiegel siehst, gehst du besser davon aus, daß es einer von den Bösen ist«*, aber statt dessen sagt er: »Sie fahren silberne Autos.«

»Silberne?«

»Ja.«

»Okay«, sagt Kit mit ernster Miene und setzt sich schon einmal in Positur, um nach silbernen Autos Ausschau zu halten.

Tim geht zum Telefon und wählt die Nummer, die Elizabeth ihm gegeben hat.

Tims Herz pocht wie verrückt, weil er nicht weiß, wer sich am anderen Ende der Leitung melden wird.

Dreimal läutet es durch, dann antwortet eine tonlose Stimme: »Ja?«

»Hallo, ich bin's«, sagt Tim.

Es bleibt so verdammt lange still, daß Tim schon denkt, es wäre vielleicht besser, einzuhängen und wegzulaufen. Er ist nur einen Herzschlag davon entfernt, als die Stimme sagt: *»Bobby?«*

Einfach so, als könnte er es einfach nicht glauben. Und als wäre er vor Freude absolut aus dem Häuschen.

Als wäre da jemand von den Toten auferstanden, richtig?

»Ja«, sagt Tim. »Bobby.«

Dann setzt er alles auf eine Karte. »Mit wem spreche ich?« fragt er.

Wieder eine Pause.

Lauf weg, denkt Tim. Aber er bleibt dran.

»Ich bin's, Mann«, sagt die Stimme. »Der Mönch.«

Der Mönch? denkt Tim. Das muß der Typ sein. Bobbys rechte Hand. Der Mann, der weiß, wo alles versteckt ist.

»Schön, deine Stimme zu hören, Mann«, sagt er.

»Schön, *deine* zu hören«, sagt der Mönch. »Wo bist du gewesen? Deine Mutter und ich haben uns schreckliche Sorgen um dich gemacht.«

»Frag mich lieber, wo ich nicht gewesen bin, Mann.«

»Du klingst irgendwie anders.«

Scheiße. Renn weg, denkt Tim. Setz dich ins Auto und fahr, so weit es nur irgend geht.

Und das dürfte in etwa El Centro sein, oder? Was wohl nicht reichen wird. Ich muß da jetzt durch, sagt sich Tim. Also gibt er seiner Stimme diesen supergenervten Ton und mault: »Mann, du würdest auch anders klingen, wenn du da gewesen wärst, wo ich war. Hast du jemals ein Thai-Gefängnis von innen gesehen, Mönch?«

»Dieses Vergnügen war mir bisher versagt, mein Lieber.«

Mein Lieber. Ich scheiß auf »mein Lieber«.

»Na ja, ist auch besser so«, sagt Tim.

»Kommst du her?«

»Ist noch zu gefährlich, Mann.«

Man kann richtig hören, wie der Mann am Telefon denkt.

»Was brauchst du?« fragt der Mönch.

»Geld«, sagt Bobby. »Und einen neuen Paß.«

»Du kriegst alles, was du willst. Du mußt es nur sagen.«

»Ich sag's ja«, erwidert Tim. »Für den Anfang brauche ich zwanzig Riesen.«

»Willst du dich an der alten Stelle treffen?«

Na klar doch, denkt Tim. Bloß daß mir mal wieder keiner gesagt hat, wo die alte Stelle ist.

»Nein«, sagt Tim.

»Okay, also wo dann?«

Irgendwo, wo 'ne Menge Leute sind, denkt Tim.

Irgendwo, wo ich auch ein Kind mitnehmen kann.

»Im Zoo«, sagt Tim.

»Im *Zoo*?«

»Im Zoo von San Diego«, sagt Tim. »Morgen. Zwei Uhr.«

»Wo genau?«

Tim ist nie dagewesen, aber er geht einfach mal davon aus, daß es in jedem Zoo Elefanten gibt. Also sagt er: »Beim Elefantenhaus.«

Außerdem werden Kit die Elefanten bestimmt gefallen, oder? Alle Kinder mögen Elefanten.

Tim kann den Mönch wieder denken hören.

Dann sagt der Mönch: »Ich bringe das Zeug in einer Plastiktüte von Ralph's. Kannst du dir auch eine besorgen?«

»Klar.«

»Zwei Uhr.«

Tim beschließt, noch einmal alles auf eine Karte zu setzen.

»Außerdem brauche ich eine Information.«

»Schieß los.«

»Was haben wir mit Don Huertero gemacht?«

Mit diesem »wir« will er den Mönch ködern. Um sein Interesse richtig zu wecken.

Und der Mönch denkt eine ganze Weile nach. Wenn er nicht schon dabei ist, die Nummer zurückzuverfolgen.

»Also?« fragt Tim.

»Keine Ahnung.«

»Haben wir etwas, das ihm gehört?«

»Nicht, daß ich wüßte.«

»Denk noch mal drüber nach, ja?« befiehlt Tim. »Wir reden morgen weiter.«

Tim legt auf. Wenn der Mönch dabei war, die Nummer zurückzuverfolgen, war es höchste Zeit. Außerdem hüpft Kit draußen aufgeregt auf seinem Sitz hin und her, weil ein silberfarbenes Auto die Straße entlangkommt.

»Die Bösen«, flüstert Kit, als Tim ins Auto steigt.

»Wir müssen sie abhängen«, flüstert Tim zurück.

»Schaffen wir das?«

»Aber ja.«

Ich bin doch Bobby Z, oder?

Tim findet ein Haushaltswarengeschäft, wo er ein PVC-Rohr, eine Metallsäge und etwas Stahlwolle kauft. Im Lebensmittelladen in Mount Laguna kauft er den üblichen Kram, etwas Schokoladenkuchenteig und das dünnste Kuchenblech, das sie haben.

Er schleppt den ganzen Kram durch die Gegend, während Kit zur Hütte rennt, um sie aufzuschließen.

Ist schon komisch, denkt Tim, wie man mit ein paar Kleinigkeiten ein Kind glücklich machen kann.

An diesem Abend backen sie Plätzchen. Zumindest Kit – Tim hat nicht die leiseste Ahnung, wie man Plätzchen backt. In St. Quentin hat er versucht, einen Job in der Küche zu bekommen, aber dann haben sie ihn in die Nummernschildwerkstatt gesteckt.

## *43*

Der Mönch legt auf und schaut auf das Meer hinaus. Das Wohnzimmer hat Fenster, die vom Boden bis zur Decke reichen, deshalb ist das auch kein Problem. Das Haus steht auf einer Klippe, die weit ins Meer ragt und auf drei Seiten steil abfällt, so daß man von überall aufs Wasser sehen kann, ohne sich den Hals zu verrenken. Man sieht El Morro

Beach zur Rechten und Laguna Beach zur Linken. Allein der Blick von diesem Haus aus ist eine Million Dollar wert, und das gehört sich auch so, denn es kostet dreimal soviel.

Drogengeld. Bobby Zs Geld.

Das Problem ist nur, daß Bobby jetzt zurück ist.

Was den Mönch erschüttert, ist weniger, daß Bobby zurück ist – das ist ein Problem in der physischen Welt –, als vielmehr die Tatsache, daß damit One Ways Prophezeiung in Erfüllung geht.

Wer einmal mit Gott abgeschlossen hat, den machen in Erfüllung gegangene Prophezeiungen einfach nervös.

Der Zoo? denkt der Mönch. Seit wann geht Bobby in den Zoo? Warum treffen sie sich nicht in der Höhle am Salt Creek Beach wie früher auch? Oder bei der Treppe zur Three Arch Bay? Warum im Zoo?

Weil er dir nicht traut, denkt der Mönch. Er will sich lieber in der Öffentlichkeit mit dir treffen.

Paranoia, seufzt der Mönch, öffnet die Glasschiebetür und tritt auf die Veranda hinaus. Der Fluch des Drogengeschäfts.

Zwanzig Riesen und ein Paß. Zwanzig Riesen? Früher war das kaum mehr als Klimpergeld für Bobby, aber jetzt scheint er ziemlich heiß drauf zu sein, es zu kriegen. Und einen Paß. Bobby will das Land schon wieder verlassen, was nur bedeuten kann, daß ihm jemand ganz schön die Hölle heiß macht. Dabei kann man sich Don Huerteros Gerichtsbarkeit gar nicht entziehen. Jedenfalls nicht als Lebender.

Und was meinte Bobby mit diesem »Was haben wir mit Don Huertero gemacht«? Der Mönch fragt sich, ob da nicht jemand mitgehört hat bei dem Gespräch. Ob Huertero sich Bobby nicht vielleicht schon geschnappt hat und ihm eine Falle stellt.

Treu und Glauben gilt einfach nichts mehr in dieser gottlosen Welt, denkt der Mönch.

Denn Tatsache ist, daß der Mönch Huertero ganz schön abgezockt hat. Und Bobby auch. Bobby hat von dem alten Mexikaner einen Haufen Geld für Thai-Opium genommen – drei Millionen Yankee-Dollars, genauer gesagt – und die Ware Huerteros Leuten in Bangkok geliefert. Doch der Mönch hat sie an die Thai-Polizei verpfiffen und sich dann das Opium und das Geld mit den Thais geteilt.

Sorry, Don Huertero, aber die Thai-Polizei hat deine Jungs hopsgenommen. Sag *adios* zu deiner Investition. Pech gehabt.

Nun, denkt der Mönch, während er einigen Surfern zusieht, die sich unten in El Morro an der Riffbrandung versuchen, Huertero muß ihm auf die Schliche gekommen sein.

Und er ist sauer.

Und jetzt ist Bobby in Schwierigkeiten und will wissen, warum. Er wird einen Blick in die Bücher werfen wollen. Und wahrscheinlich will er sein Geld zurückhaben.

Ich glaube, daraus wird nichts, denkt der Mönch.

Er fährt in die Stadt und sinniert bei einem Cappuccino über den Lauf der Welt nach. Er begreift immer noch nicht, wie dieser Acid-Gehirnamputierte One Way herausgefunden hat, daß Z wieder da ist.

Es macht ihm angst.

Es macht ihm so sehr angst, daß er nach Dana Point fährt, um nach dem Boot zu sehen.

Er blickt sich immer wieder um, als er an Bord geht. Er sieht weder One Way noch sonst jemand, und langsam kommt ihm der Gedanke, daß vielleicht sogar ein Wahnsinniger mit seinen Prophezeiungen ab und zu mal einen Zufallstreffer landet.

Stimmt's? Wenn das schon bei einem ausgemachten Schizo wie Johannes dem Täufer geklappt hat, warum nicht auch bei One Way? Relaxen wir also.

Der Mönch klettert unter Deck und macht sich dort mit einem Schraubenzieher und einem Holzschnitzmesser zu schaffen. Zwei Stunden später hat er es geschafft: Er zieht einen Teil der Planken hoch und greift in den Schiffsrumpf hinunter. Tastet nach den säuberlich verpackten Geldbündeln. Macht sich sorgfältig ans Werk, um die Planken wieder einzupassen, und während er arbeitet, denkt er nach. Vielleicht ist es an der Zeit, das Boot zu nehmen und wegzufahren.

Aber zuerst muß er Bobby seine popeligen zwanzig Riesen und den Paß geben.

Und dann wird er ihn umbringen.

## 44

Gruzsa ist stocksauer, weil er Asche auf seine neuen Schuhe bekommt.

Er steht zwischen den Ruinen der Casa Brian Cervier, und der Wind bläst ihm Asche über seine funkelnagelneuen Bostons, die er im Ausverkauf bei Nordstrum's erstanden hat.

Außerdem ist Gruzsa unglücklich, weil Brian schon seit Wochen über dem Jordan ist und bis jetzt niemand daran gedacht hat, es ihm, Gruzsa, mitzuteilen. Da steht er nun mitten in der Pampa, ruiniert sich die Politur seiner Schuhe und betrachtet die knusprig gebratenen Überreste des First-Class-Perverslings und Verbrechers Brain Cervier. Sieht aus, als hätte man ihn mit Napalm traktiert. Und Gruzsa denkt sich, bei einem so großen Desaster *muß* dieser Trottel Tim Kearney einfach seine Finger im Spiel gehabt haben.

»Kohlenstoff in den Lungen?« fragt Gruzsa den jungen DEA-Agenten, dessen Namen er schon wieder vergessen hat und der so aussieht, als machte er den Job seit etwa einem Monat.

»Der Leichenbeschauer sagt, nein.«

»Dann hat Brian Glück gehabt«, sagt Gruzsa. »Er war tot, bevor er verbrannt ist. Sind eigentlich seine Kleider komplett verbrannt?«

»Nein, er war nackt.«

Mit dem Glück ist das so 'ne Sache, denkt Gruzsa.

»Und sie sagen, Bobby Z war hier?« fragt Gruzsa etwa zum fünfzehntenmal.

»Wir haben in Borrego Springs ein paar Leute vom Hauspersonal aufgetrieben, und die sagen alle, daß ein Señor Z Gast des Hauses war.«

»Aber Señor Zs Leiche haben wir nicht gefunden«, wiederholt Gruzsa.

»Nein.«

Weil Señor Z ein gerissenerer Zeitgenosse ist, als ich gedacht habe, muß sich Gruzsa zähneknirschend eingestehen.

»Was ist mit diesem toten Deutschen?«

»Motorschaden«, sagt der Junge. »Sieht so aus, als hätte es nichts damit zu tun.«

»Sagen Sie mal, sind Sie eigentlich bescheuert?« fragt Gruzsa. »Sie haben einen Drogendealer, der zur knusprigen Schweineschwarte verkohlt ist, seinen semmelblonden deutschen Geschäftspartner, der wie ein Meteor vom Himmel geknallt ist, Sie haben einen Felsen mitten in der Wüste mit einem Dutzend toten Indios drum herum, wie in einem John-Wayne-Film, und Sie denken, das hätte alles nichts miteinander zu tun? Wahrscheinlich glauben Sie auch noch, das Haus wäre vom Blitz getroffen worden und eben einfach so in die Luft geflogen. Von woher sind Sie eigentlich, aus Iowa?«

Der Junge steht da und hat eine knallrote Birne, aber die kommt nicht von der Sonne. »Kansas«, sagt er.

»Großartig, einfach großartig«, sagt Gruzsa. »Ich muß mich mit diesem Scheiß-Don-Huertero herumschlagen und diesem Scheiß-Bobby-Z und wer weiß noch wem, und wen schickt man mir? Einen Erdnußfarmer aus Kansas! Sagen Sie mir die Wahrheit: Gibt's in Kansas überhaupt Drogen?«

»Gewiß doch.«

»Gewiß doch! Und was für welche?«

Der Junge fängt an, die Drogen aufzuzählen, aber Gruzsa hört nicht hin. Er denkt, diese Superniete Tim Kearney findet wahrscheinlich langsam an dem Gedanken Gefallen, daß er der große Bobby Z ist, und fängt an, Leichen auf seinem Weg zu verstreuen wie Hänsel und Gretel Brotkrumen. Na ja, immerhin hinterläßt er damit eine Spur.

»... Meth auf Kristallbasis, Ecstasy, Kokain, Crack aus Kokain ...«

»Halt die Klappe.«

Der Agent hält die Klappe.

»Merken Sie nicht, daß ich Sie auf den Arm nehme?« fragt Gruzsa. Er wird jetzt wirklich langsam nervös. Wenn man ihm das hier gleich mitgeteilt hätte, dann wäre Kearneys Spur noch warm. Er könnte ihn immer noch aufspüren und an Don Huertero ausliefern.

Könnte endlich einen Schlußstrich unter diese Angelegenheit ziehen. Aber jetzt ...

»Ich möchte, daß das alles hier aufgeräumt wird«, sagt Gruzsa. »Es darf nichts mehr zu sehen sein. Sie sagen den Park Rangers, hier sei nie etwas geschehen. Sie begraben diese bescheuerten Indios, schicken den Kraut mit dem nächsten Flugzeug nach Frankfurt, sprengen die Bunker und schicken diese Bohnenfresser hier alle nach Mexiko zurück. Schaffen Sie das?«

»Ja, Sir.«

»Nennen Sie mich nicht Sir«, sagt Gruzsa. »Sehe ich etwa wie ein Offizier aus?«

Gruzsa sucht noch einmal den Unrat nach Spuren ab.

Wirklich absolut erstaunlich, denkt er. Huertero kommt einfach über die Grenze wie Anno dunnemals, bringt den Gringo um die Ecke, legt das Anwesen in Schutt und Asche und verschwindet dann wieder über die Grenze.

Mit diesem Scheiß-Don-Huertero ist nicht zu spaßen.

Also habe ich keine Zeit zu verlieren, denkt Gruzsa. Er blickt auf Brians Körper hinab – wenn man diese verkohlten Reste so nennen will – und hat ein deutliches Beispiel vor Augen, was mit jemandem passiert, der sich auf krumme Dinger mit Don Huertero einläßt.

Was ich jetzt tun muß – und zwar schnell –, denkt Gruzsa, als er in sein Auto steigt, ist, den kleinen Timmy Kearney an Don Huertero ausliefern.

Und zwar tot, damit er sein blödes Maul nicht mehr aufreißen kann.

Das Problem ist nur, daß Kearney eine härtere Nuß ist, als ich gedacht habe.

Semper fi, ja ja.

Gruzsa schaut an sich herunter und sieht, daß die Asche jetzt von seinen Schuhen auf dem Autoteppich gelandet ist, und dabei hat er das gottverdammte Ding erst gesaugt. Er ist in obermieser Laune, als das Telefon klingelt.

»Hallo, Schwanzlutscher«, sagte Boom-Boom.

»Was willst du, Fettarsch?«

»Ich hab deinen Burschen aufgetrieben.«

Plötzlich fühlt sich Gruzsa ein kleines bißchen besser.

»Ohne Scheiß?« fragt er.

»Ohne Scheiß.«

Auf einmal ärgert sich Gruzsa nicht mehr so sehr über seine versauten Schuhe. Scheiß auf die Schuhe, denkt er, ich kann mir noch Hunderte davon kaufen.

Ziemlich bald bin ich nämlich reich.

## *45*

Tim bringt Kit ins Bett, als *Baywatch* zu Ende ist. *Baywatch* ist eine Serie, die sie alle beide gern sehen. Kit ist begeistert von den Rettungs- und Wiederbelebungsaktionen und dem ganzen Strandleben, und Tim ist begeistert von den tollen Miezen, die die ganze Zeit in nassen Badeanzügen am Strand herumhüpfen. Er denkt, die Strände, wo Frauen in nassen Badeanzügen herumhüpfen, sind genau die Strände, an denen sich auch Bobby Z gerne aufgehalten hat.

In Desert Hot Springs im öffentlichen Schwimmbad hatten sie auch einmal einen weiblichen Bademeister, erinnert er sich. Sie nannten sie Big Blue, weil sie immer einen leuchtendblauen Einteiler trug. Niemand sah sie jemals schwimmen – die allgemeine Theorie war, wenn jemals einer Anstalten machen würde, unterzugehen, würde Big Blue einfach ins Wasser springen und den Wasserstand dermaßen anheben, daß es den Ertrinkenden über den Rand des Beckens schwemmen würde. Allerdings wollte niemand diese Theorie in der Praxis erproben, weshalb Tims einzige Erinnerung an Big Blue die ist, wie sie in ihrem großen Stuhl sitzt, *Mademoiselle* liest und ein Bi-fi ißt.

Tim glaubt nicht, daß auch nur eins von den Girls aus Baywatch weiß, was ein Bi-fi ist.

Jedenfalls hat er Kit schließlich ins Bett gekriegt und kann endlich an die Arbeit gehen. Er nimmt das Stück Rohr, das er gekauft hat, und schneidet ein gerades, dreißig Zentimeter langes Stück ab. Er stopft grobe Stahlwolle hinein und drückt sie rundum fest, so daß ein Schußkanal entsteht. Das andere Ende stülpt er über den Lauf seiner Pistole, bis sie richtig gut sitzt, dann zieht er das Rohr wieder ab.

## 46

Tim bezahlt die Tüte Oreos, ein paar Flaschen Wasser, Käsesnacks, einen Laib Brot und ein Glas Erdnußbutter, und die Verkäuferin fragt: »Papier oder Plastik?«

»Plastik, bitte.«

Er und Kit verlassen den Ralph's-Supermarkt und gehen zurück zum Auto.

»Was ist die Überraschung?« fragt Kit noch einmal, als Tim vom Parkplatz fährt und sich auf den Weg zurück zur Autobahn macht.

»Wenn ich es dir sagen würde, wäre es keine Überraschung mehr.«

»Och, Mensch...«

»Och, Mensch...«, äfft Tim ihn nach. »In ein paar Minuten wirst du's wissen.«

»Also ist es irgendwo in San Diego«, rätselt Kit.

Der Junge hat einen Mordsspaß.

Tim wünschte, ihm ginge es genauso. Tatsächlich aber hat er unheimlichen Schiß. Er weiß nicht, worauf er sich da eingelassen hat, er weiß nicht, ob der Mönch sauber ist, er weiß nicht, wer da bei den Elefanten auf ihn warten wird. Er weiß einfach gar nichts, und das macht ihm eine Heidenangst.

Es macht ihm allerdings auch Spaß, dem Kind diese Überraschung zu bereiten. Sieht so aus, als hätte das noch nie zuvor jemand für den Jungen getan, weil Kit völlig aus dem Häuschen ist vor Aufregung.

Tim biegt von der 163er ab, wo ein Schild verkündet: »4th Avenue – Balboa Park – Zoologischer Garten.«

Kit ist ziemlich clever und erkennt das Wort »Zoo« in »zoologisch«.

»Wir gehen in den Zoo!« schreit er. »Das ist die Überraschung, oder? Der Zoo, ja?«

»Vielleicht.«

»Es ist der Zoo, ich weiß es!« Kit hopst auf seinem Sitz auf und ab. »Der Zoo!«

»Bist du noch nie in einem Zoo gewesen?« fragt Tim.

»Noch nie!«

»Ich auch nicht«, sagt Tim.

Sie fahren durch Balboa Park und folgen den Schildern zum Zoo. Dort kreisen sie eine Weile um den riesigen Parkplatz, bis sie eine Lücke gefunden haben.

»Okay«, sagt Tim. »Deine Aufgabe ist jetzt, dir zu merken, in welcher Reihe wir stehen. Wir stehen in der Straußenreihe.«

Auf einem großen Schild an ihrer Reihe prangt das Bild eines Straußen.

»Straußenreihe«, wiederholt Kit.

»Straußenreihe.«

Weil das nämlich die allergrößte Scheiße wäre, denkt Tim. Diese ganze Sache durchzuziehen und dann das Auto nicht zu finden. Das wäre mal wieder die klassische Tim-Kearney-Supernietennummer.

Tim kauft ihnen die Eintrittskarten und kann es kaum fassen, daß man vierzehn Dollar hinblättern muß, um in so einen Scheißzoo reinzukommen, aber so ist es, und er bezahlt. Als sie drinnen sind, schaut er als allererstes auf die Karte, die sie ihm zusammen mit den Eintrittskarten gegeben haben. Es ist eine von diesen albernen kleinen Karten mit lauter Bildern von Tieren drauf, und er sucht nach dem eines Elefanten.

Als nächstes versucht er sich den Lageplan einzuprägen. Der Zoo liegt an einem kleinen Hang, und die Wege führen bergauf und bergab. Außerdem gibt es da auch so eine Art Gondelbahn, die vom Fuß des Hügels bis nach oben führt. Ausgänge sieht er nur einen, und der ist direkt neben dem Eingang, an dem sie jetzt stehen.

»Können wir damit fahren?« fragt Kit und zeigt auf die Gondelbahn.

Tim studiert die Karte und sagt: »Klar, warum nicht?«

Sie haben noch eine Menge Zeit, weil er dafür gesorgt hat, daß sie früh da sind.

»Toll«, sagt Kit.

Toll? denkt Tim. Nimm das Kind in einen Zoo mit, und es wird wieder zum Kind.

»Ich glaube, das ist wirklich eine gute Idee«, sagt Tim, und sie gehen zu den Gondeln hinüber und steigen in eins der oben offenen

Abteile. Tim ist nicht so begeistert, als das Ding sich klappernd und wackelnd den Hügel hochkämpft, aber das gibt ihm immerhin die unerwartete Gelegenheit, sich das Terrain von oben zu betrachten.

Und so fahren sie langsam hoch. Kit beobachtet die Antilopen, die Büffel, die Vögel und alle möglichen anderen Viecher, und Tim schaut sich die Umgebung des Elefantengeheges an, ob da vielleicht schon jemand mit einer weißen Plastiktüte von Ralph's herumrennt. Jemand, dem man ansieht, daß er sich nicht besonders für Elefanten interessiert.

Einmal denkt er, er hätte einen dünnen Typen entdeckt, auf den die Beschreibung paßt, aber er ist sich nicht sicher. Also gehen sie, als sie oben angelangt sind, auf eine Aussichtsplattform, und Tim steckt ein paar Münzen in eines der großen Fernrohre. Natürlich muß er sich mit Kit abwechseln, weshalb es Tim an die fünfundsiebzig Cent kostet, bis er sich den Typen genau angeschaut hat und zu dem Schluß kommt, daß es der Mönch sein muß.

Er ist nicht dick, er trägt keine braune Kutte mit Kapuze, und er sieht auch nicht aus, als käme er aus einem Robin-Hood-Film. Aber Tim weiß, daß das der Typ ist, den er sucht.

Pflaumenfarbenes Polohemd, Khaki-Bermudas, schwarze Baseballmütze, John-Lennon-Sonnenbrille. Mokassins ohne Socken. Weiße Plastiktüte von Ralph's.

Sehr modisch. Da steht er und sieht ein bißchen nervös und ein bißchen gelangweilt aus. Natürlich ist er auch zu früh da. Eine halbe Stunde noch, und der Typ ist schon da, was Tim noch ein bißchen nervöser macht.

Tim würde gerne wissen, ob der Typ allein ist, aber da unten sind so viele Leute, daß sich schwer sagen läßt, wer einfach nur so da ist und wer nicht. Er hat gerade ein paar einzelne Männer ins Visier genommen – ohne Familie, ohne Freundin –, als das Bild schwarz wird.

»Ich habe keine Vierteldollars mehr«, sagt Tim.

»Was willst du denn jetzt machen?« fragt Kit.

»Hast du eigentlich schon mal Spion im Zoo gespielt?«

Kit strahlt. Offenbar denkt er, daß der Tag wohl *noch* toller werden wird, als er es für möglich gehalten hätte.

»Wie spielt man das?«

»Zuerst einmal müssen wir einen Typen mit einer weißen Plastiktüte finden«, sagt Tim.

»Ist das ein böser Typ?«

»Keine Ahnung«, sagt Tim.

Aber er denkt, daß er das bald herausfinden wird.

## 47

Boom-Boom sieht, wie der alte Stinker mit seinem Auto wegfährt. Der Alte brettert in seiner alten Karre los, als würde eine Frau auf ihn warten, und Boom-Boom geht davon aus, daß er jetzt wohl erst mal ein bißchen Zeit hat.

Wird sowieso nicht lange dauern, was er da vorhat. Schäbige alte Tür – das Schloß könnte man mit einem gezielten Schneeballwurf aufbrechen. Boom-Boom ist in einer Sekunde drinnen und schließt die Tür hinter sich. Erleichtert sieht er, daß noch Lebensmittel und Klamotten und solches Zeug da sind. Er ist also nicht zu spät gekommen.

Kearney kann sein Testament machen.

Boom-Boom arbeitet schnell. Obwohl er so fett ist, hat er geschickte Hände. Er rollt das Plastilin zu einer dünnen Wurst und legt sie rund um den oberen Teil des Türrahmens. Vorsichtig schließt er die Tür und prüft, ob sie noch Spiel hat. Dann verlegt er einen dünnen Draht von innen quer über die Tür, zieht das Ende durch die Zündkapsel und steckt es in das Plastilin.

Wenn Kearney die Tür aufmacht, wird es so sein, als drücke er den Griff eines Sprengkastens.

Krawummmm.

Sein Körper wird dastehen und sich fragen, wo sein Kopf geblieben ist.

Und Stinkdog wird in der Hölle endlich mal wieder ordentlich einen draufmachen.

Wart nur noch ein bißchen, bald kannst du Kearney da unten willkommen heißen.

Boom-Boom nimmt im Badezimmer das Fliegenfenster heraus und quetscht sich nach draußen. Jetzt kann er sich einfach an die Straße setzen, ein Bier trinken und darauf warten, daß Kearney in seiner beschissenen Karre zurückkommt.

Er wird Kearney folgen und sich den Spaß anschauen. Zuschauen, wenn's Bumm-Bumm macht.

## *48*

Macy fährt zur Rockerbar und sieht den Mann in einer Nische in der Ecke sitzen. Das muß der Mann sein, denn er sieht überhaupt nicht wie ein Rocker aus. Er sieht aus wie ein Mann, der auf jemanden wartet.

Und dieser Jemand bin ich, denkt Macy. Ich bin bereit, mir ein bißchen Geld zu verdienen. Er schaut den Mann an, und der deutet mit den Augen auf den Platz ihm gegenüber. Macy setzt sich.

»Sind Sie der Typ, der nach jemandem sucht?«

»Haben Sie denn etwas für mich?« fragt Johnson.

»Kommt drauf an.«

Johnson ist verdammt noch mal nicht zu Spielchen aufgelegt. Seine Schulter schmerzt, und er ist müde. Er hat zwölf lange Tage und Nächte das ganze Land abgegrast, hat in jeder schäbigen Bar und Spelunke nachgefragt, hat überall in Umlauf gebracht, daß er nach jemandem sucht. Und dann bekommt er plötzlich die Nachricht, daß irgendein alter Knacker jemanden verpfeifen will, bloß weiß er nicht, wen und wofür.

Jedenfalls scheinen sie sich gefunden zu haben – der eine will was verkaufen, der andere kaufen.

Ich bin bloß nicht in der Laune, zu handeln, denkt Johnson.

»Und worauf kommt es an?« knurrt er.

»Auf den Preis«, sagt der Mann. Und dann fügt er hinzu: »Ich heiße Macy.«

Er streckt die Hand aus. Johnson schaut sie nur an. »Wieviel wollen Sie?« fragt Johnson.

»Fünftausend«, flüstert Macy. Seine Augen glitzern gierig.

Johnson lacht. »Ich habe keine fünftausend bei mir«, sagt er.

Der alte Scheißer sieht enttäuscht aus.

»Aber ich habe sie in meinem Truck«, sagt Johnson.

Jetzt lächelt Macy wieder.

»Die Hälfte jetzt«, sagt Johnson. »Die andere Hälfte, wenn ich den Typen habe.«

»Den Typen zu kriegen ist Ihr Problem«, sagt Macy. »Ich habe keine Lust, hinterher in den Mond zu gucken, bloß weil Sie die Sache in den Sand setzen. Die Hälfte jetzt, die andere Hälfte, wenn Sie ihn als den Mann identifizieren, den Sie suchen.«

Macy beschreibt ihn. Als er fertig ist, sagt Johnson: »Der Mann, nach dem ich suche, ist allein. Ist Ihr Mann allein?«

Auf Macys Gesicht legt sich ein Schatten.

Traurig sagt er: »Dieser Mann hat ein Kind dabei.«

Johnson lächelt und fragt: »Ein kleines Mädchen?«

»'nen Jungen«, sagt Macy.

Johnson lächelt und sagt: »Mister, danken Sie Ihrem Stern, daß Sie so eine ehrliche Haut sind. Das ist der Mann, hinter dem ich her bin.«

Macy grinst wie ein Fleischerhund.

»Dieser Mann wohnt in meinem Motel«, sagt Macy.

Johnson sagt: »Kommen Sie raus zu meinem Truck, und ich gebe Ihnen Ihr Geld.«

Sie gehen raus zu dem kiesbedeckten Parkplatz, und Macy hüpft auf den Beifahrersitz.

»Verriegeln Sie die Tür«, sagt Johnson, und Macy drückt den Knopf hinunter.

Johnson greift ins Handschuhfach und nimmt einen weißen Umschlag heraus. Er reicht ihn Macy, der ihn aufreißt. Macy zählt das Geld und fragt: »Was ist das?«

»Das sind fünfhundert Dollar. Die kriegen Sie.«

»Jetzt hören Sie mir mal zu, Mister...«

Johnson greift Macy mit seiner gesunden Hand an die Gurgel und stößt den Mann gegen das Fenster. Einmal, zweimal, dreimal – richtig fest –, bis ein Blutfleck auf dem Glas zu sehen ist.

»Nein, *Sie* hören *mir* zu, Mister«, sagt Johnson. »Fünfhundert kriegen Sie, und damit können Sie zufrieden sein. Und Sie werden Ihr Maul halten, oder ich verspreche Ihnen, daß ich zurückkomme und Hackfleisch aus Ihnen mache. Verstanden? Also, wo ist er?«

»Das Knotty Pine, einfach die Straße hoch, Hütte 5«, krächzt Macy. Johnsons Hand liegt immer noch fest um seine Kehle.

»Ist er jetzt da?« fragt Johnson.

Macy schüttelt den Kopf.

»Sagen Sie mir die Wahrheit?«

Macy nickt.

»Wo ist er hin?« fragt Johnson beunruhigt, weil Bobbys Glückssträhne ja vielleicht anhält und er bereits wieder weg ist. Allein den Gedanken kann Johnson kaum ertragen.

»Keine Ahnung«, krächzt Macy.

»Scheiße«, sagt Johnson und läßt ihn los.

Was er noch in derselben Sekunde bereut, weil der alte Knacker plötzlich hinter sich greift, und Johnson merkt, daß er wahrscheinlich eine Pistole hinten im Hosenbund stecken hat.

Johnson hat nicht die Zeit, seine eigene Waffe zu ziehen, also wirft er sich voll auf Macy und schleudert ihn gegen die Tür, wobei er die Hand des alten Mannes hinter dem Rücken festhält. Johnson drückt fester zu, damit der alte Mann seine Pistole nicht nach vorne holen kann, während der Alte sich zu befreien versucht, um auf Johnson zu schießen.

Die Scheiben beschlagen, während die beiden Männer kämpfen und nach Luft schnappen, und Johnson sieht, wie Macys Augen riesengroß werden, weil ihm plötzlich bewußt wird, daß er um sein Leben ringt. Johnson stemmt die Füße in den Boden und drückt fester zu.

Seine verdammte Schulter tut teuflisch weh, als er zudrückt, aber er braucht seine gesunde Hand, um die Pistole aus seinem Hüfthalfter zu ziehen, und er schafft es, und jetzt werden Macys Augen erst richtig groß, wie bei einem Pferd, das zum erstenmal einen Sattel sieht und merkt, daß er gleich auf ihm liegen wird.

Macys Augen sind immer noch so groß, als Johnson dem alten

Mann den Lauf seiner 44er zwischen die Zähne schiebt. Macy macht gurgelnde Geräusche und fährt wild mit dem Kopf vor und zurück, und Johnson hat Mühe, den Pistolenlauf in seinem Mund zu halten, während er den Abzug drückt, einmal und dann noch einmal.

Johnson steckt die Pistole ins Halfter zurück, startet den Truck und fährt vom Parkplatz. Das Beifahrerfenster ist voll mit Blut, Haaren, Gehirnmasse, aber das kann er noch wegwischen, wenn er im Motel ist.

Er will in dieser Hütte sitzen, wenn Bobby nach Hause kommt. Er fährt mit seinem Truck vor das Knotty Pine Motel, schaut sich schnell um, dann trägt er Macys Leiche ins Büro des Motels. Er setzt ihn ins Hinterzimmer und drückt ihm die Pistole in die Hand. Dann sucht und findet er die Schlüssel für Hütte 5.

Er fährt mit dem Truck ein Stück die Straße hinunter und läßt ihn an einer Kehre mit Aussichtspunkt stehen. Dann trampt er zurück zur Hütte und steckt den Schlüssel ins Schloß.

## *49*

Tim läßt Kit bei den Gorillas. Da gibt es eine Bank auf einem kleinen Hügel, wo er sich hinsetzen kann. Außerdem findet man leicht wieder hierher zurück.

»Rühr dich nicht von der Stelle«, sagt er zu dem Jungen. »Ich bleibe bloß ein paar Minuten weg.«

»Warum –«

»Rühr dich nicht von der Stelle«, sagt Tim.

»Okay, okay.«

Kit ist sauer, aber Tim ist das egal. Wenn am Treffpunkt alles glattgeht, wird er schon bald zurücksein; und wenn es nicht glattgeht, dann gibt es erst recht keinen Grund, das Kind mit hineinzuziehen.

Der Kleine setzt sich auf die Bank und sieht Tim nicht an.

»Ich bin bald wieder da«, sagt Tim.

Kit schaut stur zu den Gorillas.

Auf dem Weg hinunter zu den Elefanten hält Tim noch kurz bei einer Herrentoilette an. Er tritt in eine Kabine, stülpt seinen selbstgemachten Schalldämpfer über die Pistolenmündung und schiebt sich die Waffe vorne in den Hosenbund. Dann nimmt er das Kuchenblech aus der Tüte, steckt es hinten in seine Hose und zieht die Jeansjacke darüber.

Auf dem Weg nach draußen bleibt er kurz vor dem Spiegel stehen, um zu überprüfen, ob er halbwegs wie jemand aussieht, der zu einem ganz normalen Treffen geht. Okay, alles paletti – ein bißchen steif wirkt er vielleicht, aber er weiß auch, daß es mit seinem Sexleben endgültig aus wäre, wenn diese Pistole zufällig losginge.

Das Elefantengehege war eine gute Wahl. Es befindet sich am Ende eines breiten, geraden Gehwegs, der Tim eine gute Übersicht ermöglicht, wenn er darauf zugeht. Der Mönch steht immer noch da, die weiße Tüte baumelt an seinem Handgelenk.

Tim schaut sich um, um festzustellen, ob noch jemand anderes zu dem Treffen gekommen ist, der nicht dasein sollte, aber er sieht niemanden, der auffällig herumlungert. Die meisten hier sind ausländische Touristen, Schulkinder und alte Leute. Er weiß nicht genau, wonach er eigentlich sucht, aber da keine Typen mit Sonnenbrillen, Funkgeräten oder Maschinengewehren zu sehen sind, geht er weiter.

Jetzt hat ihn der Mönch jedenfalls entdeckt. Er nimmt die Sonnenbrille ab und schaut ihn sich so genau an, wie das eben möglich ist, wenn man so tut, als würde man nicht hinschauen. Der Mönch sieht ihn prüfend an und wendet sich dann den Elefanten zu, lehnt sich gegen den Zaun. Tim tritt neben ihn.

»Schön, dich zu sehen, Mann«, sagt der Mönch. »Wie lang ist das her?«

»Lang«, sagt Tim.

»Du siehst…«

»Verändert aus, Mönch«, ergänzt Tim. »Du auch.«

»Die Zeit…«

»Ja«, sagt Tim. »Mönch?«

»Ja?«

»Schau nicht runter. Ich ziele mit einer 9mm mit Schalldämpfer auf deinen Unterleib.«

»Traust du mir nicht, Bobby?«

»Ich traue niemandem, Mönch«, sagt Tim. »Laß uns jetzt die Tüten austauschen.«

Tim kann nicht durch die Sonnenbrille des Mönchs schauen, aber jetzt macht er eine winzige Bewegung mit dem Kopf, die Tim schon tausendmal auf dem Gefängnishof gesehen hat.

Dieser Blick über die Schulter eines anderen Knackis, der gleich von hinten angegriffen wird.

Er sieht es den Bruchteil einer Sekunde, bevor die Klinge eines schweren Messers auf das Backblech über seiner Taille trifft. Die Spitze rutscht von ihrem eigentlichen Ziel ab, gleitet aber seitlich in Tims Rücken. Tim blickt hinunter und sieht die blutige Klinge direkt unter seinem rechten Arm. Er klemmt den Ellbogen des Angreifers fest, packt den Typen mit der Linken am Handgelenk und drückt so lange mit der Linken nach unten und mit der Rechten nach oben, bis er das Ellbogengelenk des Typen knacken hört. Dann läßt er los.

Der Mönch ist wie vom Erdboden verschluckt.

Tim ist schon ein Stück weit weg, bevor der Angreifer zu Boden geht.

Er hört eine alte Dame schreien: »Da ist jemand ohnmächtig geworden!« und offenbar sind sogar die Elefanten aufgeschreckt, weil sie diese Geräusche machen wie in den alten Tarzanfilmen. Und dann merkt Tim, daß er immer noch das Messer in der Hand hat, und wirft es in einen Drahtabfallkorb auf eine leere Pizzaschachtel.

Wieder mal die klassische Tim-Kearney-Supernietennummer, denkt er, als er das Blut bemerkt, das warm und klebrig an seiner rechten Seite herunterläuft, und es wird ihm bewußt, daß er wahrscheinlich mausetot wäre, hätte er nicht zu der guten alten Vorsichtsmaßnahme aus der Knastküche gegriffen. Er denkt an diesen Deppen aus Fresno zurück und an den überraschten Ausdruck auf seinem dummen Gesicht, als er Johnny Mack erstechen wollte und die billige Klinge glatt von dem Backblech wegsprang und Mack sich nur umdrehte und ihm die Lichter ausblies und auf ihm herumtrampelte, bis die Wachen kamen, und Johnny Mack war auch noch ein großer Schwarzer gewesen.

Warum zum Teufel denke ich ausgerechnet jetzt an diese Geschichte, fragt sich Tim, wo ich überhaupt keine Zeit dazu habe, weil sie mir nämlich auf den Fersen sind.

Tim versucht nachzudenken – Scheiße, er muß sich anstrengen, bei Bewußtsein zu bleiben –, und einfach nur weiterzugehen und sich immer wieder umzusehen, und selbst in der Menge kann er sie jetzt erkennen. Drei Typen, angezogen wie etwas schräge Touristen, einer mit einem T-Shirt, auf dem steht: *I love San Diego*, der zweite mit einem von Sea World und der dritte mit einer Padres-Mütze, und Tim weiß nicht, wie er die hat übersehen können – höchstens, weil er eben eine erstklassige Superniete ist.

Tim weiß jetzt, daß er sich schwer übernommen hat, weil es mittlerweile einfach zuviel ist, das er regeln müßte. Vielleicht könnte der große Bobby Z mit dieser Scheiße fertig werden, denkt Tim, aber ich kann's nicht. Erst mal lebend von hier wegzukommen und Kit zu finden, und dann geht uns jetzt auch noch das Geld aus und unsere Glückssträhne ist auch vorbei, und ich werde hier in diesem Zoo den Löffel abgeben, in Teufels Namen. Und ist das nicht total bescheuert? Ich meine, da überstehst du drei Gefängnisstrafen, den Scheißgolfkrieg, diese ganze Superscheiße in der Wüste, und dann kriegen sie dich ausgerechnet im Zoo.

Aber dann denkt er: *Werden diese Typen dich wirklich hier umlegen, am hellichten Tag und inmitten all dieser Leute?* Und er denkt: *Na ja, offenbar schon, weil sie genau das eben versucht haben, oder?*

*Das Leben ist einfach die absolute Oberkacke.*

Am liebsten würde Tim sich hinsetzen und weiterlaufen zugleich, was, wie selbst er weiß, ein Widerspruch ist. Aber dann fällt ihm plötzlich die kleine Gondelbahn ein.

Er denkt den Gedanken allerdings nicht zu Ende, was er erst merkt, als er in eine der Kabinen steigt und ihm bewußt wird, daß er jetzt erst recht in der Falle hockt, weil zwei der Typen in die Kabine hinter ihm steigen und der dritte den Hügel hinaufläuft, um ihn oben abzupassen.

Aber jetzt kann er sowieso nichts mehr dagegen machen, also zieht Tim erst einmal sein Hemd hoch und schaut sich seine Seite an, und da ist eine nette, fünf Zentimeter lange Schnittwunde, die wie blöd blutet und auch zu brennen anfängt. Aber sie ist nicht allzu tief, das sieht er, und er denkt, daß er wohl nicht daran verbluten wird, wenn er nur bald einen Verband kriegt. Also stopft er das Hemd wieder in die Hose und fängt schon mal an, nach Kit Ausschau zu halten.

Der nicht auf seiner Bank bei den Gorillas sitzt.

Plötzlich steigt eine höllische Angst in Tim auf, weil das Kind nicht da ist, wo es sein soll.

Tim schaut hektisch in alle Richtungen, kann aber nirgendwo Kits Blondschopf entdecken. Auf einmal hat er das Gefühl, als könnte er nicht mehr atmen, und als er den Kopf in die andere Richtung dreht, sieht er die beiden Typen in der Gondel hinter ihm. Sie grinsen ihn an. Tim sieht den Hügel hoch, wo Mr. Sea World an einem Baum lehnt und gerade eine Sniper zusammenschraubt, und Tim weiß, der Typ braucht nicht Lee Harvey Oswald zu sein, um Tim zwei schöne Kugeln zu verpassen, wenn er gleich aus der Gondel auf die schöne flache Plattform tritt.

Du blöder Trottel, sagt Tim zu sich selbst. Du absolute Oberniete. Du läßt das Geld sausen, verlierst den Jungen, und dann läßt du dich auch noch umlegen. Ein ganz normaler Tag für Tim Kearney, die größte Superniete der Welt.

Und so fährt Tim seinem Tod entgegen wie auf einem Fließband im Schlachthaus. Immerhin hängt er dreißig Meter über dem Erdboden, und was soll er schon anderes machen, als bis zur Endstation durchfahren, es sei denn, er würde springen.

Und genau das tut er.

Später werden seine Verfolger dem Mönch erzählen, daß dieser Bobby Z durch die Luft geflogen – jawohl, *geflogen* – sei. Er sei einfach auf die Kante der schwankenden Gondel geklettert, habe einen Moment das Gleichgewicht gehalten, und dann sei er zu der Gondel, die gerade auf der anderen Seite herunterfuhr, hinübergeflogen.

Sie werden dem Mönch erzählen, daß es da oben ganz plötzlich zugegangen sei wie bei der Trapeznummer im Zirkus, weil ein paar Leute, die zufällig zuschauten, aufschrien, so wie die Leute eben im Zirkus schreien, wenn der Typ am Trapez danebengegriffen hat und es kein Netz gibt. Und das gibt es natürlich auch nicht im Zoo von San Diego, nur harten Boden und stachlige Zäune und menschenfressende Tiere und all den Scheiß. Tatsächlich wird einer der Killer dem Mönch erzählen, er habe gesehen, wie die Löwen sich schon das Maul geleckt hätten, als Z von der Gondel sprang, aber der Mönch wird das unter dichterische Freiheit verbuchen. Jedenfalls, Tatsache ist, daß einer, der im Zoo von San Diego aus einer dieser Gondeln fällt, wohl kaum einfach aufsteht und mir nichts, dir nichts von hinnen spaziert. Und von einer hinauffahrenden Gondel in eine herunterfahrende Gondel zu springen, das würde wohl nur ein Idiot oder Wahnsinniger versuchen.

Oder eine Legende.

»Ich kann jetzt verstehen, warum der Typ eine Legende ist«, wird einer der Killer zu dem Mönch sagen, für den das nun wiederum keine dichterische Freiheit ist, sondern die Wahrheit. Wobei ihn die Bemerkung aber trotzdem eher nervt.

»Er flog«, wird der Killer in ehrfürchtigem Ton sagen. »Wie Superman.«

Jedenfalls schreien die Leute – Tim eingeschlossen –, als er aus der Gondel springt. Er ist eine Ewigkeit in der Luft – besonders ihm kommt es wie eine Ewigkeit vor –, und dann packt er die Kante der herunterfahrenden Gondel und hält sich mit den Fingerspitzen fest, und die beiden Verfolger sind zu perplex, um auf ihn zu schießen, was eigentlich ganz einfach gewesen wäre, bloß daß ihnen jetzt natürlich ein paar Dutzend Leute dabei zugeschaut hätten.

Leute schreien, Löwen brüllen, Elefanten trompeten, Wachleute rennen, und Tim kriegt endlich ein Bein auf die Gondel und zieht sich hoch.

Landet mit einem dumpfen Geräusch.

Aber er lebt.

Wenigstens momentan noch, weil Tim weiß, wenn er unten ankommt, werden die Wachmänner des Zoos da stehen, was bedeuten könnte, daß sie ihn hopsnehmen, und das wiederum könnte die Todesstrafe bedeuten. Außerdem schraubt Mr. Sea World wahrscheinlich gerade hektisch seine Sniper wieder auseinander und läuft den

Hügel hinunter, um Tim nach seiner sensationellen Erfolgsfahrt in Empfang zu nehmen. Es bleibt Tim also nichts anderes übrig, als noch einmal zu springen, bevor er am Zielpunkt ankommt. Allerdings wartet er diesmal, bis er etwa drei Meter über dem Boden ist, bevor er den großen Sprung wagt und einfach darauf vertraut, daß dort, wo er landet, entweder ein Bambi wohnt oder wenigstens ein Tier, das schon zu Mittag gegessen hat.

Es ist tatsächlich irgendeine Art Reh, stellt sich heraus, das ziemlich verdattert dreinschaut, als plötzlich ein Mensch vom Himmel fällt. Es starrt Tim für den Bruchteil einer Sekunde an, dann rennt es wie von Furien gejagt davon, was Tim auch für eine gute Idee hält, während er den Zaun hochklettert.

Tim hört das Trappeln von kleinen Wachpersonalfüßen – ein vertrautes Geräusch aus seiner Jugend –, die herumlaufen und nach ihm suchen, weshalb er sich, als er über den Zaun ist, erst einmal in ein dichtes Bambusdickicht schlägt und versucht, zu dem Gehweg auf der anderen Seite zu gelangen, auf dem er vielleicht fliehen kann.

Leider war der Weg durch das Bambusdickicht eine so gute Idee, daß auch der Killer mit der Sniper darauf gekommen ist, und sie sind beide ziemlich überrascht, als sie sich plötzlich gegenüberstehen. Tim landet drei kurze, aber verheerende Schläge im Gesicht des Typen, der zu Boden geht. Tim läuft weiter, denkt, Scheiße, wenn ich hier rauskomme, werde ich den Jungen suchen und nach Oregon umziehen, weil man einfach gegen zu viele Leute kämpfen muß, wenn man Bobby Z ist.

Er beschließt, einfach gleich ein neues Leben zu beginnen. Wie er das finanzieren soll, ist eine andere Frage, und vielleicht wird er auf dem Weg nach draußen einfach mal kurz in Palm Springs anhalten.

Aber zuerst muß er Kit finden, denn obwohl es zweifellos das Vernünftigste wäre, einfach hier abzuhauen und das Kind seinem Schicksal zu überlassen, ist das jetzt einfach nicht der richtige Augenblick in seinem Leben, wo er plötzlich anfangen könnte, etwas Vernünftiges zu tun.

Jedenfalls bringt er es aus irgendeinem Grund nicht fertig – vielleicht ist es ja wieder der gute alte Mangel an Impulskontrolle, der zum Durchbruch kommt. Und selbst als er die Sicherheitsleute rufen hört: »Wir haben ihn! Er ist verletzt!« rennt Tim nicht raus aus dem Dickicht, sondern weiter in Richtung Gorillas, um zu sehen, ob Kit vielleicht dorthin zurückgekommen ist.

Aber das ist er nicht. Also absolviert Tim die komplette Schnelltour durch die Welt der Tiere, vorbei an Gorillas, Orang-Utans, Schimpansen und dem Rest der Primaten, quer über die Steppen Asiens, durch die Dschungel Indiens, hinunter zum Strand der Hippos, ins Schlangenhaus. Aber Kit kann er nicht finden.

Tim ist jetzt in Panik. Er denkt nicht einmal daran, daß vielleicht die Killer immer noch hinter ihm her sind, er sucht nur mit Tunnelblick nach seinem Jungen und kann ihn nicht finden. Er sieht ein Schild »Streichelzoo« und stürzt in diese Richtung, weil er denkt, daß kein Kind dem Gedanken widerstehen kann, Ziegen und Schafe und andere stinkende Viecher zu streicheln. Aber da ist Kit auch nicht, und plötzlich kommt Tim der Gedanke, daß der Mönch vielleicht von dem Jungen gewußt und ihn als Geisel genommen hat.

Und Tim malt sich aus, wie er den Mönch genüßlich in die Kniescheiben schießen wird, während er hinaus auf den Parkplatz geht, um wegzufahren und den Mönch anzurufen und ihm ein Angebot zu machen. Und dann kann er sich nicht mehr erinnern, wo er den Wagen geparkt hat.

Ein Parkplatz so groß wie Rhode Island, und er kann sich nicht mehr erinnern, wo er das Auto geparkt hat.

Irgendein Vogel war's.

Aber was für ein Vogel genau, daran kann sich Tim nicht mehr erinnern. An was er sich nach einiger Mühe erinnern kann, ist, wie Kit etwas von einer Straußenreihe gesagt hat, er sieht das Gesicht des Kindes vor sich, wie es sich das Wort immer wieder vorsagt. Also schaut Tim sich um, bis er das Schild mit dem Straußen gefunden hat, und geht auf sein Auto zu. Daß Kit die Autoschlüssel hat, fällt ihm erst ein, als er den Jungen auf dem Beifahrersitz hocken sieht.

Mit einer weißen Plastiktüte auf dem Schoß.

»Du bist verletzt«, sagt Kit, als Tim sich in den Fahrersitz fallen läßt.

»Ich dachte, du würdest bei den Gorillas warten.«

»Gut, daß ich's nicht gemacht habe«, sagt Kit und zeigt auf die Tüte.

»Wie bist du an die gekommen?«

»Ich bin dir zu den Elefanten gefolgt.«

»Wirklich?«

»Und dann bin ich dem Typen mit der weißen Plastiktüte gefolgt«, sagt Kit, »und hab sie mir geschnappt und bin weggelaufen.«

»Das hättest du nicht tun sollen.«

Kit schüttelt den Kopf. »Kein Typ würde einem Kind durch den Zoo hinterherlaufen. Alle würden denken, er ist ein Perverser und ihm eins auf die Rübe geben.«

Tim schaut den Jungen lange an und sagt: »Wir ziehen nach Oregon.«

Kit drückt ihm die Schlüssel in die Hand.

## *50*

Johnson sitzt jetzt schon seit Stunden in der Hütte und macht sich langsam Sorgen, Bobby könnte Lunte gerochen und sich aus dem Staub gemacht haben. Der Gedanke nervt ihn, weil er versucht hat, wirklich vorsichtig zu sein. Er hat sich sogar dagegen entschieden, durch die Vordertür hineinzugehen, weil Bobby möglicherweise so vorsichtig war, ein Haar oder sonst etwas vor den Eingang zu spannen, um dann zu prüfen, ob es noch da ist, bevor er die Hütte betritt. Deshalb hat Johnson sich die Mühe gemacht, durch das hintere Fenster zu klettern, und da sitzt er nun, das Gewehr mit gespanntem Hahn über dem Schoß, und vielleicht kommt der Typ überhaupt nicht wieder.

Genau derselbe Gedanke ist mittlerweile auch Boom-Boom gekommen, der den ganzen Nachmittag damit verbracht hat, Bier in sich hineinzuschütten, knusprige Schweineschwarten zu futtern und darauf zu warten, daß diese klapprige, limonengrüne Karre endlich die Straße hochgerumpelt kommt. Als die Nacht hereinbricht, ist Boom-Boom betrunken, und zwar viel mehr, als es einem Mann, der einen anderen umlegen will, guttut, selbst wenn es nur mit einer Fernzündung ist. Er sitzt einfach da am Fenster, starrt hinaus, und es ist fast zu dunkel, um den limonengrünen Wagen zu erkennen, als er die Straße hochkommt.

Johnson sieht die Scheinwerfer, als das Auto auf den Parkplatz biegt. Die Lichtkegel wandern über das Fenster und verändern ihre Form, als der Wagen einbiegt. Johnson richtet sich in seinem Stuhl auf und hält fast den Atem an, so groß ist seine Angst, daß Bobby ihn hören könnte. Dann steht er auf und schleicht an der Wand entlang. Er hört, wie der Wagen einparkt und der Motor ausgeht, dann hebt er das Gewehr an seine Wange und wartet darauf, daß dieser Scheißkerl durch die Tür kommt.

Er lauscht angestrengt auf die Schritte.

Die Autotüren gehen auf, eine wird zugeworfen, dann hört er den Jungen rufen: »Ich schließ auf!«

## *51*

Tim läßt Kit vorauslaufen. Er braucht eine Weile bis er seinen zerschundenen Körper seitwärts aus dem Wagen gequält hat, besonders mit all den Verbänden und Pflastern, mit denen Kit ihm die Seite verklebt hat, nachdem sie bei diesem Drugstore in El Cajon angehalten haben. Außerdem muß Tim noch die Tüte mit dem Geld aus dem Kofferraum holen, aber dann merkt er, daß Kit den Schlüssel hat.

Und Kit läuft bereits auf die Tür zu.

»He, ich brauch die Schlüssel!« ruft Tim.

Aber Kit rennt weiter und ruft zurück: »Ich muß aufs Klo!«

Tim findet, daß die Geldtüte einen Moment warten kann. Er läuft Kit hinterher auf das Haus zu, als ihm etwas einfällt. Es fällt ihm ein, daß er das Licht über dem Spülstein angelassen hat, und jetzt liegt die Hütte in völliger Dunkelheit.

»Halt!« ruft er Kit nach und legt einen Zahn zu, um ihn noch einzuholen, weil der Junge bloß kichert und weiterläuft, um die Tür aufzuschließen, bevor Tim ihn fangen kann.

»Wer zuerst da ist!« ruft Kit.

Im nächsten Moment ist die Nacht gleißend hell.

## 52

Geschehen ist folgendes: Johnson riskiert einen Blick aus dem Fenster, wo er sieht, wie Bobby Z den Jungen den Pfad hochjagt, und hört wie Bobby »Halt!« schreit. Und in dem Moment weiß er, daß Bobby Lunte gerochen hat und nicht durch diese Tür gehen wird.

Aber Johnson schätzt, daß er über den Kopf des Jungen hinweg schießen und Bobby in die Brust treffen kann. Also nimmt er das Gewehr in den Arm und öffnet mit der anderen Hand die Tür. Er steht in der Tür und hebt gerade das Gewehr an die Wange, als dieser Moment der Stille eintritt, in dem die Welt zu Eis gefriert, und dann reißt ihm die Explosion den Kopf von den Schultern.

Tim prescht durch das Licht vorwärts, das nicht mehr weiß, sondern rot ist, weil die Hütte Feuer gefangen hat. Geblendet von der Explosion schreit er: »Kit! Kit!« und es scheinen ein paar ganze Nächte zu vergehen, ehe er den Jungen rufen hört: »Bobby!«

Tim malt sich aus, daß der Junge verstümmelt ist, die Beine abgerissen oder die Arme, oder das Gesicht zu einer glibberigen Masse verbrannt, und es dauert noch einmal tausend endlose Stunden, bevor er Kit in seinen Armen hält, und der Junge weint und seine Haare sind ein bißchen angekokelt, aber sonst scheint alles mit ihm in Ordnung zu sein.

Und aus irgendeinem Grund sagt Tim wieder und wieder: »Es tut mir so leid, es tut mir so leid«, und Kit schluchzt und schluchzt, sagt aber zwischen den Schluchzern: »Ist schon okay, ist schon okay.«

»Bist du in Ordnung?« fragt Tim.

»Ich glaub schon.«

»Gott sei Dank«, sagt Tim. »Gott sei Dank.«

Er drückt den Jungen noch fester an sich, und da sitzen sie im nassen Gras und er wiegt den Jungen an seiner Brust, als er hört, wie das Motorrad auf den Parkplatz einbiegt. Er erkennt Boom-Boom sofort und begreift, daß er noch ein Problem hat, von dem er bisher noch gar nichts wußte.

Boom-Boom kommt den Pfad hochgewatschelt, eine Bierflasche

in der speckigen Faust. Und diese Bierflasche wird ihm zum Verhängnis, denn als er Tim erkennt, der da auf dem Boden kauert, verschwindet das Lächeln aus seinem Gesicht, aber er vergißt, daß er immer noch eine Bierflasche in der Hand hat, als er nach der Knarre in seinem Gürtel faßt.

In dieser Sekunde schießt Tim dreimal, und die drei Schüsse aus der Pistole mit dem Schalldämpfer klingen leise und dumpf, daß man sie wegen des knisternden Feuers kaum hört. Jetzt läßt Boom-Boom die Flasche endlich fallen, setzt sich schwerfällig ins Gras und versucht herauszufinden, warum er sich auf einmal so elend und müde fühlt, und er kann nur zusehen, wie Tim Kearney an ihm vorbeiläuft, in den Armen etwas, das wie ein großes Paket aussieht.

Boom-Boom hört, wie ein Kofferraum geöffnet und wieder geschlossen wird, dann, wie sein eigenes Motorrad gestartet wird und wegdonnert, und er denkt noch, daß er eigentlich etwas dagegen unternehmen müßte. Aber es kommt ihm so unendlich mühsam vor, aufzustehen, und das Feuer brennt so hübsch. Also bleibt er einfach sitzen und betrachtet die Cowboystiefel auf der Veranda und bewundert sein Werk, und so finden ihn auch die Leute von der freiwilligen Feuerwehr, als sie ein paar Minuten später dort eintreffen.

Kit klammert sich an Tim, als wollte er ihn nie mehr wieder loslassen, und es ist wieder wie in dieser ersten Nacht, als sie von Brian abgehauen sind. Nur daß das hier keine Geländemaschine ist, sondern eine richtige Harley, und daß Tim mit ihr eine Gebirgsstraße hinunterbrettert. Tim Kearney weiß nämlich, daß die Angels jetzt nicht mehr lockerlassen werden, und Don Huertero wird nicht mehr lockerlassen, und Gruzsa wird nicht mehr lockerlassen, und ein ruhiges Leben in Oregon wird es auch nicht geben.

Weder für Tim Kearney noch für Bobby Z.

Oder für den Jungen.

Also brettert Tim mit dem Chopper die Gebirgsstraße hinunter und biegt nach Westen ab. Westen, dann Norden, dann wieder Westen.

Wenn es schon keinen Ausweg aus seiner Rolle als Bobby Z gibt, dann muß er eben Bobby Z sein.

Bobby Z sein und alle schlagen.
Eine Legende werden.
Und das bedeutet, nach Laguna zu gehen.

## *53*

Unter anderen Umständen wäre es Tad Grusza ein Vergnügen gewesen, an Raymond »Boom-Boom« Boges Begräbnis teilzunehmen. Es gibt nur wenig, was einen milden kalifornischen Abend mehr verschönern könnte als der Anblick dieses Häufleins Elend, das in einem billigen Sarg aufgebahrt ist, während die Trauergemeinde rund herum trinkt, raucht und vögelt.

Grusza hätte am liebsten ein paar Bier gekippt, den hier versammelten Arschlöchern die Meinung gegeigt und den Heimweg in die Nacht angetreten.

Aber der Abend ist ihm gründlich versaut worden durch die Tatsache, daß Tim Kearney wieder einmal entwischt ist und daß jeder, der ihm zu nahe kommt, Gefahr läuft, ins Gras zu beißen.

Leichen pflastern Tims Weg, wie es bei Django nicht besser sein könnte. Es ist ein richtiger One-Man-Krimi, und Gruzsa ist nicht allzu scharf auf die Aussicht, seinen Vorgesetzten erklären zu müssen, warum er diesen Berufsverbrecher auf die Allgemeinheit losgelassen hat.

Und genau das wird irgend jemand unweigerlich herausfinden, weil der kleine Timmy eine ziemlich deutliche Spur hinterläßt. Zuerst das Anza-Borrego-Wüstenmassaker, Teil eins und zwei, dann ein ansonsten unerklärliches Fiasko im Zoo von San Diego und schließlich ein ruhiges Gebirgsmotel, das sich in ein Bestattungsinstitut mit angeschlossenem Krematorium verwandelt.

Der Besitzer verübt auf ausgesprochen sonderbare Weise Selbstmord, indem er sich eine Pistole durch die Zähne schiebt und zwei Schüsse abgibt. Dann gibt's da einen enthaupteten Cowboy, bei dem es sich laut Truck-Fahrzeugschein um Bill Johnson handelt, den ehemaligen Vormann des bekannten und ebenso verblichenen wie unbeweinten Viehhändlers Brian Cervier. Und als Krönung die Leiche von Boom-Boom, den man direkt neben der brennenden Hütte sitzend vorfindet, als röste er Marshmallows am Lagerfeuer. Nur daß er drei Kugeln im Leib hat, und zwar perfekt plaziert.

So perfekt, denkt Gruzsa stolz, wie es wohl nur ein Marine hinkriegen würde.

»Schade um Boom-Boom«, meint Gruzsa zu einem silberhaarigen Hell's Angel, der auf einem Hocker neben dem Sarg sitzt, welcher auf zwei Sägeböcken ruht. Der Angel sieht so alt aus, als hätte er schon bei den Grateful Dead gespielt, aber Gruzsa weiß, daß Duke als Chef aller Untergruppen von Südkalifornien noch ordentlich Mumm in den Knochen hat. Und genau deshalb ist Gruzsa auch hier.

»Halt die Fresse, Gruzsa«, sagt Duke. »Hab ich dir schon erzählt, daß ich deine Mutter und deine Schwester gevögelt habe?«

»Meine Mutter ist tot und meine Schwester lesbisch«, antwortet Gruzsa. »Klingt also ganz nach dir.«

Er greift in das kalte Wasser in der Mülltonne, zieht eine eiskalte Flasche Red Dog heraus, schnipst den Kronkorken an einem der Tonnengriffe ab und sagt: »Boom-Boom gibt 'ne hübsche Leiche ab, findest du nicht, Süßer?«

»Was führt dich hierher, Gruzsa?«

»Abgesehen von dem Genuß, Boom-Boom aufgebahrt zu sehen?« fragt Gruzsa. »Ich werd's dir sagen: Das hier ist das große Jahr der Begräbnisse. Zuerst Stinkdog und dann Boom-Boom. Ich sags dir, Tim Kearney löscht noch die ganze Familie aus, was?«

Duke starrt ihn finster an. »Das hat Kearney gemacht?«

»Ich dachte, das wüßtest du«, sagt Gruzsa. »Du weißt doch sonst immer alles, Duke.«

Gruzsa läßt ihn mit dieser Neuigkeit allein und schaut sich um. Nicht gerade das, was sich ein polnischer Junge unter einer Totenfeier vorstellt. Musik dröhnt, der Geruch von Schnaps und Dope hängt in der Luft. Drüben in der Ecke verteilen ein paar Tussis Blowjobs, während in der anderen ein paar Typen brav für eine Massenvergewaltigung anstehen, obwohl Gruzsa nicht sehen kann, welche von den Bräuten gerade gevögelt wird.

»Hast du Boom-Boom die Falle gestellt?« fragt Duke.

»Nein, ich hab Kearney die Falle gestellt«, antwortet Gruzsa.

»Damit Boom-Boom ihn kriegt. Bloß daß dieser blöde Arsch alles vermasselt hat. Ich muß dir eins sagen, Duke: Man soll ja nicht schlecht von den Toten reden, aber ich glaube, die Boges haben's ein bißchen zu ausgiebig untereinander getrieben, wenn du verstehst, was ich meine.«

Er kippt das Bier herunter und nimmt sich ein neues.

»Bedien dich«, sagt Duke.

»Danke.« Gruzsa wischt sich seinen nassen Ärmel an der Sargecke ab. »Wenn ich ihr wär, würde ich mich mal in Laguna umschauen.«

»Gibt bloß Tunten in Laguna.«

»Nur zu deiner Information: Diese Tunte hat die gesamte Boge-Familie, einen halben Indio-Stamm und einen Cowboy aus East County, der bislang als ein ziemlich harter Bursche galt, aufgemischt«, sagt Gruzsa. »Ich würde also an deiner Stelle auf meinen Arsch aufpassen, wenn ich mich in Laguna rumtreibe.«

»Wenn du weißt, wo er ist, warum schnappst du ihn dir dann nicht einfach?«

»Ich will ihn mir nicht schnappen«, sagt Gruzsa. »Ich will seine Leiche sehen.«

Duke grinst. Mit seinen schartigen Schneidezähnen und den langen Eckzähnen sieht er wie ein alter Wolf aus.

»Wir können dafür sorgen, daß du seine Leiche siehst.«

»Das hat Boom-Boom auch gesagt.«

»Boom-Boom hat's im Alleingang versucht.«

»Na und?«

»Wir ziehen mit einer Armee los.«

Gruzsa wirft die leere Flasche in hohem Bogen in den Sarg und verschwindet.

# 54

Tim findet den Wohnwagen am Strand.

Es ist so eine Art Wohnmobil, findet er. Nicht viel anders als das, in dem er seine Kindheit in Desert Hot Springs verbracht hat – oder das, was man so Kindheit nennt. Ein ganz beschissenes kleines Wohnmobil, wie die Dinger, in denen diese armen Teufel das ganze Jahr über auf den Campingplätzen leben, bloß daß dieses hier in El Morro Canyon am Strand steht. Genauer gesagt steht es zusammen mit zwanzig anderen in einer abgelegenen Kurve, wo der Strand zu Ende ist und eine riesige Felsklippe aufragt. Und oben auf dieser Klippe steht ein riesiges weißes Haus mit Fenstern über zwei Stockwerke, von denen aus man nach drei Seiten einen Blick aufs Meer hat.

Es ist also doch ein bißchen anders als das Wohnmobil, in dem er seine Kindheit – oder das, was man so Kindheit nennt – verbracht hat, denn damals hatte man bloß einen Blick auf fünf andere Wohnmobile und einen versifften Parkplatz.

Jedenfalls ist es hier ziemlich schön. Das Meer ist schön, der Strand ist schön, die große Klippe ist schön, und Tim Kearney lebt endlich am Strand.

Was bescheuert ist, denkt Tim. Erst wenn es die halbe Welt auf meinen Arsch abgesehen hat, komme ich endlich mal dazu, am Strand zu leben. Es hat ihn einige Zeit gekostet, hierherzukommen. Nachdem er Mount Laguna Hals über Kopf verlassen hat, stellte er das Motorrad in Carlsbad ab und erwischte noch den späten Amtrak bis San Juan Capistrano. Kit hat fast die ganze Fahrt geschlafen und war auch sonst ziemlich still.

In San Juan Cap ist Tim ausgestiegen, ist die paar Blocks in den Barrio gelaufen und hatte knapp fünfundvierzig Minuten später den Fahrzeugschein eines aufgemotzten 89er Z-26 in der Tasche, dessen frühere Besitzer ihn vermutlich irgendwann einmal gestohlen gemeldet haben.

Dann ist Tim den Pacific Coast Highway heruntergefahren, über

Dana Point, Monarch Bay, Salt Creek, Aliso Niguel, South Laguna, bis er schließlich in Laguna Beach ankam.

In Laguna selbst kriegt er auf einmal ein seltsames Kribbeln. Schließlich ist das Bobbys Stadt, vielleicht treibt sich sein Geist noch hier herum, und Tim hat ein bißchen Schiß vor jedem, den er sieht, besonders in dem 7-Eleven, der die ganze Nacht offen hat und wo er ein paar Hot dogs für sich selbst und ein Bohnen-Käse-Burrito für Kit kauft.

Sie steigen wieder ins Auto und fahren in nördlicher Richtung aus der Stadt, bis sie das Schild nach El Morro Canyon und Point Reef Beach sehen. Dort ist dann eine Schotterstraße, die in einem scharfen Winkel zurück nach Norden abbiegt und sie schließlich von hinten zu den Wohnmobilen führt, die an der Bucht bei der Klippe stehen.

Sie finden Nummer 26, ein schlichtes, aber gut erhaltenes Wohnmobil. Eine Küche mit angrenzendem Wohnteil, zwei kleine Schlafzimmer und ein Bad. Eine nette kleine überdachte Veranda, die auf den Strand hinausgeht.

Es ist ein schnuckeliges kleines Versteck, und Tim muß ständig daran denken, daß Bobby und Elizabeth immer zum Vögeln hierher gekommen sind, und es muß Bobby etwas bedeutet haben, denn sonst hätte er es nicht behalten. Und weil er jetzt Bobby ist, überlegt Tim, gehört ihm auch dieses Wohnmobil, und es wäre toll, in so einem Ding zu wohnen. Es würde ihm richtig guttun, Mann. Einfach, unkompliziert, direkt am Strand, und auf der anderen Straßenseite ist sogar eine Schule, in die er Kit zu Fuß bringen könnte. Vielleicht könnte er sogar surfen lernen und es Kit beibringen, der wahrscheinlich ein Naturtalent ist. Und da dämmert Tim endlich, wonach es in dem Wohnmobil so riecht. Nach Wachs.

Nach Surfbrettwachs, und Tim stellt sich vor, daß Bobby wohl hierhergekommen ist, um ein bißchen auszuspannen, bevor er dann die große Flatter machte. Das hier war der Platz, an dem er sich davon erholt hat, der große Z zu sein, und da saß er dann einfach und wachste sein Brett, und dann ging er hinaus und ritt ein bißchen auf den Wellen, und wenn er zurückkam, saß er mit einer Tasse Kaffee auf der Veranda und sah zu, wie die Sonne unterging. Und dann verzog er sich vielleicht ein bißchen ins Schlafzimmer mit Elizabeth. Keine schlechte Sache, dieses Leben, daran könnte ich mich auch gewöhnen, und dann würde ich dem Jungen etwas zu essen machen, wir würden uns hinsetzen und essen, über die Schule reden und übers Surfen und Comics und all den Scheiß. Und Kit würde so ein richtiger cooler kleiner Kalifornier werden. Ein Kind, das am Strand des obercoolen Laguna Beach aufwächst.

Und ich muß mir schleunigst diesen Quatsch aus dem Kopf schlagen, denkt er. Ich werde hier nicht bleiben können, nicht leben können, werde weder Kit zur Schule bringen noch surfen, und ich werde auch keine schönen Frauen mit langem Rücken, flachem Bauch und glänzendem Haar vögeln. Das einzige, was mir blüht, ist, daß sie mich umlegen, es sei denn, ich finde das, was ich suche, und schicke es Don Huertero. Aber da sind dann immer noch Gruzsa und die Angels und jetzt vielleicht auch noch dieser Scheiß-Mönch.

Mir bleibt also nichts anderes übrig, als darüber nachzudenken, wie ich das rausfinde, was ich rausfinden muß. Und dann mach ich die Fliege.

Und bringe dieses Kind zu seiner Mutter zurück, weil genau dort gehört ein Kind hin.

Also denkt Tim darüber nach, wie er rausfinden soll, was er rausfinden *muß*, während er Kit ins Bett bringt und sich zu ihm setzt. Da zerbreche ich mir wieder mal den Kopf, typisch Tim Kearney, und dabei gibt's doch nur eins, was ich tun muß: Ich muß den Mönch anrufen und ihn irgendwie dazu bringen, daß er mir verrät, was er weiß.

Und Kit, der arme kleine Kerl, hat praktisch keinen Ton von sich gegeben, seit er fast in die Luft geflogen ist. Ist ja auch kein Wunder, oder?

»Bist du okay?« fragt er den Jungen.

»Ja«, sagt der Junge – ziemlich trotzig, so wie jemand, der niemals zugeben würde, wenn es anders wäre.

»Was hast du da oben gesehen?« fragt Tim in der Hoffnung, daß der Junge einfach nur ein helles weißes Licht gesehen hat und sonst gar nichts. Denn Tim sieht immer noch den enthaupteten Johnson und diese Cowboystiefel vor sich, und während er selber eine ganze Menge solcher Scheiße im Golfkrieg mitgekriegt hat, ist es zweifellos nichts für einen kleinen Jungen.

»Nichts«, sagt Kit.

»Das hier wird bald vorbei sein, Mensch«, verspricht Tim. »Dann bring ich dich zu deiner Mami zurück.«

»Ich will nicht zurück zu ihr.«

»Na ja, da reden wir noch drüber, okay?« sagt Tim. »Du solltest jetzt ein bißchen schlafen. Ich bleib hier bei dir.« Er umarmt den Jungen und gibt ihm einen Kuß. Und dann spürt er die Lippen des Jungen auf seiner Wange, und es ist ein komisches Gefühl, aber auch ganz in Ordnung. Er ist schon fast zur Tür draußen, als Kit fragt: »Warum wollen die Leute dich umbringen?«

Tim weiß das selbst nicht so genau, aber er hat die Standardantwort parat. »Weil ich in meinem Leben ein paar schlimme Sachen gemacht habe.«

»Hast du Scheiße gebaut?«

»Du sollst nicht solche Wörter sagen«, erwidert Tim. »Aber na ja, ist wohl 'ne ganze Menge Scheiße gewesen, ja.«

Das scheint den Jungen zufriedenzustellen, scheint ihm als Erklärung auszureichen.

»Hab ich aber auch«, kommt ihm Kit entgegen.

Verdammt großzügig von dem Jungen, das zu sagen, findet Tim, in dessen Leben Großzügigkeit eine ziemlich geringe Rolle gespielt hat.

»Es wird bestimmt alles wieder gut«, fügt Kit hinzu. Dann dreht er sich herum und zieht die Decke über sich.

Ist richtig süß, wenn ein kleiner Junge das sagt, findet Tim, aber er will verdammt sein, wenn er wüßte, wie das alles wieder gut werden soll.

Er weiß, daß er hier raus muß, daß er mit dem Mönch reden und herausfinden muß, was er weiß. Dann muß er an so viel Geld herankommen, daß er verschwinden kann und verschwunden bleiben kann. Und er muß den Jungen zurückbringen. Was alles zusammen sowieso schon schier unmöglich ist, aber erst recht mit einem Kind im Schlepptau.

Und ich werde ihn nicht noch einmal in Gefahr bringen, beschließt Tim. Das weiß ich.

Er wird sich also erst einmal einen Babysitter besorgen müssen. Und so sitzt er eine Weile am Fenster und betrachtet das Mondlicht, das auf den Wellen schimmert, und gerade denkt er, wie zum Teufel er jemanden finden könnte, dem er vertrauen kann, als es leise an der Tür klopft, und es ist Elizabeth.

## *55*

Tim legt den Zeigefinger an die Lippen und sagt: »Der Kleine schläft.«

Sie schließt die Tür leise hinter sich, zieht ihre Windjacke aus und wirft sie auf die alte Couch am Fenster.

»Woher wußtest du, daß ich hier bin?«

»Das wußte ich gar nicht«, sagt sie. »Ich bin einfach jede Nacht hergefahren und hab geschaut, ob Licht brennt.«

Sie sieht großartig aus. Trägt so eine seidige, smaragdgrüne Bluse, die sie in die ausgeblichenen Jeans gestopft hat. Seemannsschuhe, keine Socken. Dazu ein feines kleines Goldkettchen, das von ihrem Hals bis zum Ansatz ihrer Brüste baumelt.

»Wie geht's Kit?« fragt sie.

»Ist ziemlich durcheinander«, antwortet er.

»Macht's dir was aus, wenn ich mich hinsetze?«

»Macht mir nichts aus, nein.«

Sie setzt sich auf die Couch, und die Jeans ziehen sich zu einem scharfen V zwischen ihren Beinen zusammen. Sie legt einen Arm auf die Rückenlehne der Couch und sagt: »Don Huertero sucht nach dir.«

»Sag bloß.«

In ihren Augen blitzt es amüsiert auf, weshalb er aus irgendeinem Grund hinzufügt: »Und Brian auch, nehme ich an.«

Sie schüttelt den Kopf.

»Brian ist tot.«

»Wirklich?«

»Wirklich«, antwortet sie. »Huertero hat mit Brian gemacht, was er mit dir machen wollte. Er hat ihn ein paar Stunden nackt in der Sonne liegen lassen, ihn dann an die hintere Stoßstange eines Geländewagens gebunden und ist mit ihm eine Runde durch die Kakteen gefahren. Sei froh, daß du nicht dabei warst.«

»Das bin ich.«

»Huertero hat dir Johnson auf den Hals gehetzt.«

»Er hat mich auch gefunden.«

Tim sieht, wie sich ihre eine Augenbraue elegant zu einem neugierigen Bogen rundet.

»Aber er ist in eine Falle getappt und in die Luft geflogen, bevor wir Gelegenheit hatten, miteinander zu reden.«

»Um Gottes willen«, sagt sie. »Das hat doch Kit hoffentlich nicht gesehen, oder?«

»Glaube nicht.«

»O Gott.«

Er setzt sich neben sie auf die Couch.

»Die Casa del Brian ist bis auf die Grundmauern abgebrannt«, sagt sie.

Etwas wie… ja, vielleicht wie Mißtrauen keimt kurz in ihm auf, und er fragt: »Wie bist du da rausgekommen?«

»Na ja, Brian hat mir die Scheiße aus dem Leib geschlagen, und das schien Don Huertero zu genügen.«

»Er hat dich einfach gehen lassen?«

»Nein«, sagt sie und schaut ihm in die Augen. Sieht ihn mit diesem zynischen, intelligenten, irgendwie grimmigen Blick an. »Er hat mich nicht einfach gehen lassen.«

»Was heißt das?«

»Du weißt, was das heißt.«

Sie starren sich an, und dann ist es so, als würde er sich selber dabei zusehen, wie er die Hand ausstreckt und den oberen Knopf ihrer Bluse öffnet, und er fragt sich, was für ein Teufel ihn jetzt wohl reitet.

Aber sie tut nichts, um ihn aufzuhalten, und er öffnet einen Knopf nach dem anderen, bis ihre Brüste in dem zarten schwarzen BH zu sehen sind und er spürt, wie ihn diese wunderbare Hitze überkommt.

Er hebt eine ihrer schönen Brüste aus dem BH, und dann beugt er sich nach vorn und küßt sie sanft auf die Brustwarze, und er spürt ihre langen Finger auf seinem Kopf, während die Brustwarze steif und prall auf seiner Zunge liegt. Er löst sich davon und zieht ihr die Bluse aus den Jeans, dann läßt er sich zu Boden gleiten und streift ihr die Schuhe von den Füßen, und er fragt sich immer noch, wer zum Teufel die Person ist, die das tut, denn er selber ist es nicht.

Er zieht sich die Schuhe aus, und sie liegt immer noch zurückgelehnt auf der Couch, während er ihr die Jeans von den wunderschönen langen Beinen zieht und dann das Höschen, das ganz weich ist, fast weicher noch als die weiche Haut ihrer Beine. Er folgt ihm mit Blicken, wie es von ihren Füßen gleitet und auf den billigen Teppich fällt, und dann blickt er auf das rostbraune Dreieck zwischen ihren Beinen. Er läßt seine Hände ihre Beine hinaufgleiten, schiebt sie sanft auseinander und taucht in ihren Schoß ein. Ihre Hände greifen nach seinen Schultern, als er sie mit seiner Zunge berührt und langsam hinauf- und hinableckt, so langsam wie er nur kann. Obwohl er selber zittert und hart geworden ist in seiner Jeans, leckt er sie langsam und zärtlich, denn man hat ihr weh getan, und er findet, sie hat es verdient, daß jemand zärtlich und sanft zu ihr ist, und außerdem kann er es mit seiner Zunge schmecken, wie sehr ihr das gefällt.

Und sie macht nur ganz leise Geräusche, weil das Kind im anderen Zimmer schläft, aber ihr leises Stöhnen allein schon könnte ihn zum Kommen bringen, als er mit einer Hand ihre Lippen auseinanderzieht und seine Zunge hineinschnellen läßt. Und er läßt sich immer noch Zeit, so schön ist es da unten, und er schaut hoch in ihr Gesicht und kann es nicht glauben daß er das ist, der es mit einer so schönen Frau treibt, und daß es ihr gefällt, und er sieht, wie sie die eine Hand auf seiner Schulter hat und mit der anderen an ihrer Brustwarze spielt. Er sieht ihr noch immer ins Gesicht, als sie sich aufbäumt und dann zurückfällt, damit er noch besser an sie herankann, und er steckt ihr einen Finger in die Möse und stößt ihn sanft und tief in sie hinein, und er kann es kaum glauben, aber er kommt im selben Moment wie sie.

Und dann nimmt sie seinen Schwanz – der noch halb hart und klebrig ist –, und er windet sich aus seinen Klamotten und ist ganz schnell wieder hart und in ihr drin, und sie zieht die Knie hoch, damit er noch tiefer in sie hereinkann. Zuerst umfaßt er ihren kleinen Hintern mit den Händen, aber später halten sie sich ganz eng umschlungen und wiegen sich vor und zurück, und diesmal schreit sie, als sie kommt, wiegt sich weiter und bebt und zuckt, als er kommt, und er spürt die Feuchtigkeit auf ihren Wangen, als er sein Gesicht an ihres legt.

Dann liegen sie eine Weile ganz sanft und still da, und er genießt die feuchte Wärme ihrer Haut und lauscht ihrem Atem, und auf einmal fühlt er sich ganz ruhig, so ruhig wie schon lange nicht mehr.

Er fühlt sich ganz ruhig und sicher, als sie murmelt: »Und jetzt erzähl mir die Wahrheit.«

»Worüber?«

Er ist sehr schläfrig.

»Zum Beispiel, wer du wirklich bist«, sagt sie.

Und er ist plötzlich hellwach.

## *56*

»Ich bin Bobby Zacharias«, sagt Tim.

»Bist du nicht.«

Es ist ihre verdammte Selbstsicherheit, die ihn entwaffnet. Er sitzt auf der Toilette und sieht ihr dabei zu, wie sie sich mit einem Frotteelappen und warmem Wasser wäscht.

»Woher weißt du das?« will er wissen, aber es klingt weniger provozierend als fragend.

»Baby, eine Frau weiß das einfach«, sagt sie.

Tim will diesen Punkt lieber nicht vertiefen und fragt statt dessen: »Wie lange weißt du's schon?«

»Vom ersten Moment an.«

»Vom ersten Moment?«

Sie lächelt ihn an und nickt.

*Welchem* ersten Moment? fragt sich Tim. Dem Moment, als er bei Brian an den Pool gekommen ist, oder dem, als sie seinen Schwanz aus der Hose geholt hat? Aber wieder denkt er sich, daß er es eigentlich gar nicht so genau wissen will, und fragt: »Wie kommt's dann, daß du mir das von Don Huertero gesagt hast? Warum hast du nicht einfach den Mund gehalten und gewartet, daß sie mich umbringen?«

Sie rubbelt sich ab und steigt wieder in ihre Jeans.

»Fand ich nicht fair«, sagt sie, »dich für etwas töten zu lassen, das Bobby getan hat.«

»Was hat denn Bobby getan?«

Sie schlüpft in ihre Bluse und knöpft sie zu, während sie sagt: »Zuerst du.«

»Was, zuerst ich?«

»Sag mir verdammt noch mal, wer du bist!« fordert sie.

»Und warum du herumrennst und behauptest, du seist Bobby! Und wo ist Bobby überhaupt?«

Sie sieht zur Abwechslung ganz ernst aus, denkt Tim. Das spöttische Lächeln ist verschwunden, und lauter kleine Fältchen liegen um ihre Augen. Sie sieht älter aus als sonst. Älter und hübscher.

»Liebst du ihn?« fragt er.

»Das war einmal.«

»Jetzt nicht mehr?«

Sie zuckt die Achseln.

Tim holt tief Luft, dann sagt er: »Ich heiße Tim Kearney und ich bin eine absolute Superniete. Die DEA hat mit mir einen Deal abgeschlossen: Ich soll so tun, als wäre ich Bobby Z, damit sie mich gegen einen Agenten austauschen können, der in Huerteros Gewalt ist.«

Sie starrt ihn nur an, wartet auf die nächste Information, weil sie ihm drei Fragen gestellt hat, er aber bisher nur zwei beantwortet hat. Und die dritte will er eigentlich nicht beantworten. Nein, er würde lieber lügen und ihr sagen, daß er es nicht weiß, aber die Frau ist anständig zu ihm gewesen, damals auf Brians blöder Ranch, und sie hat sich wacker gehalten, als Brian es ihr mit dem Gürtel gegeben hat.

Also findet Tim, er schuldet ihr eine ehrliche Antwort, so brutal es auch sein mag.

»Und Bobby ist tot«, sagt Tim.

Er steht auf, bereit, sie aufzufangen, falls sie ohnmächtig werden sollte, wie die Frauen im Film, aber sie bleibt auf den Beinen und kommt direkt auf den entscheidenden Punkt.

»Wie ist er denn gestorben?«

Am Ton ihrer Stimme erkennt er, daß sie glaubt, jemand habe Bobby umgelegt, und er will schon was von einem natürlichen Tod sagen, als ihm einfällt, daß es im Drogengeschäft als natürlicher Tod gilt, wenn man umgelegt wird.

Also sagt er: »Herzanfall.«

»Du verscheißerst mich.«

»Nein, wirklich. In der Dusche«, sagt Tim. »Die DEA hatte ihn am Wickel und wollte ihn austauschen. Und da ist er unter der Dusche an einem Herzinfarkt gestorben.«

»Einfach so?«

»Einfach so«, sagt er. Dann fragt er: »Alles in Ordnung mit dir?«

Sie sagt: »Alles okay. Ich hab mir nur nie eine Welt ohne Bobby vorstellen können. Ich meine, ich habe ihn seit zehn Jahren nicht mehr gesehen, aber er war immer da, weißt du?«

»Sicher.«

Jetzt kommt sie ins Reden. Tim hat das im Knast oft erlebt: Monatelang sagt ein Typ keinen Ton, und dann brennt bei ihm eine Sicherung durch, und er fängt an zu reden, über alles, was ihm in den Sinn kommt, und ohne lang drüber nachzudenken.

»Selbst wenn ich in Schwierigkeiten war, weißt du«, sagt sie. »Ich meine, wenn ich kein Geld mehr hatte oder Trouble mit 'nem Typen, oder wenn die Collegepolizei einen gerauchten Joint in meinem Auto gefunden hat – immer brauchte ich bloß den Mönch anzurufen, und er kümmerte sich drum. Man kümmerte sich um mich, und das war immer Bobby, wo er auch gerade stecken mochte.«

»Aha.«

»Und ich war auch für ihn da«, sagt Elizabeth. »Ich meine, weißt du, gesehen hab ich ihn nie, aber manchmal hat er jemanden gebraucht, dem er vertrauen kann. Dann hat er mir einfach eine Nachricht zukommen lassen, und ich habe die Sache erledigt, was auch immer es war.«

»Verstehe. Eine Hand wäscht die andere.«

»Und jetzt ist er fort.«

»Genau.«

»Er ist richtig fort.«

»Mhm-mhm.«

»Es ist so, als könnte die Welt nie mehr dieselbe sein.«

Und da ist was verdammt Wahres dran, denkt Tim. Für sie und für mich.

»Warum sagst du's ihm dann nicht einfach?« fragt sie.

»Wem was?«

»Warum sagst du Don Huertero nicht, daß du nicht Bobby bist? Und daß Bobby tot ist?«

Er schüttelt den Kopf. »Das wird nicht funktionieren. Erstens ist schon viel zuviel Blut vergossen worden, und außerdem hab ich immer noch die DEA auf dem Hals.«

Ganz zu schweigen von den Hell's Angels.

»Nein, ich muß das anders hinkriegen«, sagt Tim. »Die Sache mit Huertero einrenken und dann dafür sorgen, daß ich irgendwie meinen Arsch aus diesem Land herauskriege.«

»Wie willst du das anstellen?«

»Keine Ahnung«, sagt er. »Jedenfalls bringst du das Kind besser zu seiner Mutter zurück.«

Sie schnaubt verächtlich. »Olivia weiß nicht mal, daß er weg ist. Olivia ist das schnurzegal.«

»Trotzdem…«

»Er will bei dir bleiben.«

»Ach ja?«

»Er glaubt, du bist sein Daddy.«

»Weiß er eigentlich Bescheid?« fragt Tim. »Ich meine, über Bobby?«

»Er ist ein Kind«, sagt sie. »Kein Idiot. Natürlich weiß er Bescheid. Jedenfalls wächst der arme kleine Kerl in dem Wissen auf, daß sein

Vater eine Art Legende ist, dann taucht die Legende auf und stellt sich zum erstenmal auf seine Seite. Und dann nimmt er ihn unter den Arm und holt ihn aus diesem absolut durchgeknallten Irrenhaus heraus wie so ein Held aus den Zeichentrickfilmen, die er im Fernsehen sieht. Und da fragst du dich doch, mit wem er zusammensein will?«

»Um Gottes willen, was regst du dich denn so auf?«

»Man darf mit einem Kind einfach nicht so umspringen«, sagt sie. »Es bloß hin- und herschubsen.«

»So wie du es gemacht hast?«

»Das stimmt, ja.«

»Was willst du jetzt machen?« fragt Elizabeth ein paar Sekunden später, nachdem sie sich stumm angestarrt haben.

»Ich werde den Mönch besuchen«, sagt er. »Wenn ich aus dem Land heraus soll und ein Kind ernähren und für seine Sicherheit sorgen soll, dann werde ich Geld brauchen. Einen Haufen Geld. Geld, um Huertero auszuzahlen, Geld, um mich zu verstecken, Geld, um davon zu leben. Und der Mönch hat doch Geld, oder?«

»Bobbys Geld.«

»Scheiß drauf«, sagt Tim. »*Mein* Geld. Ich erbe Bobbys Feinde, seine Probleme, seinen Kummer, sein Kind –, und ich erbe sein Geld.«

»Was ist mit seiner Frau?« fragt sie.

Er schaut ihr tief in die grünen Augen.

»Das hängt von der Frau ab«, sagt er.

Dann geht er aus dem Zimmer, solange er sich noch stark und gefaßt genug fühlt. Denkt sich, daß das wohl der beste Abgang war, den er machen konnte.

Elizabeth legt sich den warmen Waschlappen aufs Gesicht. Sie spürt das lindernde warme Wasser und schaut in den Spiegel. Dann fährt sie mit einem ihrer langen Fingernägel langsam ihr Gesicht herunter, von der Stirn bis zum Kinn, und schaut die schwache rote Linie an, die er zurückläßt.

Du hast in deinem Leben ein paarmal ganz schönen Mist gebaut, denkt sie, aber dieses Goldstück laufen zu lassen, da unten bei Brian, das war Obermist. Und ihn jetzt noch mal laufen zu lassen, das wäre, na ja…

»Oberoberobermist, Elizabeth«, sagt sie in den Spiegel. Was ist eigentlich in letzter Zeit mit dir los – kannst nicht mal mit einem Typen vögeln, ohne gleich völlig den Kopf zu verlieren und dich auch noch ein bißchen zu verlieben!

»Scheiße«, sagt sie. »Liebe?«

Wie singt diese Tante immer: »*What's love got to do with it?*«

Im Schlafzimmer hört sie das Kind atmen.

## 57

Der Mönch zuckt ein bißchen zusammen, als das Telefon mit der Geheimnummer klingelt. Eigentlich ist es weniger ein Klingeln als ein vibrierendes Schnurren, aber es klingt trotzdem schauerlich. Er stellt seinen Milchkaffee hin und nimmt den Hörer ab.

»Du bist geliefert!«

»Bobby?« fragt der Mönch. »Gott sei Dank bist du's! Bist du in Ordnung?«

Tim kann es kaum glauben, wie aalglatt der Typ ist. Er steht in einer öffentlichen Telefonzelle in Laguna Beach, hört sich diesen Scheiß an und traut seinen Ohren nicht.

Trotzdem sagt er: »Mönch, einer von deinen Kerlen versucht mir ein Messer in den Rücken zu jagen, und du fragst mich nach meinem Gesundheitszustand?«

Der Mönch geht einfach über diesen Vorwurf hinweg. »Bobby, wer waren diese Typen? Huerteros Leute?«

»Du bist ja wohl nicht dageblieben, um es herauszufinden.«

»Ich hatte gehofft, einen oder zwei von ihnen abzulenken«, sagt der Mönch. »Sie voneinander zu trennen, verstehst du?«

»Ach ja, und wie viele sind *dir* gefolgt?«

»Wir müssen vorsichtiger sein«, sagt der Mönch. »Einer von ihnen hat das Geld, Bobby, und den Paß. Tut mir leid, aber ich konnte nichts machen, er hatte ein Gewehr. Es ist nur Geld, okay? Wo bist du, Bobby?«

»Du kannst also jemanden schicken?«

»Na klar«, sagt der Mönch. »Ich kann dich in ein sicheres Versteck bringen, bis wir eine Möglichkeit finden, aus diesem Schlamassel herauszukommen.«

»Ich bin dir auf die Schliche gekommen, du verdammter Arsch«, sagt Tim. »Du hast Huertero verraten und den Stoff behalten. Und das Geld.«

Der Mönch wirkt gekränkt. »Glaubst du wirklich, ich würde so was tun?«

»Ich weiß nicht.«

»Bobby…«

Der Mönch sieht aus dem Fenster, während er spricht. Es ist immer noch diesig, aber er schaut durch den Dunst zum Strand unter der Klippe und sieht eine Frau, die mit einem kleinen Jungen Frisbee spielt. Das Kind müßte eigentlich in der Schule sein, denkt der Mönch.

»Ich will, daß du mir in die Augen siehst und es mir sagst, Mönch«, sagt Tim. »Schau mir verdammt noch mal in die Augen und sag mir, daß du so was nicht machen würdest.«

»Das wäre mir nur recht.«

»Ziemlich cool«, sagt Tim. »Also gut. Die Höhle am Salt Creek, heute abend. Elf Uhr. Und komm diesmal allein, zum Teufel.«

»Die Höhle?« Der Mönch lacht. »Was für ein Spiel spielen wir, Bobby? Schatzinsel oder was? Sind wir wieder Kinder?«

»Weißt du, was ich glaube, Mönch?«

»Was glaubst du, Bobby?«

Und genau da liegt der Hase im Pfeffer, denkt Tim. Der Typ scheint mit Bobby ein kleines Spielchen spielen zu wollen. Und offenbar glaubt er, daß er das tatsächlich auch schafft.

»Ich glaube, du bist wie eine Bank«, sagt Tim. »Nach dem Motto, du hast so lange auf mein Geld aufgepaßt, und glaubst, es gehört jetzt dir.«

»Es ist alles hier und gehört dir«, sagt der Mönch. »Metaphorisch gesprochen. Ich meine, das meiste davon ist flüssig, du kannst es also haben, wann immer du willst. Der Rest steckt in langfristigen Investitionen – Fonds, Immobilien…«

»Im Moment bin ich an dem flüssigen interessiert«, sagt Tim, »und es wäre besser, wenn es in meine Richtung fließen würde und einiges in Richtung Huertero.«

»Gib dem Kaiser, was des Kaisers ist...«

»Oder so ähnlich, ja«, sagt Tim, dem es völlig schleierhaft ist, was denn ein Kaiser mit der ganzen Sache zu tun hat. »Du wirst heute abend dasein, du wirst mir Knete bringen, und du wirst allein kommen. Oder du kannst dein Testament machen, kapiert? *Capito*, Mann?«

»Ich verstehe.«

Der Mönch hängt ein und geht auf die Veranda hinaus. Die Sonne brennt langsam den Nebel weg , und es wird wieder ein schöner, kalifornischer Tag.

Noch so ein Tag im Paradies, denkt der Mönch.

## *58*

Tim sitzt auf der kleinen Veranda des Wohnmobils und blickt zu Kit und Elizabeth hinüber, die am Strand herumtoben.

Er sitzt da mit dieser coolen Sonnenbrille auf der Nase, die er unten in Laguna gekauft hat, hält das Gesicht in die Sonne, die ihn regelrecht brät, und starrt dabei auf das blaue Wasser und die Brandung, die so gleichmäßig ist, daß es aussieht, als hätte jemand mit Kreide eine Linie vor dem Ozean gezogen. Das ist Kalifornien, und es ist unheimlich *cool*.

Tim denkt, daß das Leben eigentlich eine ziemlich gute Sache ist, wenn man es behalten kann.

Kit rennt herum und strahlt über das ganze Gesicht. Kit kann ums Verrecken keinen Frisbee werfen, sondern schleudert ihn nur wild durch die Gegend, zu Elizabeth, die es auch nicht viel besser kann oder zumindest so tut. Sie wirft ihn zurück, und der Junge rennt dem davonsegelnden Frisbee hinterher und lacht dabei wie ein Idiot und jauchzt vor Vergnügen, wenn er in das kalte, knöcheltiefe Wasser laufen muß, um ihn zu holen.

Und selbst eine absolute Superniete, ein staatlich anerkannter, asozialer Berufsverbrecher wie Tim Kearney weiß, daß dieses Kind im siebten Himmel ist, weil es, wenigstens für eine kleine Weile, das große Vater-Mutter-Kind-Geschenkset bekommen hat und so lange damit spielen will, wie es nur geht.

Tim zieht sein Hemd aus und reibt sich mit Sonnenmilch ein. Er findet es einfach geil, in der Sonne zu sitzen, auf das Rauschen der Brandung zu hören, die salzige Luft zu riechen und die kühle Brise zu genießen, die über seine Brust streicht. Und vielleicht zum erstenmal in seinem Leben fühlt er sich so richtig relaxed.

Er weiß natürlich, daß es gefährlich ist, sich relaxed zu fühlen, aber im Moment ist es ihm egal. Heute abend muß er sich vermutlich wieder als Krimineller betätigen, aber momentan hat er ein Plätzchen am Strand und eine schöne Frau und einen goldigen kleinen Jungen, und als er damals im Knast saß und seiner lebenslangen Haftstrafe entgegensah, hat er nicht einmal im Traum daran gedacht, das Leben könnte einmal so aussehen wie jetzt.

Dann bemerkt Kit, daß Tim am Relaxen ist, und findet das offenbar unsportlich, denn er ruft ihm zu, er solle mitspielen. Tim leistet zuerst den erwarteten Widerstand und trottet dann hinunter zum Strand, um Frisbee mitzuspielen. Elizabeth wirft ihm ein paar süße, sexy Blicke zu, und der Junge ist einfach nur im siebten Himmel, während sie ihre nette kleine Familie-am-Strand-Nummer abziehen.

Und Tim denkt, danke, Bobby Z, wo zum Teufel du auch stecken magst.

Das Problem ist natürlich, daß sie einen früher oder später doch in die Pfanne hauen, ohne daß man es weiß. Und genau das ist es, was auch Tim passiert, während er am Strand Frisbee spielt.

Manchmal gehst du in die Falle wie ferngesteuert, einfach so, weil das der Lauf der Welt ist, und manchmal bloß deshalb, weil du einen winzigkleinen Fehler gemacht hast. Es ist das letztere, was jetzt geschieht, und es beginnt weit weg von Tims kleiner Familienidylle am Strand.

Den Mist hat Tim gebaut, als er im Barrio ein Auto gekauft hat.

Genau in diesem Moment nämlich erfährt der Bursche, der ihm

das Auto verscherbelt hat, daß einige wichtige Leute in East LA einen Typen suchen, der genauso aussieht wie der Typ, der das Auto von ihm gekauft hat. Er hat bar bezahlt und sah so aus, als hätte er es furchtbar eilig. Keine Probefahrt, kein Handeln, keine Fragen: Geld gegen Schlüssel und Fahrzeugpapiere, und das Geschäft war perfekt.

Also denkt der Bursche im Barrio in San Juan, daß er sich vielleicht was Gutes tun kann, und ruft einen anderen Typen an, und der ruft wieder einen an, und der wieder einen, und ziemlich bald schon hat der Typ Luis Escobar an der Strippe, und er weiß, daß der ein wichtiger Mann ist in East LA.

So kommt es, daß Luis Escobar durch Tims Leichtsinn erfährt, wie das Fahrzeug aussieht und was für ein Kennzeichen es hat, außerdem, in welche Richtung es davongefahren ist. Und während Tim sich am Strand einen schönen Tag macht, sendet Luis Escobar seine Truppen aus, damit sie das Fahrzeug finden.

Und Luis tut noch etwas anderes.

Luis Escobar ist ein vorsichtiger Mann. Luis schwört auf Planung. Auf Planung und auf das richtige Mittel zum richtigen Zweck, und er beschließt, daß das richtige Mittel für diesen Job ein *chollo* aus Boyle Heights ist, nicht irgendein Kid aus einer Gang, sondern ein Präzisionskiller namens Reynaldo Cruz.

Der Witz an Reynaldo Cruz ist nämlich, daß er schießen kann.

Cruz war der Star der Heckenschützenkompanie in Pendleton. Sein Ausbilder bei den Marines sagte immer, Cruz könne einem Floh die Eier abschießen. Cruz kommt mit seiner Einheit in den Golf und holt sich einen Haufen Lametta, indem er irakische Offiziere aus großer Distanz abschießt. Eben hat so ein Mufti noch sein »Allahu-Akbar«-Gejammere vollführt, und im nächsten Moment ist er seinem Allah schon wesentlich näher. Mit freundlicher Empfehlung von R. Cruz, Heckenschütze im ersten Jahr.

»TAN Cruz« hat ihn der Rest seines Platoons genannt. Tod aus dem Nichts. In dieser Nacht von Khafji, Mann, das muß man sich mal vorstellen: Über ihnen im schwarzen Himmel bricht die Hölle los, und Cruz liegt einfach da auf dem Bauch in Schußposition, so entspannt, als läge er auf seiner Couch im Barrio, und befördert einen

Iraker nach dem anderen ins Jenseits. Einfach so, aus dem Nichts. Nietet Muftis um, wie bei diesen Ballervideospielen, bloß daß Cruz nie die Münzen zum Spielen ausgehen. Klick, klick, klick – eine Kugel, ein Toter –, und so wird TAN Cruz zum berühmtesten Terminator der Operation Desert Storm.

Und er ist cool. Absolut cool. TAN Cruz schwitzt nicht einmal. Obwohl sie in der verdammten Wüste sind. Er legt einfach sein eiskaltes schwarzes Auge ans Zielfernrohr und – klick. Tod aus dem Nichts. TAN Cruz ist auf seine Weise so verrückt wie Corporal Tim Kearney, der auch ziemlich durchgeknallt ist. In der Nacht von Khafji liegt TAN Cruz im Sand und nietet Iraker um, während Tim da draußen ohne Deckung herumläuft, als könnte ihn keine Kugel treffen. Er rennt rum und ballert, schmeißt Handgranaten, zieht Verwundete unter den Iraki-Panzern hervor. Im selben Moment, wo Kearney draußen »Sanitäter! Sanitäter!« brüllt, jagt er mit seiner freien Hand Iraker in die Luft, und es war wirklich wie eine Art Videospiel in dieser Nacht, mit den Bekloppten Tim und TAN Cruz auf demselben Bildschirm.

Zwei Verdienstkreuze der Navy gab es in dieser Nacht, und beide in derselben Einheit – für Kearney und für TAN Cruz. Das waren zwei Durchgeknallte, semper fi.

Und dann haben sie Kuwait City regelrecht aufgemischt, die beiden. Cruz ist im siebten Heckenschützenhimmel, geht in diesen zerbombten Gebäuden in Deckung, spielt Pop-up-Männchen. Kaum streckt einer von den verdammten Irakern den Kopf raus, schon hat Cruz ihn ihm weggepustet. Und dann fangen Kearney und Cruz an, als Team zu arbeiten. Kearney ist so bekloppt, daß er den Köder spielt, indem er die Iraker in eine Ballerei verwickelt, bis endlich einer mit dem Kopf aus der Deckung kommt, um einen gezielten Schuß zu setzen, und schon heißt es, willkommen im Paradies, Achmed.

Und das findet Kearney unheimlich lustig, Mann. Er kommt zur Schußlinie zurück und lacht und freut sich, und jeder denkt, Kearney wird noch ein Verdienstkreuz abstauben, und dann schlägt er diesen Saudi-Offizier k. o., und aus die Maus. Der Saudi war gerade dabei, einem palästinensischen Jungen, der sich im Schutt versteckt hat, die

Scheiße aus dem Leib zu prügeln, als Kearney einfach vom Tisch aufsteht, wo er gerade gegessen hat, und den Saudi niederschlägt. Ein Fausthieb – wumm – und der Saudi-Offizier geht zu Boden, aber Kearney ist noch nicht fertig mit ihm, er trampelt auf den Eiern des Saudis herum, und die Saudis wollen Kearney auf der Stelle enthaupten.

Es ist wie in einem von diesen alten Filmen – die Militärpolizisten der Saudis ziehen doch tatsächlich diese monströsen, gebogenen Schwerter, die so aussehen, als könnten sie mit einem Hieb Kearneys Kopf vom Rumpf abtrennen. Und das hätten sie auch wirklich getan, bloß daß da noch Cruz ist, der, die Waffe quer über dem Schoß, an eine Wand gelehnt dasitzt und grinst und den Kopf schüttelt, und die Saudis begreifen, daß es TAN Cruz schnurzpiepegal ist, wen er tötet.

So kommt's, daß Kearney seinen Kopf behält, aber ebenso sicher ist, daß er kein weiteres Verdienstkreuz mehr bekommt. Und die hohen Tiere wollen weder einen internationalen Zwischenfall oder noch ein PR-Desaster daheim in den Staaten, wenn sie einen dekorierten Helden vors Kriegsgericht stellen. Also einigen sie sich auf unehrenhafte Entlassung, und Kearney wird Zivilist.

TAN Cruz auch. Er wird einfach wieder Cruz und kehrt in sein altes Stadtviertel zurück. Wo Cruz nichts zu tun hat, weil es keine verdammten Jobs gibt, und in die Polizeiakademie kann er nicht gehen. Cruz denkt gerade darüber nach, Söldner zu werden. Eines Abends zeigt er Luis Escobar eine Kleinanzeige in der *Soldier of Fortune*, und Escobar sagt sinngemäß, warum willst du denn für irgendwelche wildfremden Leute arbeiten. Und so kommt es, daß Cruz für Escobar arbeitet.

Als Präzisionswerkzeug.

Escobar hat das alles genau durchdacht. Und er denkt, daß man Distanz braucht, um Bobby Z zu töten. Im wahrsten Sinne des Wortes – weil es nämlich kein Mensch schaffen wird, so nah an Bobby Z heranzukommen, daß er ihm einfach eine Kugel in den Hinterkopf verpassen kann. Dazu ist dieser Z einfach zu gut. Es wird also schon ein Schuß aus großer Entfernung sein müssen, ein Schuß aus dem Nichts.

Nachdem Escobar nun die Fährte von Bobby Z aufgenommen hat, geht er als erstes zu Cruz, der sowieso gerade auf einen neuen Auftrag wartet, und redet mit ihm.

Halt dich bereit, sagt Escobar zu ihm. Wir werden es richtig anstellen. Wir werden dieses Stück Scheiße aufspüren, ihn in die Enge treiben, und dann kannst du kommen und deinen Job erledigen. Tod aus dem Nichts.

Das macht Cruz glücklich, weil er sehr gut in diesem Job ist und den Stolz eines Profis hat. Und weil er sich langweilt und unglücklich ist, wenn es nichts für ihn zu tun gibt. Außerdem hat er großen Respekt vor Luis Escobar, der nicht nur sein *padron* ist, sondern auch ein richtiger Mann.

Und Cruz kann das Geld brauchen. Er spart gerade auf einen dieser Fernseher mit Riesenbildschirm, wie sie sie in den Sportlokalen haben, und er will ein gigantisches Super-Nintendo-System dranhängen, das besser ist als das wirkliche Leben.

Cruz vermißt den Krieg.

Tim nicht. Tim wäre total glücklich, wenn er den Rest seines Lebens in aller Ruhe an diesem Strand verbringen könnte, mit Elizabeth und Kit. Und er weiß genau, daß das nicht der Fall sein wird.

Was er nicht weiß, ist, daß er genau bei dieser winzigen Kleinigkeit Mist gebaut hat. Aber da ist noch was anderes, das ihm irgendwo im Kopf herumschwirrt, und es hat nichts mit dem Auto zu tun, sondern liegt weiter zurück, genauer gesagt, in jener ersten Nacht an der Grenze, als Jorge ins Gras gebissen hat. Das Bild von Jorges Gehirnmasse, wie sie vorne durch seinen Schädel spritzt, geht ihm einfach nicht aus dem Sinn. *Vorne* aus dem Schädel, Mann, als hätte ihn jemand von hinten erschossen. Einer von den Amis.

Aber das ist im Moment einfach zu verwirrend für Tim, und er will sich nicht weiter damit beschäftigen, bei dieser herrlichen Sonne, mit dieser Frau und dem Kind und allem anderen. Er verdrängt diese Gedanken einfach. Und so kommt's, daß er, selbst als er und die Frau und das Kind hineingehen, um sich ein paar Sandwiches zu machen, nicht merkt, daß die Welt draußen dabei ist, ihn in die Pfanne zu hauen, wie er es sich nie hätte träumen lassen.

## 59

Was den Mönch wirklich beschäftigt, ist One Ways »Johannes-der-Täufer-Nummer«. Der Mönch streift durch die Straßen von Laguna und sucht nach dem Irren, der die Rückkehr von Bobby Z vorhergesagt hat.

Das geht dem Mönch einfach nicht aus dem Sinn, weil es förmlich nach kosmischen und übernatürlichen Kräften riecht, also genau dem Kram, von dem sich der Mönch an jenem warmen Morgen in Tucson eigentlich verabschiedet hat.

Weshalb er darauf brennt, eine rationale, wissenschaftliche Erklärung aus dem ansonsten stinkenden Mund von Lagunas Stadtbarden und wandelndem öffentlichem Ärgernis zu hören. Aber just in dem völlig unvorhersehbaren Moment, wo jemand in der Gemeinde tatsächlich etwas von One Way will, ist der Wahnsinnige offenbar spurlos verschwunden.

Wie vom Erdboden verschluckt.

Die Cops und die Geschäftsleute sind natürlich entzückt darüber. One Ways plötzliches Verschwinden ist ein Ereignis, das von der gesamten Polizei und dem Einzelhandel ebenso inbrünstig wie beständig herbeigesehnt wurde. Selbst die anderen Leute, die auf der Straße leben, sind erleichtert über One Ways Abtauchen, weil der durchgeknallte Kerl einfach keine Sekunde sein Maul halten kann und sie die ungewohnte Stille sehr genießen.

Und alle haben sie eine andere Erklärung für sein Verschwinden.

Die Cops – einer von ihnen hat sich sogar ans Telefon gehängt und die Kollegen in Dana Point und Newport Beach verständigt – schließen Wetten darüber ab, wann One Ways verweste Leiche von der Brandung an den Strand geworfen wird oder sich in einem der Fischernetze vor Dana Point verfängt. Die Einzelhändler spekulieren darauf, daß One Way nach Süden gezogen ist, in San Diegos Balboa Park, wo sich eine größere Gemeinschaft von Obdachlosen niedergelassen hat. Die Leute auf der Straße wiederum, die im allgemeinen etwas mehr Phantasie besitzen als andere, sind zu der Überzeugung gelangt, daß One Way von Außerirdischen entführt wurde, wobei der einzig strittige Punkt ist, ob One Way sich dagegen gewehrt hat oder nicht.

Aber keiner der oben Genannten kümmert sich groß um dieses Rätsel. Die Leute auf der Straße haben alle Hände voll zu tun, sich tagtäglich etwas Eßbares und einen Unterschlupf zu ergattern, die Geschäftsleute sind damit beschäftigt, den Massen von Touristen, die ständig die Stadt heimsuchen, irgend etwas anzudrehen, und die Cops haben ein wachsames Auge auf den ungewöhnlichen Zustrom von Motorradfahrern in die Gemeinde. Die Cops fürchten Konfrontationen zwischen Motorrad-Gangs und der großen Schwulengemeinde des Ortes, die sie vor ein doppeltes Dilemma stellen würde, nämlich erstens, wie man die beiden Gruppen wieder auseinanderbringt, und zweitens, wen man für den Zoff verantwortlich macht.

Beunruhigt sind die Cops außerdem ein wenig von dem ungewöhnlichen Zustrom von Autos mit Mexikanern am Steuer. Die Polizei von Laguna telefoniert mit ihren Kumpels in Newport Beach – die nur genervt fragen, wieso man sie mit diesem Kram belästigt –, und den noch nicht so abgebrühten Kollegen von Dana Point, die mit wachsender Nervosität dasselbe Phänomen beobachten.

Somit sind also die Leute auf der Straße beschäftigt, die Händler auch, die Bullen sind sogar sehr beschäftigt, und die einzige Person, die wirklich von One Ways offenkundigem Verschwinden beunruhigt ist, ist der Mönch, und der hat seine eigene Erklärung.

Eine Erklärung, die im Grunde ziemlich paranoid ist. Was der Mönch nämlich denkt, während er die Stadt nach One Way absucht, ist, daß Bobby hinter der ganzen Sache steckt. Bobby hat Kontakt mit One Way aufgenommen und dem Verrückten aufgetragen, die Nachricht von seiner Rückkehr zu verbreiten, und zwar zu dem einzigen Zweck, dem Mönch angst zu machen. Und jetzt hält sich One Way auf Geheiß von Z irgendwo versteckt, und das Ganze ist eine so diabolische Verschwörung, daß der Mönch nicht ruhen wird, bis er sie aufgedeckt hat, und sollte er selbst auch dabei draufgehen.

Das erklärt auch, warum der Mönch so heiß darauf ist, One Way zu finden und die Wahrheit aus ihm herauszubekommen, bevor es zu spät ist. Aber der Mönch kann ihn nicht finden und fängt langsam an auszuflippen. Es ist so, als sei Bobby überall und sehe alles. Der Mönch denkt wieder daran, wie dieses Messer im Zoo einfach von Bobbys Rücken abprallte und wie Bobby durch die Luft geflogen ist und dann einfach verschwand.

Und langsam verliert der Mönch die Geduld, weil er das Gefühl hat, er kann niemals etwas gegen Bobby Z ausrichten. Und während er ziellos herumläuft, wird er immer ungeduldiger. Schließlich geht er in eine Telefonzelle und wirft eine Münze ein.

Er brabbelt einen Haufen unzusammenhängendes Zeug in den Hörer, daß One Way sich zusammen mit Bobby Z versteckt hielte.

Die Wahrheit ist, daß sich One Way tatsächlich versteckt hält.

One Way hockt in einer Höhle am Strand, mit den Händen über den Ohren, weil die Brandung einfach nicht aufhört, mit ihm zu reden. Sie redet und redet und redet, und das Sonnenlicht, das sich auf der schartigen Wand der Höhle bricht, glitzert wie schwimmende Diamanten vor seinen Augen.

Was die Brandung ihm sagt, ist wirklich schrecklich. Die Brandung schreit ihm zu, daß Bobby Z in Gefahr ist. Er ist in Lebensgefahr, und One Way soll ihn warnen.

Und One Way hockt in dieser Höhle und versteckt sich vor Zs Feinden, damit sie ihn nicht kriegen, bevor er sein letztes Gebet sprechen kann, und er weint. Er weint aus Hilflosigkeit und aus Angst vor einem unergründlichen Scheitern.

One Way heult, weil er Bobby Z finden muß, um ihn zu retten, aber nicht weiß, wo er ist.

## *60*

Kit ist sauer, weil Tim weg muß.

»Ist doch nur für 'ne Weile«, sagt Tim zu dem Jungen, der schwer mit den Tränen kämpft. »Elizabeth bleibt doch bei dir.«

»Du haust ab«, beharrt Kit.

»Ich komm gleich wieder. Ich muß bloß mit einem Typen reden.«

Kit schüttelt den Kopf und schließt die Augen.

»Na komm«, sagt Tim. »Du und Elizabeth, ihr werdet Spaß haben.«

Diesmal kommen doch die Tränen, als Kit fragt: »Warum kann ich nicht mit dir mitkommen?«

Weil es zu gefährlich ist, denkt Tim, aber er will dem Jungen keine Angst einjagen. Draußen ist es jetzt dunkel. Sie haben zu Abend gegessen und sind zum üblichen Programm übergegangen, wozu eine Runde fernsehen, ein kleines Ringkämpfchen auf dem Boden und ein oder zwei Comics gehören. Dann wollten sie Kit ins Bett bringen, und Tim hatte gehofft, sich heimlich rausschleichen und längst wieder zurücksein zu können, solange das Kind noch schläft. Aber mit seinem unheimlichen sechsten Kindersinn ist der Junge plötzlich wach geworden und auf einmal furchtbar aufgeregt. Tim will ihn jetzt nicht auch noch erschrecken.

Also sagt er: »Das ist was für Erwachsene.«

»Ich kann dir helfen!«

»Wahrscheinlich könntest du das, ja.«

»Ich habe dir im Zoo geholfen!« schreit Kit. »Wer hat denn das Geld geholt?«

»Du«, sagt Tim. »Ich kann mich auf dich verlassen.«

»Warum kann ich dann also nicht mitkommen?« heult Kit, wirft die Arme um Tims Hals und umklammert ihn.

Tim reibt dem Jungen ein paar Sekunden lang den Rücken und flüstert: »Ich bin bald zurück.« Dann löst er Kits Arme von seinem Hals und gibt ihn Elizabeth. Kit verbirgt das Gesicht an ihrem Hals und weint.

»Ich bin bald zurück«, sagt Tim leise.

Elizabeth nickt und preßt den Jungen fest an sich. Tim schaut in ihre grünen Augen und sieht eine Spur Traurigkeit darin.

Der Junge tut ihr leid, denkt er. Mir auch, aber ich muß diese Sache durchziehen.

In der Küche überprüft er, daß seine Pistole geladen ist, und steckt sich die Waffe in den Hosenbund. Dann steigt er ins Auto und fährt, Elizabeths Anweisungen folgend, zu dieser Höhle, wo sie alle herumgehangen sind, als sie noch Kids waren. Er parkt in einer ruhigen Seitenstraße des Pacific Coast Highway und steigt eine alte Betontreppe zum Strand hinunter. Es scheinen eine ganze Menge Stufen zu sein, aber er ist einfach so nervös und auf dem Quivive, daß ihm das wohl nur so vorkommt. Plötzlich endet die Treppe in einem riesigen Betonbrocken, und er muß mit einem kleinen Satz auf den Strand hinunterspringen.

Der Strand ist ein schmaler Streifen am Fuße einer steilen Sandsteinklippe. Es ist gerade hell genug, daß Tim sieht, wohin er geht, und der Mond glitzert auf dem Wasser und den großen Felsen direkt hinter der Brandungslinie.

Der Strand wirkt völlig verlassen. Natürlich ist es schon elf Uhr und der Strand offiziell geschlossen, aber Tim hatte wenigstens ein paar vögelnde Paare oder ein paar Betrunkene erwartet. Aber am Strand ist es ganz still. Tim gefällt das gar nicht. Er fühlt sich zu exponiert hier draußen, erst recht, als ihm bewußt wird, was für ein leichtes Ziel er für jemanden wäre, der mit einem Gewehr auf der Klippe sitzt. Also sucht er sich einen ausgetretenen Fußpfad am Rand des Abhangs, um den Schußwinkel zu verkürzen, falls der Mönch ihm tatsächlich eine Falle gestellt haben sollte.

Was für eine hochprozentige Schnapsidee, denkt er jetzt, sich ausgerechnet in dieser Höhle zu verabreden. Elizabeth trifft keine Schuld, weil sie aus einer anderen Welt kommt als er, aber die Zugänge zum Treffpunkt sind einfach zu gefährlich, zu leicht einzusehen. Es war wirklich eine Schnapsidee.

Aber jetzt ist es zu spät.

Er hangelt sich den Weg entlang, bis er an einem schmalen Streifen Strand endet. Die Höhle liegt jetzt vor ihm. Sie ist größer, als er gedacht hat – etwa zehn Mann breit und mindestens drei Meter hoch am höchsten Punkt, und sie ist wie eine große Schüssel geformt. Er sieht den schwachen Schimmer einer Taschenlampe und den Schatten eines Menschen. Tim zieht seine Waffe, hält sie nach unten und geht hinein. Seine Schuhe knirschen auf den kleinen Steinen, mit denen der Höhlenboden bedeckt ist.

»Bobby?«

Es ist die Stimme des Mönchs.

Tim antwortet nicht. Er will nicht, daß sein Ja mit einer Kugel in seine Brust beantwortet wird.

»Bobby?« fragt der Mönch wieder. »Bist du das?«

Tim wartet, bis sich seine Augen an das schwache Licht in der Höhle gewöhnt haben. Er wartet, bis er den Mönch deutlich erkennen kann, und soweit er es überblickt, ist der Mönch tatsächlich allein. Er steht allein in der Höhle mit einer Taschenlampe in der Hand und einer Sporttasche zu seinen Füßen.

»Hallo, Mönch.«

»Dein Anblick ist Balsam für meine wunden Augen, Bobby«, sagt der Mönch und tritt nach vorne, mit ausgebreiteten Händen, als wollte er ihn in die Arme schließen.

Tim hebt die Knarre.

»Mhm-mhm«, macht er warnend und schüttelt den Kopf.

»Oh, Bobby.« Der Mönch scheint menschlich enttäuscht von ihm. »Du hast doch die absolute Paranoia, alter Freund.«

»Was ist das für eine Geschichte mit Don Huertero?« fragt Tim.

»Ich weiß nichts darüber«, sagt der Mönch. »Ich habe herumgehorcht, mich erkundigt, habe mit all unseren Zwischenhändlern gesprochen. *Nada.*«

»Sag gute Nacht, Mönch«, sagt Tim. Er richtet den Lauf auf eine Stelle zwischen den Augen des Mönchs.

Die Knie des Mannes beginnen zu zittern. Sie zittern sogar richtig doll, und Tim denkt, wie gut, daß der Mönch nie in den Knast mußte, weil sie ihn dort mit Sicherheit zur Sau gemacht hätten. Jeder hätte ihn sich vor die Brust genommen. Und Tim ist plötzlich klar, daß die Wahrheit aus dem Mönch nur so heraussprudeln wird, wenn er sie denn kennt.

»Du hast mich in die Pfanne gehauen, Mönch«, sagt er. »Du hast es mir mit Huertero versaut.«

»Ist nicht wahr, Bobby.«

Aber die Stimme des Mönchs klingt ziemlich dünn und zittrig.

»Und hast du mich auch bei den Thais hingehängt?« fragt Tim. »Warst du das, der mich in Bangkok in den Knast gebracht hat?«

»Bobby...«

»Du hast wohl noch kein thailändisches Gefängnis von innen gesehen, alter Freund, oder?« Tim läßt nicht locker. »Ist nicht gerade ein Zuckerschlecken.«

»Bobby, ich...«

»Du machst jetzt besser deinen Frieden mit Gott«, sagt Tim und drückt langsam den Abzug. »Weil du nämlich jetzt deinen Abgang machst, Mönch.«

Der Mönch ist jetzt total am Durchdrehen vor Angst. Er fällt auf die Knie und fängt an zu beten: »O mein Gott, ich bereue von ganzem Herzen, daß ich deinen Geboten zuwider gehandelt habe. Und ich bereue alle meine Sünden, nicht aus Angst vor dem Höllenfeuer, sondern weil sie...«

Das ist nicht die Art von Geständnis, die Tim vorschwebte. Also setzt er die Mündung seiner Pistole an dic Stirn des Mönchs und sagt: »Sprich mit mir, Mönch!«

Der Mönch schaut mit großen Augen zu ihm auf und sagt: »Ich hab das Geld genommen, Bobby. Ich hab auch Huerteros Geld genommen und mit der thailändischen Polizei abgesprochen, daß sie Huerteros Männer einlochen, sobald sie das Dope abgeholt haben. Das Geld hab ich mir mit den Thais geteilt. Aber dich hab ich nicht verraten, Bobby, ich schwör's dir.«

»Warum, Mann? *Warum?*« fragt Tim. Als ob er plötzlich wirklich das Gefühl hätte, er wäre Bobby und tatsächlich geschädigt. Nach dem Motto, warum ist der Mönch hingegangen und hat etwas kaputtgemacht, das so gut war. »Hast du denn den Hals nicht voll genug gekriegt?«

»Habgier, Bobby«, sagt der Mönch traurig. »Die schlimmste der sieben Todsünden.«

»Wenigstens hättest du es mit mir teilen können«, murmelt Tim.

»Ich wollte dich aus der Sache raushalten, Mann.«

Was immer das bedeuten mag, aber jedenfalls weiß Tim jetzt, worum es bei der ganzen Sache geht. Und vielleicht läßt sich ja alles wieder in Ordnung bringen.

»Wieviel schulden wir Huertero?« fragt er.

»Drei Millionen.«

»Haben wir die?«

Der Mönch schnieft immer noch, aber schließlich zuckt er die Achseln und sagt: »Natürlich.«

»Kommen wir an drei Millionen Dollar in bar einfach so ran?« fragt Tim. Jetzt fängt *seine* Stimme an zu zittern, weil das doch ein bißchen was anderes ist, als Fernseher und Schnaps zu klauen.

»Ja«, sagt der Mönch.

»Wo?«

»Auf dem Boot.«

»Auf dem Boot?« fragt Tim. Aber er will nicht fragen, auf welchem Boot, weil er das offenbar wissen müßte. Also fragt er: »Wo ist das Boot jetzt?«

»Im Hafen von Dana Point«, sagt der Mönch. Er fängt wieder an zu beten, aber Tim hört gar nicht zu. Er denkt darüber nach, ob er es vielleicht tatsächlich schaffen könnte, dieses Geld in die Finger zu kriegen und es Huertero zurückzuzahlen. Das würde nämlich bedeuten, daß er möglicherweise wirklich noch einmal aus diesem Schlamassel herauskommen könnte. Mit genügend Kleingeld, um irgendwo noch mal von vorn anzufangen.

Daß er diese Sache vielleicht tatsächlich hinter sich bringen könnte, ohne wieder Mist zu bauen.

Er denkt immer noch darüber nach, wie er das alles machen soll, als der Mönch mit dem Beten aufhört und fragt: »Was wirst du jetzt machen, Bobby?«

»Was zum Teufel glaubst du denn?« fragt Tim genervt. »Ich werd versuchen, die Sache mit Don Huertero zurechtzubiegen.«

»Ich meine, mit mir.«

Gute Frage, denkt Tim. Er weiß, er müßte nur noch den Namen des Bootes herauskriegen und den Mönch dann umlegen. Im Knast jedenfalls würde er jegliche Achtung bei den anderen verlieren – und zwar für immer –, wenn er einen Typen nicht umlegen würde, der das getan hat, was der Mönch getan hat.

»Mönch, sag die Wahrheit«, sagt Tim. »Waren es deine Leute, die mich im Zoo angegriffen haben?«

Die Stimme des Mönches bebt. »Ja.«

»Hast du das aus eigenem Antrieb oder im Auftrag von jemanden gemacht?« »Ich will die Wahrheit wissen.«

»Aus eigenem Antrieb«, sagt der Mönch leise. Tim spürt, wie sich der Körper des Mannes anspannt vor Angst.

»Scheiß drauf, Mann«, sagt Tim.

»Ich weiß«, flüstert der Mönch. »Ich habe die Seele eines Judas. Es gibt einen Gott, oder nicht, Bobby?«

»Ich glaub schon.«

»Ich bin bereit, Bobby«, sagt der Mönch. »Ich danke dir, daß du mir die Zeit gegeben hast, meinen Frieden mit Gott zu machen.«

»Aber klar doch.«

Tim senkt die Pistole.

»Nimm die Tasche und geh«, sagt er zu dem Mönch. »Los, steh auf.«

»Wirklich, Bobby?«

»Bring mich zum Boot«, sagt Tim. »Na los, Mönch, ein bißchen plötzlich.«

»Willst du, daß ich zuerst gehe?« fragt der Mönch.

»Sei mir nicht böse, aber ich fühl mich nicht besonders wohl mit dir im Rücken«, sagt Tim. Er winkt den Mönch vor sich, und der große dünne Mann nimmt die Tasche in die Hand und geht los.

Das Komische dabei ist, daß ihm wieder die Knie zu zittern beginnen.

Tim findet das seltsam, schiebt es aber auf die pure Erleichterung des Typen, bis ein Schuß den Mönch mitten in die Brust trifft und er im Sand zusammenbricht.

Tim denkt keine Sekunde daran, sich die Tasche zu schnappen, er wirft sich nur zu Boden und kriecht wie ein Wurm zurück in die Höhle.

Im selben Moment weiß er, warum dem Mönch die Knie gezittert haben. Der Mönch hatte Tim dazu bringen wollen, die Höhle als erster zu verlassen. Mit einer Sporttasche in der Hand.

Seele eines Judas.

Tim vergeudet ein paar kostbare Sekunden mit der Überlegung, welcher von seinen Feinden wohl da draußen auf ihn wartet. Aber dann entscheidet er, daß das egal ist, weil sie sowieso in ein paar Sekunden herunterkommen werden, um sich die Trophäe abzuholen. Dann werden sie merken, daß sie den falschen Typen erwischt haben, und in die Höhle kommen. Sich in dieser Höhle zu treffen, denkt Tim wieder, war wirklich eine hochprozentige Schnapsidee.

Aber wie zum Teufel soll er hier herauskommen? Die alte Frage. Am liebsten will er einfach aus der Höhle treten und losballern, bloß losballern. Er ist stocksauer, weil er so verdammt nah dran war, und wenn er denn schon rausgeht, dann soll es so sein wie bei Butch Cassidy und Sundance Kid, Mann, genauso. Raus aus der Höhle und losballern, mitten im Kugelhagel.

Das ist das Gefühl, das sich langsam in ihm aufbaut, aber plötzlich fällt ihm ein, daß er Kit versprochen hat, zurückzukommen. Und so schluckt er seinen Zorn hinunter und tastet sich nach hinten weiter, auf das andere Ende der Höhle zu, um zu sehen, ob es vielleicht noch einen Weg nach draußen gibt.

Er fühlt sich wie ein Stück Schifferscheiße, als er sich zum hinteren Ende der Höhle vortastet, die aber ziemlich solide scheint. Sieht so aus, als würde es doch noch die alte Butch-und-Sundance-Nummer geben, denkt er gerade, als er einen winzigen Strahl Mondlicht sieht.

Es ist ein Spalt in der Höhlenwand, aber er ist nicht breit genug, um einfach hindurchzuspazieren. Er versucht sich seitlich hineinzuquetschen und spürt, wie das kalte Salzwasser ihm über die Schuhe schwappt. Und dann steckt er fest. Großartig, denkt er. Das könnte das beschissene Ende eines beschissenen Lebens sein. Er prüft die eine Seite der Wand mit dem Fuß und findet Halt. Steckt die Knarre zurück in seine Hose, setzt den anderen Fuß hinterher, streckt die Arme aus und stellt fest, daß sich die Höhlenwand nach außen wölbt und er sich ganz langsam hinausbewegen kann, wenn er sich fest mit den Händen gegen die Wand preßt und sich dabei Schritt für Schritt nach vorne tastet.

Es braucht allerdings seine Zeit, und er weiß nicht, ob er die hat, denn in diesem Moment hört er eine wütende Stimme am Strand, die »Scheiße« schreit. Es ist die von Gruzsa, und er hat wohl gerade gemerkt, daß er den Falschen erschossen hat.

Was Tim den Antrieb gibt, weiterzuklettern, aber dann wird es plötzlich sehr eng, und er kommt nicht vorwärts und hört Schritte, die die Felsen am Strand hochkommen. Also schaut er, ob er vielleicht nach oben klettern kann.

Nach oben klettern funktioniert, aber es geht nur verdammt langsam, und er hört schon Gruzsas behutsame Schritte in der Höhle.

Also klettert Tim einfach weiter und versucht dabei, jedes Geräusch zu vermeiden. Er klettert, seine Füße fest in den Fels gestemmt und die Hände rechts und links gegen den Stein gepreßt, und es tut teuflisch weh in den Armen.

Und wieder denkt er daran, sich einfach fallen zu lassen und auf Grusza loszuballern, so einen Abgang zu machen wie Clint Eastwood, und aus die Maus. Schießerei in OK Corral, Mann, es kommt, wie es kommt, aber dann tut er es doch nicht. Er klettert so hoch, wie er kann, und hält inne. Hängt da wie eine Fledermaus, so ruhig er nur kann, und seine Arme zittern jetzt von der Anstrengung, und der Strahl von Gruzsas Taschenlampe wandert langsam über die Höhlenwand wie der Suchscheinwerfer auf dem Gefängnishof.

Und durch den Spalt vor ihm schimmert das Mondlicht sanft und silbrig auf dem offenen Wasser.

Es sieht aus wie die Freiheit.

Tim preßt die Hände noch fester gegen die Höhlenwand. Wenn Gruzsa ihn da oben entdeckt, wird er sich endlos Zeit nehmen mit dem Schuß, um ihn ja nicht zu verfehlen. Und jetzt fragt sich Tim, ob es das war, was in jener Nacht an der Grenze passiert ist. Gruzsa hat versucht, ihn umzunieten, hat danebengeschossen und statt dessen seinen Kumpel umgelegt.

Was leicht passieren kann bei Nacht und auf diese Entfernung.

Aber warum zum Teufel soll Gruzsa mich oder Bobby um die Ecke bringen wollen? Wo er doch gerade dabei war, mich gegen Art Moreno auszutauschen?

Es ergibt einfach keinen Sinn, denkt Tim. Eins ist jedenfalls sicher: Diesmal wird Gruzsa nicht danebenschießen, wenn er ihn erst mal im Visier hat. Dieser Scheißkerl mit dem Gewehrkugelkopf wird einfach lachen, ihn einen Trottel nennen und dann – peng!

Und Tim wird eine mausetote Superniete sein.

## 61

One Way durchlebt zitternd eine ernste psychotische Krise. Er war dabei, als Flammenzungen in der Dunkelheit aufloderten und Bobbys Hohepriester vernichteten. In diesem Moment leckt die Brandung am leblosen Körper des Priesters, und die Krabben, die von der Flut an Land gespült werden, trippeln auf ihr vom Zufall geschicktes Mahl zu.

One Way schmiegt sich noch fester in den weichen Grund unterhalb der Klippe, als der Mann wieder an ihm vorbeiläuft, der Mann mit dem Gewehr in der Hand, der Mann, mit dem sich One Way so oft auf den Straßen von Laguna unterhalten hat. Der Mann, der immer wie selbstverständlich an der Geschichte von Bobby Z interessiert war. Der Mann, der manchmal in ein Restaurant ging, mit einem gegrillten Käsesandwich in einer Styroporschachtel herauskam und es ihm schenkte, damit er noch mehr Geschichten erzählte.

Kein Wunder, denkt One Way voller Schrecken. Kein Wunder, daß der Mann so interessiert war.

One Way leidet schlimme Schmerzen. Der Schmerz schießt ihm durchs Gehirn, als schlüge jemand Nägel in seinen Schädel.

Er hat – wenn auch unwissentlich – Bobby verraten.

Er hat diesem Mann – diesem Kaiphas, diesem Pilatus – alles über Bobby gesagt. Und jetzt hat der Mann Bobbys Priester getötet und läuft in die Höhle, um auch Bobby zu töten.

Und es ist meine Schuld, denkt One Way.

Ich habe Bobby für ein gegrilltes Käsesandwich verraten – mit Bratkartoffeln und in einer Schachtel aus biologisch nicht abbaubarem Styropor, das bis in alle Ewigkeit überdauern wird.

Der Schmerz wird stärker.

One Way weiß, woher er kommt. Es ist der Schmerz der Schuld, der Schmerz der Scham, der Schmerz des Scheiterns. Es ist der Schmerz der Lähmung, denn One Way kann sich nicht bewegen. Er bringt es nicht fertig, sich aus diesen Schatten zu lösen, hinaus ins Mondlicht zu stürzen und für Z zu kämpfen. Er weiß, daß er dem

Mann folgen und ihn von hinten angreifen könnte. Daß er ihn am Arm packen und den tödlichen Schuß verhindern könnte. Daß er sich, wenn nötig, sogar mit den Kugeln erschießen lassen könnte, die für Z bestimmt sind.

Aber er hat Angst.

Der Schmerz der Angst.

One Way kauert im Schatten der Klippe, schlingt die Arme um seinen Körper und schaukelt im Rhythmus der Wellen. Er lauscht auf den Schuß, der jeden Moment in der Höhle widerhallen wird, auf die Explosion, die durch das unablässige Pochen in seinem Hirn vorweggenommen wird, und er weiß, daß er mit alledem bis ans Ende seiner Tage wird leben müssen.

Styropor.

Ich bin so schwach, denkt One Way.

Und meine Schwäche ist Verrat an Bobby Z.

Dann spürt er, wie sich die Stimme in ihm aufbaut, aufbaut wie ein plötzlicher Zyklon in seinem Magen, der emporwirbelt und aus seinem Mund strömt. Er ist dafür nicht verantwortlich, denkt es nicht, will es nicht. Es geschieht von allein, nicht er ist das, es passiert *durch ihn*. Die Stimme erzwingt sich ihren Weg durch seine Kehle in dem Augenblick, als sein Mund sich öffnet und die Arme sich von seinem Rumpf lösen und sein Körper sich aufrichtet wie ein Zyklon, der sich aus dem Wasser erhebt.

Und jetzt steht er – unerklärlicherweise auf den Füßen – und stemmt die Beine in den Sand, während seine Stimme brüllt, Baß und Diskant auf höchster Lautstärke: »ICH SEHE DICH! ICH SEHE DICH!«

## *62*

Tim wäre fast hinuntergefallen, so sehr hat ihn dieser schrille, klagende Schrei erschreckt.

Wer sieht wen? fragt er sich. Er glaubt nicht, daß irgend jemand ihn sehen kann, weil er in dem Fall schon längst eine Ladung Kugeln im

Leib hätte. Und das bedeutet, daß, wer auch immer da schreit, entweder einen ernsten Fall von Delirium tremens hat, oder er meint mit seinem Schreien Gruzsa. Offenbar denkt Gruzsa das auch, weil Tim jetzt hört, wie er »Scheißdreck!« murmelt und auf leisen Sohlen den selben Weg aus der Höhle hinausschleicht, den er gekommen ist. Tim denkt, wenn er es schafft, sich noch ein oder zwei Minuten in dieser Stellung zu halten, wird er vielleicht doch noch diesen Tag überleben – um gleich morgen wieder neuen Mist zu bauen.

Gruzsa ist so stocksauer und verwirrt, daß er fast ausrastet. Erstens hat er gerade den einzigen Typen umgelegt, der ihm tatsächlich sagen könnte, wo Tim Kearney ist. Zweitens hat sich Kearney selber buchstäblich in Luft aufgelöst – mal wieder eine richtige Bobby-Z-Nummer –, denn Gruzsa könnte schwören, daß er nicht aus der Höhle herausgekommen ist, aber drinnen ist er auch nicht. Und jetzt kommt drittens auch noch eine Stimme aus dem verdammten Nichts und erklärt sich selbst zum Zeugen, und Gruzsa dämmert es plötzlich, daß er heute abend vielleicht statt einem gleich zwei Leute umlegen muß und daß möglicherweise keiner von ihnen Tim Kearney ist.

Gruzsa überprüft sein Magazin und geht auf die Stimme zu, die heult wie eine Sirene.

## *63*

Tim kämpft sich in Richtung Mondlicht voran.

Das Ganze ist wie ein Hindernislauf, wie ihn sich höchstens der sadistischste Marine-Ausbilder hätte ausdenken können. Tims Muskeln sind bis zum Zerreißen gespannt, und seine Hände bluten, als er es zu dem Spalt in der Höhlenwand geschafft hat und einen Schuß vom Strand hinter ihm hört.

Er springt hinaus auf den Strand, der mittlerweile überspült ist, weil die Scheißflut hereinkommt. Der Strand an diesem kleinen Kap besteht sowieso fast nur aus Steinen, weshalb Tim an die hundertmal auf den glitschigen Felsen ausrutscht und hinfällt, bevor er zu einem Fußpfad kommt, der die Klippe wieder hinaufführt.

Schwankend steigt er ihn hoch, müde und voller Angst, weil er weiß, daß Gruzsa jetzt im Vorteil ist und er keine Zeit hat, sich noch einen Ausweg auszudenken. Während er sich durch Nebenstraßen und auf dem Pacific Coast Highway zurück zum Wohnmobil schleppt, versucht er sich die nächsten Schritte zu überlegen.

Der allererste Schritt wäre natürlich der raus aus dem ganzen Schlamassel, aber die Frage ist, wie. Wie immer in dem sogenannten Leben des Tim Kearney ist es das Problem, wie er aus der Situation herauskommt, Abgang Bühne links, und er überlegt, ob er nicht einfach Kit in eine Decke oder so etwas einwickeln soll, und dann nehmen sie Elizabeths Auto und fahren einfach drauflos. Und zwar Richtung Norden oder Osten, denn im Süden ist Huertero, und im Westen ist nur Wasser. Als er zurück beim Wohnmobil ist, hat er beschlossen, genau das zu tun. Er wird Kit und Elizabeth nehmen – wenn sie mitkommen will – und irgendwie in Richtung Prärie fahren. Sie werden sich eine kleine Stadt in Kansas oder so suchen und Weizen anbauen.

Bloß daß niemand zu Hause ist, als er die Tür zum Wohnmobil aufschließt.

Kit und Elizabeth sind weg.

## *64*

Tim ist von den Socken.

Plötzlich ist er frei, frei wie ein Vogel, und weiß nicht, was er mit dieser Freiheit anfangen soll. Gruzsa ist jetzt im Vorteil, und Tim muß sich verdrücken, und das allerletzte auf dieser Welt, das er brauchen kann, ist eine Frau und Kind. Aber genau das will er.

Und jetzt sind sie fort.

Sie müssen von einem Moment auf den anderen abgehauen sein, weil sie nämlich kaum etwas mitgenommen haben. Ein paar von Kits Klamotten und seine Zahnbürste, das ist alles. Sogar die Comics des Jungen liegen in einem Stapel neben dem Bett.

Elizabeths Make-up-Zeug liegt auf der Badezimmerkonsole.

Tim möchte sich am liebsten erst mal hinsetzen und losheulen.

Er will rausgehen an den Strand und sich in den Sand fallen lassen und dem Mond seinen ganzen Schmerz zuheulen. Heulen und heulen, bis Gruzsa kommt und ihm eine Kugel in den Hinterkopf verpaßt.

Vielleicht hat Gruzsa sie ja schon geschnappt, denkt er. Gruzsa schleicht sich von hinten an den Strand, weil er denkt, wenn er schon Tim nicht kriegen kann, dann wenigstens seine Familie. Und dann wird er Tim anrufen und einen neuen Handel abschließen. Gruzsa würde das tun. Die DEA würde alles tun.

Er weiß, daß er besser abhauen sollte.

Abhauen und nicht zurückblicken, weil ja Elizabeth vielleicht aus einem ganz anderen Grund abgehauen ist als dem, daß er ein hoffnungsloser Holzkopf ist. Vielleicht hatte sie ja Angst und ist weggelaufen, vielleicht wird das Wohnmobil längst beschattet, und er ist dran, wenn er nicht schnell die Flatter macht. Aber er ist in einem so beschissenen Zustand, daß er nicht die Flatter macht. Statt dessen öffnet die lebenslange Superniete Tim Kearney den Kühlschrank und holt drei Flaschen mexikanisches Bier heraus. Er nimmt sie an den Hälsen, geht an den Strand und setzt sich. Schaut zu, wie das silbrige Mondlicht auf dem Wasser tanzt, kippt das Bier hinunter und als es leer ist, schaut er im Wohnmobil nach, was von dem Sixpack und der Flasche Tequila noch übrig ist.

Er nimmt das Handy mit raus, für den Fall, daß sie anrufen.

Aber er weiß, daß sie nicht anrufen, und so sitzt er da draußen und versucht sich zu Tode zu trinken – immer dieser Mangel an Impulskontrolle – und das Beste draus zu machen.

Er liegt da am Strand, schaut zu den Sternen hoch und lacht über sich selbst, weil er gedacht hat, er könnte tatsächlich mit Elizabeth und Kit zusammen so eine kleine Familie haben und zu dritt irgendwo im Mittelwesten in so einem Lassie-Häuschen wohnen. Und er lacht sich einen Ast, Tim Kearney, die Superniete, die größte Niete der Welt, nein, des Universums, bis er nicht mehr kann vor Lachen, bis er weint und weint und schließlich einschläft. Und er kommt erst wieder zu sich, als ihn ein säuerlicher, fauliger Gestank hochschrecken läßt. Als er die Augen aufmacht, beugt sich ein Ziegenbock über ihn und grinst ihn an.

Er riecht den Ziegenbock, bevor er ihn sieht, riecht einfach diesen stinkigen, alten Bock, und dann öffnet er die Augen, und da ist er, der Bock, und starrt auf ihn herunter. Tim fragt sich gerade, was eigentlich ein Ziegenbock ganz allein in Laguna Beach treibt, als der Ziegenbock anfängt zu reden.

»Bobby?« fragt der Bock. »Bobby Z?«

Tim sieht, daß es in Wirklichkeit kein Bock ist, sondern ein Mensch, der so aussieht und riecht wie ein Ziegenbock.

»Zum Teufel noch mal, ich bin nicht euer Scheiß-Bobby-Z«, sagt Tim.

»Klar bist du das.«

»Nein.«

»Doch.«

»Eben nicht.«

»Eben doch.«

»Laß mich in Frieden, du Arsch.«

Aber der Typ macht Anstalten, ihn hochzuziehen, er legt ihm die Arme unter die Achseln und sagt: »Wir müssen hier weg.«

»Mein Kind und meine Frau sind fort«, sagt Tim. »Ich werde hier sterben.«

»Richtig, du bist in Gefahr«, sagt der Typ, und jetzt kriegt er Tim tatsächlich halbwegs in die Vertikale, fängt an, ihn den Strand entlangzuzerren. Er schleift Tim bis in den Schatten der Klippe, wo niemand sie mehr sehen kann, und läßt ihn fallen.

»Du hast zugenommen, Bobby«, beschwert er sich.

»Wer bist du?« fragt Tim.

»Ich weiß nicht so genau«, sagt One Way. »Aber die Leute nennen mich One Way.«

»Du bist die Acid-Leiche«, sagt Tim.

»Das sagen sie, ja«, gibt One Way zu. »Sie glauben, ich bin verrückt.«

»Immerhin siehst du wie ein Verrückter aus.«

»Ich bin auch ein Verrückter«, sagt One Way. Er macht eine perfekt getimte Pause. »Aber ich weiß viele Dinge.«

»Was weißt du denn zum Beispiel?«

One Ways Augen wandern blitzschnell über den Strand. Seine Augäpfel glitzern im Mondlicht, und er grinst verschwörerisch.

»Ich weiß zum Beispiel«, sagt er, »wo dein ungetreuer Priester deinen Schatz versteckt hat.«

## *65*

Auf einem Boot, sagt One Way zu ihm.

»Einem Boot?« fragt Tim.

Gibt ja bloß etwa zwölftausend hier in der Gegend.

One Way blinzelt ein paarmal.

»Auf *dem* Boot«, sagt er geheimnisvoll.

»Und das Boot heißt…«

»*Nowhere*«, flüstert One Way. »Eine vollgetakelte Schaluppe, die im Hafen von Dana Point vor Anker liegt. Ich habe ihn dabei beobachtet, wie er das Geld hingebracht hat.«

»Er ist tot«, sagt Tim.

»Ich weiß«, antwortet One Way. »Ich habe alles gehört. Na ja, fast alles. Den Rest hat mir der Mond erzählt.«

»Klar hat er das«, sagt Tim. »Ist das das Geld, das der Mönch Don Huertero weggeschnappt hat?«

»Wenn du das sagst.«

»Mensch, mein Kind ist weg«, heult Tim. »Mein Kind und meine Frau.«

»Wir holen sie zurück«, sagt One Way tröstend.

»Wie?«

»Ich weiß nicht.«

»Na toll!«

»Aber wir werden es tun!«

»Woher weißt du das?«

»Weil du Bobby Z bist«, sagt One Way.

One Way nimmt die Decke von seinen Schultern und wickelt Tim in sie ein. Er hebt Tims Kopf hoch, legt ihn in seinen Schoß, und während er ihn hin- und herwiegt, sagt er: »Weil du Bobby Z bist und das Kind dein Sohn. Oder deine Tochter. Was auch immer. Du hast eine Frau und ein Kind, und das ist der heilige Rhythmus des Lebens. Endlos, immer wieder, wie das Wogen des Ozeans, der so ist wie du, Z. Das Wogen des Ozeans können sie nicht aufhalten. Die Brandung wird sich heben und brechen, und Leben wird aus dem Wasser entstehen. Du gleitest auf dem Ozean dahin, Mann. Aus ihm bist du entsprungen, und aus ihm wirst du zurückkehren.«

Er streicht Tim über den Kopf. »Und in ihn wirst du zurückkehren. Mit deiner Frau. Mit deinem Sohn. Oder deiner Tochter. Wie auch immer.«

Dann klingelt das Telefon.

## *66*

Tim nimmt das Handy und lauscht einfach nur, betet insgeheim, daß sie es ist. Er will nur eins wissen, nämlich, wo sein Kind ist und ob es ihm gut geht. Er glaubt, sie atmen zu hören, und er weiß, daß sie dasselbe tut und sich fragt, wer da wohl am anderen Ende der Leitung ist.

Sie hält es als erste nicht mehr aus.

»Hallo?«

»Geht es Kit gut?«

»Ja.«

»Geht es dir gut?«

»Ja.«

Aber es klingt irgendwie verhalten. Er hört aus ihrer Stimme etwas heraus, das heißen könnte: *Jetzt geht es mir gut,* aber vielleicht sitzt Gruzsa da hinter ihr, mit seinem dreckigen Grinsen auf dem Gesicht... Also wartet Tim, bis sie weiterredet.

»Sie haben uns«, sagt sie.

»Wer?«

»Don Huertero.«

»Wie geht's dem Jungen?« wiederholt er. Weil er zu wissen glaubt, was jetzt kommt.

»Er hat Angst, aber sonst geht's ihm gut«, sagt sie. »Er ist hart im Nehmen, weißt du.«

»Ja, ich weiß.« Verdammt zäher kleiner Bursche. Von dem Kind könnte man echt noch was lernen.

»Wenn du nicht kommst«, sagt Elizabeth, »wollen sie ihn umbringen.»

»Ich komme.«

»Sie werden…«

»Ich weiß«, sagt er. »Sag ihnen, daß ich kommen werde. Sag ihnen, ich habe ihr Scheißgeld. Und daß ich es ihnen zurückgeben werde.«

Er hört, wie sie mit jemandem redet, und dann kommt dieser Jemand ans Telefon.

»Bobby Z?«

»Ja«, sagt Tim. »Ist dort Don Huertero?«

»Ist völlig egal, wer da ist« sagt der Typ. Mexikanischer Akzent, klingt für Tim aber nicht so gebildet, wie Don Huertero wohl klingen würde. »Sie kommen, oder wir töten das Kind.«

»Wo sind Sie?«

»Scheiß drauf«, sagt der Typ. »Glauben Sie, wir sind bescheuert?«

»Ich kann mich nicht mit euch treffen, wenn ich nicht weiß, wo ihr seid.«

»Haben Sie das Geld?«

»Ich hab's wo untergebracht.«

»Okay, treffen wir uns in der Nähe des Geldes«, sagt der Typ. »Wo wir ungestört sind.«

»Bleiben Sie einen Moment dran.«

Tim drückt das Handy an sein Hemd und fragt One Way nach einem ruhigen Plätzchen mit einer guten Aussicht auf das Boot.

»In den Arches«, sagt One Way zu ihm. »Das ist ein Park am Ende der Amber Lantern Street. Man biegt rechts vom Bluffside Walk ab. Dann einen Abhang hinunter. Dort ist eine hölzerne Brücke, die über den Canyon führt. Dahinter drei Betonbögen – mehr ist von dem Luxushotel nicht übrig geblieben, das vor dem großen Börsenkrach von 1929 zur Hälfte gebaut wurde.«

Von dort aus kann man das Boot sehen.

Man kann alles sehen.

Tim beschreibt dem Typen den Weg und sagt, daß er in einer Stunde dortsein wird.

»Am Morgen«, erwiderte der Typ. »Mitten in der Nacht treffen wir uns nirgendwo mit Ihnen. Bisher hat es keiner überlebt, der sich Ihnen in der Dunkelheit genähert hat, Bobby Z.«

Tim will mit Kit sprechen, aber der Mexikaner hängt auf.

»Sie haben Kit«, sagt Tim zu One Way. »Sie sagen, sie werden ihn töten.«

»Wir werden ihn retten«, sagt One Way. »Wir geben ihnen das Geld und dann…«

In One Ways Augen glänzt fanatische Freude.

»Und dann?«

»Dann stechen wir in See«, sagt One Way.

»Ich kann nicht segeln.«

One Way strahlt wie ein durchgeknallter Rauschgoldengel.

»Aber ich.«

»Du könntest dieses Boot lenken?«

»Überallhin.«

»Und würdest du das machen?« fragt Tim.

»Mit Freuden.« Dann runzelt One Way die Stirn. Sein Lächeln weicht einer beschämten Grimasse. »Es gibt nur ein Problem.«

Na verdammt klar doch, denkt Tim.

»Und was wäre das?«

»Der Bulle.«

»So ein fetter?« fragt Tim. »Rasierter Kopf, wie eine Gewehrkugel?«

»Genau der.«

»Häßlicher Mund?«

»Ein böser, böser Bulle.«

»Den kenne ich«, sagt Tim. »Was ist mit ihm?«

»Er hat zu mir gesagt, wenn ich dich sehe, soll ich ihm sagen, wo du bist«, flüstert One Way. »Sonst bringt er mich um.«

Tim denkt eine Weile nach. Dann sagt er: »Dann sag ihm, wo ich bin.«

»Nein!«

»Doch«, sagt Tim. »Sag ihm genau, was ich mache. Sag ihm, ich liefere mich selber an Don Huertero aus. Im Austausch für mein Kind und Art Moreno.«

»Don Huertero… Moreno… Kind.«

»Aber sag ihm bloß nichts von dem Boot.«

»Was für ein Boot?«

Tim seufzt. »Das Boot, das…«

One Way unterbricht ihn, indem er eine Hand auf seinen Arm legt. »Ich weiß doch«, sagt er.

Er winkt Tim lässig zu und läuft weg, den Strand hinunter.

## 67

Während Tim seine Siebensachen zusammenpackt, weiß er genau, was er eigentlich tun müßte.

Er müßte *auf der Stelle* zum Boot und einfach davonsegeln, mit den ganzen drei Millionen. Mit drei Millionen Dollar in bar kann man sich nämlich auf immer und ewig verstecken, kein Problem, sogar mit so einem Durchgeknallten als Kapitän. Er wird sich auf irgendeiner karibischen Insel niederlassen, Drinks mit kleinen Schirmchen drauf schlürfen und bis ans Ende seiner Tage tiefgebräunte, langbeinige Frauen vögeln. Um dann vielleicht mit dreiundachtzig mitten im Vögeln an einem Herzinfarkt zu sterben, braungebrannt und entspannt, und die karibische Schönheit hätte etwas, das sie ihren Enkelkindern erzählen kann. Und diesen Scheiß-Don-Huertero wird er einfach auf seinem fetten Arsch sitzen lassen, und Gruzsa soll vor Ärger seine eigene Leber fressen, und Bobby Z kann sich seine Probleme sonstwohin… Jedenfalls, nach ihm die Sintflut. *Adiós*, ihr Ärsche. Zum erstenmal in seinem ganzen beschissenen Leben hat Tim Kearney einen Ausweg gefunden, Mann. Er hat die Beute, und er hat den Ausweg, und er sollte zur Abwechslung einmal die Gelegenheit beim Schopf packen. Das ist es, was er tun sollte.

Aber selbst während er noch sein Sweatshirt in seinen Matchsack stopft, weiß dieser völlig bescheuerte Tim Kearney, daß er genau das, was er tun sollte, nicht tun wird.

Öfter mal was Neues, ja? Gerade so, als wäre es das erste Mal, läßt Tim Kearney genau das, was klug wäre, bleiben. Aber so und nicht anders wird man eben zur Superniete, oder? Indem man weiß, was klug wäre, und genau das Gegenteil tut.

Dabei ist es noch nicht einmal wegen der Frau. Er weiß, daß genau das alle denken werden. Daß jeder Knacki auf der Welt seinen Schwanz in die Wäschemangel stecken würde wegen irgendeiner Tussi. Besonders wegen *dieser* Tussi. Aber das ist es nicht. Obwohl er sie mit hundertprozentiger Sicherheit liebt, könnte er jetzt doch trotzdem abhauen.

Es ist wegen dem Kind.

Himmel, Arsch und Wolkenbruch, und dabei ist es noch nicht mal *sein* Kind.

Drei Millionen Dollar und ein Leben in Freiheit. Und er wird sich höchstwahrscheinlich umlegen lassen wegen dieses verdammten Kindes.

Weil mich Huertero wahrscheinlich sowieso umbringt, denkt Tim, sobald er das Geld in Händen hat.

Das einzige, was ich also tun könnte, wäre, die Flatter machen.

Tim packt zu Ende, schiebt sich die Pistole in den Gürtel und steigt ins Auto.

Sagt auf Wiedersehen zu dem Wohnmobil und dem Strand, an dem er den Rest seines Lebens hätte glücklich sein können.

Hat einfach nicht sein sollen, denkt er.

## *68*

Der Portier will One Way nicht reinlassen und droht damit, die Bullen zu holen.

»Die kennen mich«, sagt One Way.

Der Portier droht, ihm die Scheiße aus dem Leib zu schlagen, aber One Way sagt zu ihm, er solle nur in Gruzsas Zimmer anrufen. Andernfalls werde er vors Hotel gehen und mitten auf dem Parkplatz einen Haufen machen.

»Aber wenn Sie dieses Zimmer anrufen«, sagt One Way, »wühle ich nie wieder in eurem Abfall.«

Das ist ein großes Opfer für ihn, weil die Mülltonnen des Ritz-Carlton die besten an der ganzen Südküste sind. One Way hat nämlich die Erfahrung gemacht, daß reiche Leute dazu neigen, besonders viel von ihrem Essen zurückgehen zu lassen. Einfach, um zu zeigen, daß sie es sich leisten können. Weswegen die Mülltonnen des Ritz-Carlton für einen Gourmand der Recycling-Haut-Cuisine ein wahres Mekka sind.

Der Portier sagt zu One Way, er soll in Deckung gehen und sein Maul halten. Es dauert höchstens zehn Minuten, dann kommt Gruzsa herausgeschnauft und hat ihn auch gleich entdeckt. Gruzsa zerrt ihn zum Parkplatz und drückt ihn brutal gegen einen Mercedes 510 SL.

»Also, was ist?« fragt Gruzsa.

»Es ist wegen Bobby Z«, sagt One Way.

»Du hast ihn gesehen?«

»Wie er leibt und lebt.«

»Und wo, zum Henker?«

»In Laguna Beach, zum Henker«, lügt One Way. »Und er geht…«

Gruzsa schlägt ihn voll ins Gesicht.

»Er ist immer noch da?«

»Wie soll ich wissen, ob er noch da ist?« antwortet One Way.

»Ich bin *hier.*«

Gruzsa denkt darüber eine Sekunde nach, dann fragt er: »Was wird er tun?«

»Ich habe gehört, wie er am Telefon gesagt hat, er würde sich morgen früh selber an Don Huertero ausliefern.«

Gruzsa schaut sich auf dem Parkplatz um, sieht aber niemanden. Dann zieht er seine Automatik und hält die Mündung unter One Ways Kinn.

»Willst du mich verarschen, du Vollidiot?« fragt er. »Ist das ein Trick oder was?«

»Es ist die Wahrheit und nichts als die Wahrheit.«

»Warum zum Teufel sollte er das tun?«

»Sie haben seinen Sohn.«

»Seinen Sohn?« fragt Gruzsa. »Ich hab gar nicht gewußt, daß der Arsch einen Sohn hat.«

»Don Huertero wird Sie anrufen, wenn der Deal über die Bühne gegangen ist«, sagt One Way. »Sie lassen Moreno an der Grenze laufen.«

»Ohne Tricks?«

»Hundertpro ohne Tricks.«

Gruzsa steckt seine Waffe weg. »Wenn du irgend jemandem etwas davon sagst, werde ich dich finden und dein Gehirn erst richtig durchquirlen. Verstanden?«

»Aye Aye, Sir.«

Gruzsa murmelt noch etwas von einem *total durchgeknallten Idioten* und schiebt ihn beiseite. Er sieht One Way nach, als er sich aus dem Staub macht.

Ein paar Minuten später geht Gruzsa in seine Suite zurück und sagt zu dem Typen, der auf dem Bett liegt und fernsieht: »Gratuliere, du bist ein toter Mann.«

»Wirklich?«

»Ja. Gleich morgen früh.«

Gruzsa schenkt sich einen Schwenker voll Single Malt Scotch vom Tablett ein und sagt: »Hast du gewußt, daß du ein Kind hast?«

»Nein.«

»Na ja, aber ich glaube, du hast wirklich eins.«

»Na und?«

»Nichts und. Du hast ein Kind und fertig.«

Der Typ zuckt mit den Achseln und schaut wieder in die Glotze.

## 69

Als Tim die Amber Latern Street hochkommt, ist da schon eine Limousine geparkt. Mit abgedunkelten Scheiben, so daß Tim nicht hineinsehen kann, aber er ist sich sicher, daß Kit drinnen sitzt.

Ein ziemlicher Schrank von Mexikaner mit einer ausgebeulten Jacke deutet den Bluffside Walk hinunter.

Tim sieht sich um, während er hinuntergeht. Es ist dunstig an diesem frühen Morgen, aber den Hafen unterhalb des Weges kann man trotzdem ausmachen, obwohl einzelne Boote noch nicht zu erkennen sind. Er kann nur ein paar Stoßgebete gen Himmel schicken, daß irgendwo da draußen One Way auf dem Boot mit dem Geld hockt.

Tim steigt ein paar Stufen hinab und sieht jetzt drei Betonbögen, die ziemlich seltsam mitten in der Landschaft stehen. Als hätte jemand ein Stück Griechenland oder so genommen und es einfach in Dana Point fallen gelassen. Die kärglichen Überreste eines Traums von Geld und Macht. Tim kann sich lebhaft vorstellen, wie sich das arme Schwein gefühlt hat, besonders jetzt, wo er den Typen entdeckt, der am nahen Ende der Brücke steht. Der Typ nimmt ihn am Arm und führt ihn weg von dem Pfad, unter die Brücke. Wo niemand sie sehen kann, denkt Tim. Er weiß also, daß er vermutlich gleich einen gewaltigen Tritt in den Arsch bekommt.

Da ist eine kleine, plattgetretene Stelle unter der Brücke. Ein Plätzchen, das ziemlich beansprucht aussieht, weil offenbar Leute zum Saufen, Vögeln, Kiffen oder allem zusammen herkommen. Es riecht penetrant nach Pisse und Bier. Die Stelle liegt direkt über einem steilen Abgrund. Darunter ragen einige große Dattelpalmen zwischen großen Felsbrocken in die Höhe.

Wird wohl ein ziemlich übler Sturz, denkt Tim.

Ein Grüppchen Leute steht unter der Brücke: ein Typ in einem grauen Anzug, drei Bodyguards in schwarzen Anzügen und Elizabeth.

Die Typen in den dunklen Anzügen tragen alle Sonnenbrillen und quatschen in kleine Bodyguard-Mikrophone, genau wie im Kino. Tim weiß, daß sie den Weg abriegeln.

Unbeteiligte werden auf diesem Teil des Küstenpfads nicht spazierengehen, bis diese Angelegenheit geregelt ist.

Elizabeth sieht erbärmlich aus. Sie ist ziemlich aufgebrezelt, bemerkt Tim, aber ihre grünen Augen wirken irgendwie abwesend. Diesen Blick hat Tim schon öfters gesehen, im Knast, kurz bevor ein Typ ein paar auf die Nuß kriegt. Sie kommt auf ihn zu, schlingt die Arme um ihn, und Tim weiß, ohne daß jemand etwas sagt, daß sie ihn in eine Falle gelockt hat.

»Gott sei Dank bist du gekommen«, flüstert sie ihm ins Ohr. Sie küßt ihn auf die Wange und hält ihn in ihren Armen, und Tim wappnet sich für den Schlag, den er gleich abkriegen wird. Er trifft ihn rechts hinter dem Ohr, und so geschmeidig wie ein Stück Scheiße zieht ihm der zweite Mexikaner die Knarre aus der Hose, bevor er in die Knie geht. Alles dreht sich um ihn. Er sieht Elizabeths Gesicht, das haucht: »Tut mir leid.«

*Dir tut's leid,* denkt Tim.

## *70*

Escobars Truppen sind schon früh unterwegs.

Sie sind ausgeströmt wie Jagdhunde auf der Hatz, weil jemand den Wagen gesehen hat, der auf dem Pacific Coast Highway in südlicher Richtung aus Laguna kam. Was eine gute Nachricht für Escobars Truppen ist, denn Dana Point hat direkt am Highway einen Barrio, am Hügel oberhalb des Hafens. Sie haben also gleich eine nette kleine Abordnung von jungen Chicanos losschicken können, die die Stadt nach dem Auto absuchen. Einige von ihnen sind sogar mit dem Fahrrad unterwegs, *ese*, weil sie noch zu jung zum Autofahren sind. Und sie sind alle ziemlich aufgeregt, weil das Gerücht umgeht, TAN sei aus East LA auf dem Weg hierher.

Die Parole lautet: daß bloß keiner durchdreht und die Sache versaut. Unter gar keinen Umständen darf einer den Helden spielen und losballern. Denn selbst wenn Bobby Z ihn nicht erwischt, wird Luis Escobar denjenigen umlegen, der TAN Cruz den Schuß vermasselt.

Es sind zwei ältere Jungs im Auto, die langsam durch Santa Clara fahren, und einer von ihnen nickt mit dem Kopf in Richtung Amber Lantern und lacht: »Schau mal da drüben.«

Und sie können's kaum glauben, weil das Auto einfach da oben in der Landschaft steht. Der Typ hat wirklich *cojones, ese.* Gleich neben einer großen schwarzen Limousine, weshalb die Jungs rasch Cruz' Nummer wählen und dann aus dem Auto aussteigen, um nachzusehen.

Der Fahrer der Limousine greift in seine Jacke, als die beiden jungen Männer auf ihn zukommen, und sie heben schnell die Hände hoch und fragen nur: »Was ist hier los?«

Der Fahrer hat offenbar selber ein bißchen Schiß, weil er sagt: »Ihr macht jetzt mal ganz schnell die Fliege, das ist hier los.«

Einer der Spürhunde sagt: »Mann, wir wollen bloß 'n bißchen spazierengehen.«

Und der Fahrer antwortet: »Dann geht in die andere Richtung.«

Und das machen sie. Sie lächeln und gehen ganz langsam zurück, um zu zeigen, daß sie keine Angst haben. Sie steigen wieder ins Auto, und dann ruft TAN Cruz' Fahrer sie zurück, und sie sagen zu ihm: »Kommt hier rüber, Leute. Hier ist was im Gang.«

Cruz zählt zwei und zwei zusammen, überprüft die Lage, und sein Fahrer bringt ihn, so schnell es geht, nach Santa Clara und Amber Lantern.

Und die zwei Spürhunde fahren weg, nach Santa Clara hinunter bis zu Golden Lantern, wo sie von hinten in den Park hineinkommen. Denn sie wissen jetzt, daß der legendäre Bobby Z da oben auf dem Bluffside Walk irgendwelche heißen Geschäfte macht.

Und sie wollen dabeisein, wenn TAN Cruz mit Bobby Z heiße Geschäfte macht.

## 71

»So so, der große Bobby Z«, sagt Huertero. »Die Legende.« Don Huertero schüttelt den Kopf, dann tritt er Tim ins Gesicht.

Ein Scheißslipper von Gucci trifft ihn genau zwischen die Augen, wo die Nase an den Schädel angewachsen ist. Ein Zentimeter nach rechts oder links mit diesem spitzen Schuh, und Tim würde ein Auge verlieren, aber so bricht ihm der Tritt nur die Nase, so daß er mit seinen tränennassen Augen immerhin noch sehen kann, wie Huertero ihm den Kopf an den Haaren hochreißt, ihn finster anstarrt, dann einen dicken Brocken Speichel in seinem Mund sammelt und Tim in die Augen spuckt. Tim spürt, wie die warme Spucke sich mit dem Blut mischt, das ebenso warm über sein Gesicht strömt, und mit seinen Tränen, weil ihm die Augen überlaufen. Denn obwohl er nicht gerade weint, kann man auch nicht sagen, daß er *nicht* weint.

Huertero macht eine rasche Bewegung mit der Hand.

Einer seiner Jungs fördert blitzschnell ein Taschentuch zutage. Huertero wischt sich die Hände ab und wirft das Tuch auf den Boden.

Tims Blick fällt auf Elizabeth, und er fragt: »Wo ist Kit?«

»In der Limousine«, sagt sie. »Es geht ihm gut.«

Dann fügt sie hinzu, und es klingt wie ein Betteln: »Tut mir leid, Bobby. Ich mußte es tun.«

Natürlich mußte sie das, denkt er. Sie wußte, daß sie mich auf die eine oder andere Weise sowieso nageln würden, also hat sie das getan, was das Beste für das Kind war. Hat sich selbst gerettet, damit sie ihm eine Mutter sein kann.

»Ist okay«, sagt er.

»Ihr Sohn?« fragt Huertero.

»Ja.«

Huertero nickt schweigend und steht in Gedanken versunken da. Tim vermutet, er überlegt sich, wie er ihn gleich ins Jenseits befördern wird.

Aber so schnell ist Tim nicht kleinzukriegen.

»Ich hab Ihre drei Millionen«, sagt Tim zu Huertero.

Huertero hebt eine Augenbraue und lächelt.

Ermutigt fügt Tim das hinzu, was er weiß: »Sie liegen auf einem Boot unten im Hafen von Dana Point. Genau da unten. Geben Sie mir meinen Sohn, und wir können direkt runtergehen und das Geld holen.«

»Ach nein.«

»Ich will es Ihnen zurückzahlen«, sagt Tim. »Einer von meinen Leuten...«

Huertero beugt sich hinunter und schlägt Tim so hart ins Gesicht, daß er umfällt. Als Tim die Augen öffnet, steht Huertero über ihm, das Gesicht rot vor Wut.

»Du redest mit mir über *Geld?*« brüllt Huertero. »Du wagst es, mit mir über Geld zu reden? Du hast meinen *Schatz* gestohlen!« Tim ist völlig verwirrt, und er hört, wie Elizabeth murmelt: »Oh, Scheiße.«

Dann sagt Huertero: »Du hast mir mein Kind gestohlen.«

Wie bitte?

Huertero fügt hinzu: »Du hast mir meine Tochter gestohlen.«

»Ich weiß nicht – «

»Und du hast sie getötet.«

Tim wird plötzlich schwindlig.

»Und das«, sagt Don Huertero, »ja, das wirst du mir bezahlen.«

Und dann erzählt Huertero die Geschichte von Angelica Huertero de Montezon.

## 72

Der Augapfel ihres Vaters, sein einziges Kind.

Er hat keine männlichen Nachkommen, die den Namen der Familie weitertragen könnten, was Huertero mit großer Trauer erfüllt. Aber da ist Angelica, sein Engel, geboren, um einst einen jungen *hidalgo* zu heiraten und wenigstens das Blut der Familie weiterzutragen, wenn schon nicht den Namen.

Ein schönes Kind, sein Engel. Ihr Haar ist so weich und schwarz wie die Nacht von Sonora, ihre Augen sind so glänzend und rein wie

Sterne. Ein Lächeln, das Sonne in sein Leben brachte, ein Lachen, bei dem alles um ihn herum zu singen begann.

Ein schönes Kind.

Und so wurde sie zur Frau, seine Angelica, und als sie heranwuchs, zeigte sich bei ihr eher der starke Wille ihres Vaters als die sanfte Gefügigkeit der Mutter. Das machte ihn wütend, aber auch stolz, dieser starke, störrische Wille, und er mußte sich eingestehen, daß er ihr einfach nichts abschlagen konnte. Keine Spielsachen oder Puppen, keinen Schmuck und keine Freunde, weder gefährliche Pferde noch gefährliche Männer.

Wohl versuchte er sie vom Geschäft fernzuhalten, das schon. Aber wie sollte er sie mit den Reichtümern ausstatten, die er anhäufte, ohne ihr deren dunkle Herkunft zu offenbaren? Wäre sie fügsamer gewesen, und vielleicht weniger klug, so wäre es ihm womöglich gelungen, sie daheim zu halten, sie auf der Hazienda einzusperren und in den Künsten der Häuslichkeit ausbilden zu lassen. Aber sie war klug, seine Angelica. Sie besaß den stolzen Geist eines *hidalgo*, das Erbe ungezählter Generationen von Conquistadores, und sie war dazu geboren, zu reiten und umherzuziehen. Und er ließ ihr ihren Willen.

Wie ein feuriges Pferd versuchte er sie freilich zu zähmen. Er ließ sie laufen, wählte aber die Felder aus, auf denen sie laufen durfte, sprich, ihre Freunde. Und er mochte Elizabeth und Octavia, obwohl sie aus der Halbwelt der Drogen kamen. Immerhin waren sie Kurtisanen. Kultivierte Collegegirls, klug genug, um mit Angelica mithalten zu können, und treu genug, sie zu beschützen. Hatte er nicht sogar selber Elizabeth ausgewählt? Er hatte sie in sein Bett geholt und ihren Geist gespürt. Hatte sie mit einem großzügigen Unterhalt ausgestattet und mit einem geheimen Job. Die Tage der tiefverschleierten Gouvernanten waren vorüber, das wußte er, aber vielleicht konnte Elizabeth ja ein Auge auf Angelica haben. Vielleicht konnte sie ja – soweit das in diesen modernen Zeiten möglich war – eine Gouvernante sein für dieses moderne Mädchen.

Und sie bereisten die Welt, diese drei. Drei temperamentvolle junge Damen mit Geld und Herkunft, aber dies sind andere Zeiten, freiere Zeiten, ein Narr, wer sich vor dieser Realität verschließen würde.

Und er hatte ihr gesagt – seinem Engel, seinem Wildfang –, daß sie ihre wilden Jahre haben dürfe. Ihre Partys, ihre Discobesuche, ihre Einkaufsorgien. Sie könne auf Segeltörn gehen, zum Shopping nach Paris, zum Tanzen nach Rio, könne von Club zu Club fliegen, von Cap Ferrat nach Cannes, von Manhattan nach Los Angeles.

Sie könne die amerikanische Prinzessin spielen, solange sie nur in ihrem Herzen eine Latina bliebe. Und sie müsse – ganz gleich, was ihre freizügigen amerikanischen Freundinnen taten – Jungfrau bleiben, bis zu ihrer Hochzeit.

Und der Mann, den sie heiratete, würde ein Mexikaner sein. Ein Mexikaner, keiner von diesen verhaßten Yankees.

Und dann traf sie Bobby Z.

Das würde er Elizabeth nie verzeihen. Zwischen ihnen war es nie wieder wie früher, denn Elizabeth hätte dafür sorgen müssen, daß es aufhörte. Zumindest hätte sie zu ihm kommen müssen, damit er dafür sorgte, daß es aufhörte.

Er hätte ihr sogar vergeben. Er hätte diesen gefallenen Engel wieder bei sich aufgenommen, selbst nach dem Verlust seiner Unschuld, und ihn zu sich nach Hause geholt. Und wenn auch seine Hoffnung auf eine standesgemäße Heirat durch den tiefen Fall dieses himmelsstürmerischen Kindes zerstört waren, er hätte sie doch geliebt und in Ehren gehalten. Und sie hätten ihr Leben zusammen verbringen können als die letzten ihrer Familie.

Hätte er bloß gewußt, daß sie Bobby Zs Harem waren, die drei Mädchen. Elizabeth und die arme, drogenabhängige Olivia. Und, ja, Angelica.

Aber von den dreien verliebte sich nur eine, Angelica. Nur Angelica besaß die tragische Reinheit des Herzens, sich hoffnungslos zu verlieben. Sie allein konnte sich einem Mann nicht hingeben, ohne sich ihm ganz zu schenken.

»Aber *du* hast sie zerstört«, sagt er jetzt zu Tim.

Tim schüttelt den Kopf.

»Du hast sie benutzt, wie ein Mann eine Hure benutzt, und sie dann verlassen«, sagt Huertero. »Es brach ihr das Herz, es raubte ihr den Verstand, es zerstörte ihre Seele. Ich versuchte sie zu berühren, sie zu erreichen, aber sie wußte, daß sie nicht mehr das Mädchen war, das ich großgezogen hatte. Sie konnte mir nicht gegenübertreten nach der Demütigung, die du über sie gebracht hattest. Sie konnte mir nicht in die Augen sehen.

Und dann ist sie verschwunden. Aus meinem Leben verschwunden. Ich habe sie immer wieder aufgespürt, in Los Angeles, in New York, in Europa. Monatelang. Und dann ist sie ganz verschwunden.

Warum? fragte ich mich. Warum? Ich holte Elizabeth hierher, und schließlich erfuhr ich die Wahrheit über das, was du getan hattest. Du hattest sie benutzt, mit ihr gespielt, sie glauben gemacht, du liebtest sie, und sie dann verlassen. Sie weggeworfen wie ein Stück Müll, und genauso fühlte sie sich auch. Kein Wunder, daß sie es nicht ertragen konnte, mir ins Gesicht zu sehen. Und du redest mit mir von Geld?«

Tim wappnet sich für den Tritt, der nicht kommt. Ihm wird bewußt, daß Huertero zu sehr mit seinen Erinnerungen beschäftigt ist, um zuzuschlagen. Das wird später kommen.

»Als sie sie fanden, war sie auf Kreta«, sagte Huertero leise. »Sie war an einer Überdosis Heroin gestorben. Kannst du dir eine bessere Strafe für ihren Vater vorstellen, als sie an einer Überdosis braunem Mexikaner sterben zu lassen? Ich sehe sie noch da liegen, auf diesem kalten Steinboden. In ihrer eigenen Kotze und ihrer eigenen Scheiße. Seit sechs endlosen Jahren sehe ich das vor mir, jedesmal, wenn ich die Augen schließe. Und seit sechs endlosen Jahren frage ich mich: Warum? Und dann finde ich heraus, daß du das warst.«

Er zieht eine Pistole aus seinem Seidenjackett.

Tim zuckt zusammen, als das kalte Metall seine Stirn berührt.

»Sieh mich an«, sagt Huertero.

Tim schaut auf. Er versucht, nicht zu zittern, aber es gelingt ihm nicht.

Beim Spannen des Hahns zuckt er zusammen.

»Wir sehen uns in der Hölle, Bobby Z«, sagt Huertero.

Tim sieht, wie sich der Finger des Mannes um den Abzug schließt.

Na los jetzt, denkt er.

Zeit zu sterben.

Alles vorbei.

Mach schon.

Er hört Elizabeth leise schluchzen.

Wartet auf den letzten großen Knall.

Schließt die Augen und sieht Kits Lächeln.

## *73*

Das Leben hat es nicht gut gemeint mit dem Arschloch Wayne La Perriere.

Es ist, als hätte er sein Konto auf der Karmabank schon lange überzogen. Aber er hat nie geglaubt, daß es mal so weit kommen würde.

Daß er ein beschissener Room-Service-Kellner im Ritz-Carlton werden würde.

Was ursprünglich so gedacht war, daß er sich die reichen Fettsäcke ausgucken würde, die zu bescheuert waren, um ihre Wertsachen in den Safe am Empfang zu bringen.

Demütigend findet er das, reichen Arschlöchern *Omelettes de fines herbes* und Fettuccine mit Räucherlachs zu bringen, die sich noch nicht mal die Mühe machen, mit dem Bumsen aufzuhören, während er das Tablett im Schlafzimmer absetzt. Aber es kann auch ganz einträglich sein, wenn er wie letztens Al Matteau zu einem Spielchen überreden kann und abzockt. Und manchmal kann er sogar einen Blick auf eine Titte oder eine Möse werfen, und einmal wäre er fast sogar vernascht worden, bloß daß der schlaffschwänzige Ehemann gerade hereinkam.

Es ist also gar nicht so übel, aber an diesem ganz besonderen Morgen hat Arschloch Wayne LaPerriere sich fast an seinen eigenen Zähnen verschluckt, als er den bescheuerten Frühstückskaffee und ein Croissant servieren wollte, und Tim Kearney steht vor ihm.

Nun hat Wayne Kearney das letzte Mal gesehen, als er ihn aus dem Knast abgeholt hat und sie eine Tankstelle mit Supermarkt überfallen haben, auf dem Weg zur Bar, wo sie dann später sturzbetrunken festgenommen wurden. Und was hatte Wayne getan? Er hat genau das getan, was ihm der Detective geraten hatte, nämlich Kearney die

Waffe in die Hand gedrückt und nach neun Monaten hinter schwedischen Gardinen den Laden wieder verlassen.

Die letzte Person auf dieser gottverdammten Welt, die Wayne sehen möchte, ist folglich Tim Kearney, von dem Wayne weiterhin gehört hat, er habe sich in die größte nur mögliche Scheiße gesetzt, indem er einem ziemlich klobigen Hell's Angel namens Stinkdog auf dem Gefängishof die Kehle durchschnitt. Aber da steht er vor ihm, der bescheuerte Tim, im bescheuerten Ritz-Carlton, wie er leibt und lebt.

Seine Haare sind länger, und er hat vielleicht ein bißchen zugenommen, aber es ist Kearney, und Wayne schiebt die Hand unter die leinene Serviette und greift nach dem Messer.

Aber Tim erkennt ihn nicht.

Arschloch Wayne LaPerriere kann's ums Verrecken nicht glauben, aber dieser eingebildete Affenarsch erkennt seinen alten besten Freund nicht. Deutet nur mit dem Kinn ins Zimmer, sagt: »Stellen Sie's da drüben ab« und rasiert sich weiter. Und irgendein Typ ruft aus dem Badezimmer, er soll sein Scheißcroissant gefälligst schnell essen, weil sie zu dem bescheuerten Hafen runtermüssen, und Tim sagt zu dem Typen, er könnte ihn mal.

Und er rasiert sich weiter, als wäre Wayne unsichtbar.

Hochnäsiger Arsch. Wenn Kearney, die größte Niete seit Menschengedenken, es sich leisten kann, im Ritz-Carlton den Zimmerservice zu bestellen, dann muß er einiges auf der hohen Kante haben, und das mindeste, was er tun könnte, wäre, es mit seinem alten Kumpel zu teilen, denkt Wayne. Wer zum Henker hat ihn denn damals vom Knast nach Hause gefahren? Nicht mal Kearneys Eltern hatten ihn abholen wollen, aber da war der gute alte Wayne, und wie behandelt ihn Kearney jetzt?

Wie irgendein Stück Scheiße, genau so.

Kearney, dieser Saftsack, ist plötzlich zu gut für ihn.

Deshalb kocht Arschloch Wayne LaPerriere vor Wut, als er zurück in die Küche kommt. Stocksauer pfeffert er seine schäbige kleine Kellnerjacke auf den Boden und sagt, er würde diesen Kackjob kündigen.

Und dann macht Wayne noch was: Er geht raus zu einer Telefonzelle und ruft einen Kumpel bei den Angels an, der ihm ab und zu ein bißchen Meth verkauft, und sagt: »Habt ihr Typen nicht Zoff mit Tim Kearney?«

»Ja, und was ist mit ihm?« fragt der Kumpel.

»Er ist im Ritz-Carlton.«

Und der Angel schnaubt nur und sagt: »Tim Kearney, dieser Oberarsch, ist nicht im Ritz-Carlton.«

Und er lacht, was Wayne noch mehr auf die Palme bringt.

»Na, dann hab ich ja wohl ein Gespenst gesehen, Mann«, sagt Wayne. »Jedenfalls, wenn ihr interessiert seid, er geht in den Hafen.«

Und sein Kumpel sagt: »Du hast keinen Geist gesehen. Du hast einen toten Mann gesehen.«

Ein paar Minuten später ist eine ganze Armee von Rockern zum Hafen von Dana Point unterwegs. Und Arschloch Wayne LaPerriere ist glücklich und erleichtert darüber, daß Tim Kearney praktisch ein toter Mann ist, weil ihm das wirklich eine große Last von den Schultern nimmt.

## 74

Huerteros Hand zittert.

Dann nimmt er den Finger vom Abzug.

Huertero schüttelt den Kopf.

»Es ist nicht genug«, sagte Huertero traurig. Und Tim vermutet, daß Huertero ihm einen Schuß in den Bauch verpassen und ihn liegen lassen wird, oder er wird ihn anzünden oder so. Er stellt sich schon darauf ein, als er hört, wie Huertero befiehlt: »Holt den Jungen.«

Er hört, wie Elizabeth schreit: »Nein!«

Einer von Huerteros Jungs packt sie und hält ihr eine Hand vor den Mund.

Huertero hebt ihm das Kinn hoch, schaut Tim in die Augen und sagt: »Ein Kind für ein Kind. Du wirst zuschauen, und dann werde ich dir vielleicht die Gnade des Todes gewähren.«

Tim will sich auf ihn stürzen, aber Huerteros Jungs sind zu schnell, zu gut.

Als sie Tim aufrichten, sieht er Kit da stehen.

Er wirkt so verängstigt.

»Tun Sie das nicht«, sagt Tim zu Huertero.

»Es ist schrecklich, nicht wahr«, sagt Huertero. »Schrecklich, auch nur daran zu denken.«

»Ich hab schon manchen Dreckskerl in meinem Leben getroffen…«, sagt Tim.

Huertero gibt ein Zeichen, den Jungen an den Rand des Abgrunds zu führen.

Tim stellt sich vor, wie sich die Kugel in Kits Hinterkopf bohrt und wie sein Körper über die Kante fliegen wird.

»Er ist nicht mein Kind!« sagt Tim.

»Doch, das bin ich!« ruft Kit.

Huertero kniet sich neben den Jungen.

»Mein Sohn«, flüstert er mit er zärtlichen Stimme eines Vaters. »Du wirst mir jetzt die Wahrheit sagen, und dann werde ich das Leben dieses Mannes schonen. Wer ist dein Vater?«

»Kit…« warnt Tim, aber einer von Huerteros Männern hält ihm den Mund zu.

Kit schaut Huertero in die Augen und sagt stolz: »Bobby Z ist mein Vater.«

»Dieser Mann hier?«

Und Kit sieht Tim mit einem Blick an, in dem Tim die reine Liebe erkennt.

Und er sagt: »Ja.«

Huertero sieht Tim an und sagt: »Würdest du einen so tapferen Sohn verleugnen?«

Huertero legt dem Jungen den Arm um die Schultern und führt ihn in Richtung Brücke.

Kit bäumt sich auf. Er reißt sich von Huertero los und greift den Mann an, der Tim festhält. Springt ihm in den Nacken und versucht ihn von seinem Vater wegzuzerren. Er beißt, kratzt, tritt, boxt. Schreit: »Laß meinen Daddy los!« und heult los, und Tim versucht nur, die

Arme um das Kind zu legen, ihn einfach fest an sich zu drücken, damit sie sie wenigstens zusammen umbringen müssen, und vielleicht kann er Kit die Augen zuhalten, wenn sie sterben, können sie X-Men sein oder so etwas, damit es nicht real wird, bis das Kind im Himmel ist.

Aber er kann ihn nicht festhalten und merkt, wie das Kind von ihm weggleitet. Kit ist völlig geschafft, und als Tim den Kopf wenden kann, sieht er, daß einer von Huerteros Männern den Jungen mit beiden Armen umklammert. Kits Füße baumeln über der Erde und kicken und treten.

Wie die Füße eines Gehenkten.

»Halten Sie in der Hölle Ausschau nach mir«, sagt Tim zu Huertero. »Ich werde zu Ihnen kommen.«

»Noch hast du die Hölle nicht gesehen!« erwidert Huertero.

»Daddy, hilf mir!« schreit Kit, und Huertero lächelt Tim zu, als wollte er sagen, *das* sei die Hölle, und Tim versucht ihm an die Gurgel zu gehen, schafft es aber nicht. Während sie den Jungen zu der Kante tragen, heben sie Tims Gesicht an, damit er zusehen muß.

Elizabeth sagt zu Huertero: »Du wirst dem Jungen nichts tun.«

»Du weißt nicht, wie groß meine Trauer ist.«

»Er ist dein Enkel.«

Alles erstarrt.

## *75*

Escobar hat die ganze Aktion vorübergehend gestoppt.

Er hat ein Netz um den Bluffside Walk gezogen, und niemand, nicht einmal das Phantom des legendären Bobby Z, wird hier wieder lebend herauskommen.

Und so steht Escobar zusammen mit TAN Cruz auf einer Hügelkuppe, und Cruz probiert jeden einzelnen Schußwinkel aus und ist im siebten Himmel. Escobar schaut in den Hafen hinunter. Er hat alles im Blick, und wie gewöhnlich denkt er ein paar Schritte voraus.

Er denkt, daß Bobby Z ein Dope-Schmuggler ist, der seine Ware über das Meer hereinbringt. Und was man übers Meer gut hereinbringen kann, das kann man auch gut hinausbringen, weshalb Escobar darauf wetten könnte, daß Bobby seine Geschäfte abschließen und dann auf eines dieser Boote da draußen gehen wird.

Er weist Cruz auf diese Möglichkeit hin, und sie reden darüber wie zwei Profis. Wie Cruz einen gezielten Schuß landen kann auf jedem Dock, das Bobby entlanglaufen muß, wenn er zu seinem Boot will. Und selbst wenn er danebenschießt, sagt Escobar, ohne auf TAN Cruz' Einwände zu achten, dann wird das Boot immer noch einen langen Weg zurücklegen müssen, bis es da draußen ist.

Das Boot muß erst mal von seinem Liegeplatz weg und dann langsam innen an der langen Steinmole entlangkreuzen, die einen ovalen Ring um den Hafen bildet. Ein langer Weg in diesem ruhigen Streifen Wasser, dann unter einer Brücke durch, und erst dann wäre das Boot auf dem offenen Meer.

»Kannst du auf diese Entfernung noch treffen?« fragt Escobar.

»Wird nicht nötig sein«, sagt Cruz.

»Das habe ich nicht gefragt.«

»Natürlich kann ich auf diese Entfernung treffen.«

Escobar wird langsam nervös.

»Wäre es besser von der Brücke aus?« fragt er.

Cruz schüttelt den Kopf. »Wäre ein guter Schuß«, gibt er zu. »Aber ich will danach auch noch verschwinden.«

Hinz und Kunz würden den Schuß von dieser Brücke sehen können. Man muß schon ziemlich durchgeknallt sein, um von dieser Brücke aus zu schießen. Das sagt er Escobar jedoch nicht. Escobar ist ein intelligenter Mann, aber momentan gerade ein bißchen hektisch.

Außerdem hat eine ganze Horde Rocker auf ebendieser Brücke Stellung bezogen, und das letzte, worauf Cruz scharf ist, ist eine Auseinandersetzung mit einer Horde Rockern.

»Ich schieße von hier aus«, sagt Cruz.

Tod aus dem Nichts.

»Sie war schwanger«, sagt Elizabeth. »Deshalb ist sie von dir weggelaufen. Sie hatte Angst. Ich habe versucht, sie zu einer Abtreibung zu überreden, aber sie wollte nicht. Also haben wir einen Plan ausgeheckt. Sie würde weggehen und das Kind in Olivias Namen bekommen. Jeder würde es glauben: Olivia war diejenige von uns, die am meisten herumgevögelt hat. Olivia würde das Kind aufziehen als das unschöne Nebenprodukt einer ihrer vielen Affären. Und ich würde ihr dabei helfen.

Soweit ist alles gut gegangen. Wir haben sie alle an der Nase herumgeführt. Aber die arme Angelica... Du hattest recht, sie konnte sich selbst nicht belügen. Sie sehnte sich nach Bobby, sie sehnte sich nach ihrem Sohn. Sie hätte den Jungen so gern wiedergehabt, aber sie hatte solche Angst vor deinem Zorn. Angst davor, was du tun würdest...«

Elizabeth zeigt mit dem Kinn in Richtung Brücke. »Sie fürchtete wohl sogar, du würdest das Kind töten.«

»Meinen Enkelsohn töten?« Huertero blinzelt. *»Mi carnal?«*

Elizabeth schaut zu dem Schlägertypen, der Kit festhält, und fährt ihn an: »Laß den Jungen runter.«

Kit läuft zu Tim und wirft die Arme um ihn. Vergräbt sein Gesicht an der Brust des Mannes, um sich zu verstecken.

»Olivia konnte kein Kind großziehen«, sagt Elizabeth verächtlich. »Olivia könnte nicht mal eine Zimmerpflanze großziehen. Das hätte ich wissen sollen. Bei ihrer achten Entziehungskur oder so habe ich beschlossen, ihn zu mir zu nehmen. Und dann taucht *er* hier auf, und ich dachte, na ja, scheiß drauf, er sollte wissen, daß er ein Kind hat.«

»Ein Enkelsohn«, murmelt Huertero. Seine Augen füllen sich mit Tränen, laufen über. Er weint, als er sagt: »Ein Enkelsohn. Ein Schatz.«

Tim kann nicht glauben, was er da hört, und fragt sich, warum Elizabeth das alles nicht vielleicht ein kleines bißchen eher gesagt hat. Und als nächstes hockt sich Huertero neben ihn auf den Boden, versucht Kits Aufmerksamkeit auf sich zu lenken, und säuselt: »Du wirst alles haben. Spielsachen, Boote, Spiele, Pferde. Du wirst einen Stall haben mit Reitpferden, du wirst leben wie ein Prinz aus dem Märchen. Frühmorgens werden wir ausreiten, und ich werde dir Geschichten von deinen Vorfahren erzählen, und wie sie Mexiko erobert und die Kommantschen und die Apachen und die Yankees besiegt haben. Und du wirst eine liebe Lehrerin bekommen, die dir Spanisch beibringt, und Elizabeth wird deine Nanny sein. Möchtest du das?«

Dabei versucht er den Jungen zu umarmen oder wenigstens zu berühren, aber Kit klammert sich an Tim und preßt seinen Kopf noch fester an seine Brust. Blut tropft aus Tims Nase auf das Haar des Jungen.

Huertero steht auf und versucht sich den Staub von der Hose zu klopfen.

»Packt den Jungen«, befiehlt er.

»Der Junge bleibt bei mir«, sagt Tim. »Nehmen Sie Ihr Geld und gehen Sie.«

Huertero lächelt bloß und sagt: »Packt den Jungen.«

»Dock ZZ«, sagt Tim. »Die *Nowhere*. Sie können hin und mit dem Boot abhauen, aber lassen Sie mir den Jungen.«

Elizabeth will etwas sagen, aber Tim fährt ihr über den Mund: »Halt die Klappe.«

Weil er auch weiß, daß es zu Ende ist. Er weiß, Huertero wird sich den Jungen und das Geld schnappen und ihn dann umbringen. Und das Kind wird ein beschissenes Leben im Reichtum führen, aber wenigstens kann er es durchstehen in dem Bewußtsein, daß sein Vater ihn geliebt hat.

Was ein Kind eigentlich schon verlangen kann.

»Ich gehe mit Ihnen«, sagt Kit zu Huertero. »Ich möchte mit Ihnen gehen.«

»Kit...« sagt Tim.

Er hört Kit sagen: »Wenn Sie ihn nicht umbringen.«

Kit ist ein verdammt schlauer, zäher kleiner Bursche, und er sagt: »Sie können mich nicht einfach mitnehmen, wenn ich nicht will. Ich werde schreien und brüllen, und dagegen können Sie nichts machen.

Und ich werde den Bullen erzählen, daß Sie mich gekidnappt haben, und dann wandern Sie ins Gefängnis.«

Tim hätte gedacht, daß Huertero jetzt völlig ausrastet, aber der alte Knabe strahlt wie eine Dreckschippe und sagt: »Der Junge hat Temperament.«

»Der Junge meint's ernst«, sagt Kit.

Und der Junge hat offenbar eine Reihe von langen Nächten vor der Glotze verbracht, weil er jetzt sagt: »Ich will jedes Jahr einen Brief von ihm, und er und ich machen einen Code aus, so daß ich weiß, ob er falsch ist. Solange mein Vater am Leben ist, bleibe ich bei Ihnen.«

»In deinen Adern fließt das Blut deiner Mutter.«, sagt Huertero.

»Und das meines Vaters«, sagt Kit.

Huertero streckt feierlich die Hand aus, und Kit schüttelt sie.

»Abgemacht«, sagt Huertero. »Mein Ehrenwort darauf.«

»Ehrenwort«, sagt Kit.

Und Tim sagt gar nichts, weil er will, daß der Junge denkt, was er gerne denken möchte: daß er nämlich seinem Daddy das Leben gerettet hat. Aber Tim weiß, daß auf Huerteros Ehrenwort absolut geschissen ist.

Aber da steht Kit vor ihm und versucht tapfer zu sein, und Tim streckt die Arme aus und der Kleine umarmt ihn. Und Tim flüstert: »Ich hab dich lieb«, und Kit flüstert: »Ich hab dich auch lieb«, und das ist verdammt tapfer, weil sie beide heulen wie die Schloßhunde.

Als nächstes weiß Tim noch, wie Elizabeth Kit an der Hand nimmt und ihn wegführt. Tim berührt Kits Finger, und dann sind sie weg.

Und Tim kniet im Dreck und heult.

Auf dem Weg zum Auto murmelt Huertero seinem besten Mann zu: »Wenn wir auf dem Boot sind, legt ihn um.«

Der Mann nickt. »Ich warte hier.«

Huertero schüttelt den Kopf. »Wird nicht nötig sein. Der kommt schon.«

*»Sí?«*

*Sí,* denkt Huertero.

Huertero kennt die Männer. Und er weiß, daß dieser Mann kommen wird.

Wenn ein Mann einen solchen Sohn hat, wird er kommen, um ihn zu holen. Und während Huertero das sagt, läßt sich die absolute Superniete Tim Kearney langsam über die Kante des Abhangs gleiten. Auf die Palmwipfel zu, auf die scharfen Felsen zu, aber Tim Kearney ist das egal.

Tim Kearney hat die Schnauze voll vom Verlieren.

Semper fi, Mann.

## 77

One Way macht das Boot fertig.

Ist für ihn auch ein gutes Gefühl. Fühlt sich an wie in alten Zeiten, und alles fällt ihm wieder ein, die Taue und das Auftakeln. Er hat die ganze Nacht am Motor gearbeitet, hat ihn dazu gebracht, daß er wieder hämmert und brummt. Und One Way fragt sich plötzlich, was er eigentlich all die Jahre getan hat.

Sie sind vorbeigegangen wie eine lange, seltsame Reise, und jetzt ist er bereit, alles hinter sich zu lassen. Einfach wegzusegeln. Weg vom Hotel California.

Er steht nun also auf dem Deck, rollt die übriggebliebenen Taue zu festen Rollen zusammen, spürt die Sonne auf seinem Rücken und wartet darauf, daß Bobby kommt und das Geld übergibt, damit sie endlich alles hinter sich lassen können. Er und Bobby und Bobbys Frau und sein Kind, und One Way wird ganz schwindlig vor Glück, wenn er daran denkt, wie er dem kleinen Z das Segeln beibringen wird.

Dann sieht er sie kommen, und in seinem Kopf fangen alle Alarmglocken an zu läuten, weil Bobby nicht bei ihnen ist. Eine langgezogene schwarze Limousine, die aussieht wie ein Leichenwagen, fährt vor, und der Boß, ein Mexikaner, steigt aus, mit einem Bodyguard und einer Frau und einem Kind. Und One Way braucht bloß einen Blick auf das Kind zu werfen, um zu wissen, daß das der kleine Z ist, und da kommen sie schon das Dock herunter, auf das Boot zu, aber Bobby ist nicht bei ihnen.

Der alte Mex sieht ihn an, schubst das Kind an Bord und befiehlt ihm: »Bring ihn unter Deck!« was One Way auch macht. Bloß der alte Mexikaner und sein Leibwächter bleiben auf dem Dock. Als würden sie auf jemanden warten.

One Way hat plötzlich tausend Nadeln in seinem Bauch. Etwas ist hier ganz gewaltig faul, und er läuft hinunter und läßt den Motor an für den Fall, daß sie ganz schnell auslaufen müssen. Und als er aus der Luke linst, sieht er, wie Bobby an Bord geht, und hinter ihm Gruzsa.

Und Escobar und TAN Cruz oben auf der Klippe und die Angels auf der Brücke, sie alle sehen dasselbe. TAN Cruz hat Bobbys Rücken genau im Fadenkreuz, und die Angels haben ihre AR-15s auf der Brüstung der Brücke liegen, und Huerteros Leibwächter hat seine Pistole gezogen, und Bobby scheint das alles zu spüren, denn er bleibt stehen und dreht sich um. Es ist der Moment, als sich Tim Kearney aus der Schlucht hochrappelt. Er steht unter einer großen Palme und sieht zum Dock hinüber, und seine Augen begegnen genau eine Sekunde lang denen von Bobby.

Sie werfen sich einen ziemlich seltsamen Blick zu, und dann hört Tim, wie Gruzsa »NEIIIN!« schreit. Und Tim begreift endlich, was hinter der ganzen Geschichte steckte. Daß nämlich Gruzsa ihn engagiert hat, damit er für alle Sünden von Bobby Z büßt, und dann wären Gruzsa und Z mit den drei Millionen abgedampft. Das alles kommt ihm wie in einem Moment der Erleuchtung, und dann, wumm, ist die Hölle los.

In der einen Sekunde noch steht Z da, und in der nächsten löst er sich regelrecht in Luft auf, Mann, so viele Kugeln treffen ihn aus allen möglichen Winkeln.

Es ist so, als wäre er einfach weg.

Und Gruzsa, Gruzsa sieht Don Huertero dastehen zwischen sich und seinem Geld, und er greift nach seiner Waffe, aber Huerteros Leibwächter hat schon wieder geladen, und Huerteros Mann ist einen Tick schneller.

Gruzsa geht auf diesem Dock zu Boden, aber dieser Fiesling kann einfach nicht sterben, ohne vorher Huerteros Leibwächter zwei Schuß zu verpassen, der torkelnd noch ein paar Schritte macht und dann vom Dock ins Wasser fällt.

One Way hört all das, und er weiß, daß er Bobbys Sohn beschützen muß. Er kommt an Deck und beginnt die *Nowhere* aus ihrem Anlegeplatz herauszumanövrieren, auf die offene See zu, weil Bobby tot ist. One Way sieht, was von seinem Körper da am Dock übrig ist, und er weiß, daß er das Kind in Sicherheit bringen muß. Und die gibt es für einen Sohn von Bobby Z nur auf dem Wasser.

Das Boot entfernt sich langsam vom Steg, und der alte Mexikaner in dem Anzug will gerade an Bord gehen, aber Bobbys Frau hat ein Messer, das wie ein Sonnenstrahl aufblitzt, und sie schlitzt ihm das Gesicht auf von der Stirn bis zum Kinn. Huertero steht da und schaut auf sein eigenes Blut hinunter, das in seine Hände fließt, und dann stößt ihm Elizabeth das Messer in die Brust.

Und sie steht einfach da und wartet auf die Bullen, und lange wird sie nicht warten müssen, denn man hört schon die Sirenen.

Im Hafen von Dana Point herrscht das reinste Chaos.

Escobars Leute rasen aus der Stadt, nachdem sie ihr *carnal* gerächt haben, und TAN Cruz ist selig, aber ein bißchen verwirrt, weil der Typ in seinem Fadenkreuz diesem bekloppten Tim Kearney aus dem Golfkrieg so furchtbar ähnlich sah.

Und die Angels donnern von der Brücke. Sie haben ihre Waffen einfach ins Hafenbecken geworfen, und jetzt fahren sie nach San Berdoo oder sonst wohin, um den Tod von Tim Kearney zu feiern, und die Tatsache, daß ihre Brüder in der Hölle endlich was zu begießen haben.

Und One Way hat die Schnauze voll von dem Chaos. Er will nur noch raus aus diesem bescheuerten Kalifornien, raus aus dem Trip, und er hat ja auch noch eine Aufgabe. Eine lebenslange Aufgabe, und die heißt, Bobby Zs Kind zu beschützen.

Und Zs Frau, weshalb er rasch vom Boot springt, die Frau packt und sie an Bord zieht. Und dann manövriert er die *Nowhere* hinaus auf die offene See, während Bobbys Frau das weinende Kind in den Armen hält.

Während die Sirenen heulen und die Bullenautos den Hafen überschwemmen, lenkt One Way die *Nowhere* in aller Seelenruhe unter der Brücke durch und hinaus auf die offene See.

Um zu verschwinden, zusammen mit der Legende von Bobby Z.

# 78

Tim sieht zu, wie das Boot wegfährt.

Er steht da und sieht, wie es weggleitet, auf die offene See zu.

Er weiß, daß er wieder mal verloren hat, weil es praktisch keine Möglichkeit gibt, daß das Boot noch einmal in den Hafen zurückkommt, um ihn abzuholen und dann mit ihm zusammen wegzufahren. Die Bullen sind mittlerweile überall, weil ein ganzer Haufen Leichen herumliegt, und Leichen ziehen bekanntlich nicht nur Fliegen an, sondern auch Bullen.

Tim sitzt also fest.

Na klar doch, denkt er. Na verdammt klar doch.

Aber er hat gesehen, wie Elizabeth und Kit an Bord gegangen sind. Und auf dem Boot ist ein Haufen Geld, und sie werden mit One Way zusammen glücklich und zufrieden leben bis ans Ende ihrer Tage. Wahrscheinlich ist es das Klügste, sie einfach zu vergessen, und er denkt so was wie *Fahr, Boot, fahr!* Haut endlich ab, zum Teufel.

Und ganz abgesehen davon, denkt er, bin ich tot.

Wer auch immer ich bin, ich bin tot.

Tim Kearney ist tot und Bobby Z ist tot, und damit sieht es fast so aus, als könnte ich noch mal ganz von vorn anfangen. Ich könnte nach Oregon hochfahren, mir einen neuen Namen zulegen und ein neues Leben anfangen.

Zwar wären das Geld und die Frau und das Kind nett gewesen, wären ein TRAUM gewesen, Mann, aber bei Supernieten gehen Träume einfach nicht in Erfüllung.

Supernieten müssen sich mit dem wirklichen Leben herumschlagen, und jetzt habe ich wenigstens eins.

Er sieht also zu, wie das Boot davonsegelt. Er wird ihm nachblicken, bis es am Horizont verschwindet. Und dann wird er in diesen Dschungel in der Schlucht zurückkriechen und auch verschwinden.

Wäre wohl das Klügste.

Und dann denkt er, scheiß drauf.

Und fängt an zu laufen.

Er rennt auf den Hafen zu und auf die steinerne Mole. Ein Jogger an einem kalifornischen Strand fällt niemandem weiter auf, es gibt so viele davon. Die Bullen sind überglücklich mit all den Leichen und den Krankenwagen und der Menschenmenge, die sich da drüben gebildet hat, und Tim läuft einfach an alldem vorbei in Richtung Mole. Er klettert auf die Felsen und fängt an, in Richtung Ozean zu rennen, und jetzt rutscht er auf den Steinen aus und fällt, und die Wellen brechen sich an den Felsen und reißen ihn fast mit sich, aber er läuft und läuft.

Und niemand schaut auf, die Bullen nicht und nicht die Besatzungen der Krankenwagen, nicht die Jogger und nicht einmal die Surfer, die sich auf der anderen Seite der Mole wacker mit den großen Wellen herumschlagen

## *79*

Wer ihn natürlich doch sieht, ist Kit.

Kit steht an Deck, neben Elizabeth, drückt sein Gesicht gegen ihren Bauch und schluchzt, und jetzt schaut er auf und sieht ihn auf der Mole rennen. Und Kit schreit One Way etwas zu.

Der sieht hinüber, und das ist kein Trip, Mann, Bobby Z ist von den Toten auferstanden.

Er ist von den Toten auferstanden und läuft auf das offene Meer zu, und One Way zieht an ein paar Leinen und sagt zu Elizabeth, sie solle auch an einer ziehen, und sie und der Junge ziehen und ziehen, und die Segel gehen hoch, und One Way hat das Boot gewendet und steuert es jetzt so, daß es parallel zur Mole fährt.

Tim kämpft sich mittlerweile die Felsen hinunter, er versucht eine Stelle zu finden, wo er ins Wasser springen kann, und ganz egal wo auf diesen großen, zackigen Felsen man sich auch befindet, es wäre ein gewaltiger, beängstigender Sprung von den Felsen in die Brandung. Und Tim steht da und versucht seinen ganzen Mut zusammenzunehmen.

Er kann nämlich nicht schwimmen.

So weit ist er jetzt gekommen, unsere Weltklasse-Superniete Tim Kearney, von mitten in der Wüste bis an den Rand der Erde, und jetzt schafft er die letzten hundert Meter oder so nur deshalb nicht, weil es sich um Wasser handelt. Und näher kann das Boot nicht heranfahren, weil es sonst an den Felsen zerschellt.

Tim sieht Kit an Deck des Bootes stehen, der Kleine hopst auf und ab und winkt mit beiden Armen, und er glaubt, den Jungen rufen zu hören: »Na los!« Und dann springt er.

Er fliegt regelrecht über die Felsen in die Brandung.

Und fängt an unterzugehen.

Und er weiß nicht, was zum Teufel jetzt mit ihm passieren wird.

Folgendes passiert: Der lebenslange Verlierer, die Weltklasse-Superniete Tim Kearney hat zum erstenmal in seinem beschissenen Leben Glück.

## *80*

Da draußen auf den Wellen ist nämlich ein Surfer zugange, und der ist ein ebeno mieser Surfer, wie er ein Angeber ist. Er denkt, er ist der nächste Bobby Z, ja, für so gut hält er sich. Und er ist sich seiner Sache sogar so sicher, daß er die Sicherheitsschlinge nicht umgelegt hat, weil er einfach nicht davon ausgeht, daß er baden gehen könnte. Und da reitet er nun auf dem Kamm der Welle, die gerade ihren höchsten Punkt erreicht hat, und denkt, er ist der King, er ist der nächste Bobby Z. Aber dann verschätzt er sich und sein Brett... sein Brett fliegt einfach weg. Es schießt in den Himmel hoch wie eine Rakete, Mann, und landet flach im Wasser, direkt vor Tim Kearneys Nase.

Und der ist schlau genug, hinaufzuklettern.

Und so schafft es Tim an Bord des Bootes: Er klettert auf das Surfbrett und fängt wie wild an zu paddeln.

Er paddelt wie wild und hält sich gut fest, sobald er auf dem Kamm der Wellen ist. Ja, er reitet auf den Wellen, Mann, aber hinaus aufs Meer, nicht in Richtung Strand. Und er läßt erst los, als Kit und Elizabeth ihn zu fassen kriegen und an Bord der *Nowhere* ziehen.

Drei ewige Verlierer und ein Kind auf einem Boot.

Auf ewig, denkt Tim, als er mit dem Kind in den Armen auf dem Deck herumrollt und diese schöne Verräterin ihnen weinend dabei zusieht und dieser wunderbare Bekloppte lächelt und das Boot lenkt.

Für den Rest meines Lebens.

Später an diesem Tag, weit, weit draußen auf See, verwandelt die untergehende Sonne das Boot und alles darum herum in pures Gold.

*Danksagung*

Mein Dank gilt Dave Schniepp, der mich an seinem Wissen über die südkalifornische Surferszene teilhaben ließ.